谯城文艺丛书

主编　李　彬　张超凡

盛世雅言

当代谯城散文集

主　编●张超凡

副主编●杨　勇　张秀礼

中国文联出版社
http://www.clapnet.cn

图书在版编目（CIP）数据

盛世雅言：当代谯城散文集 / 张超凡主编．-- 北京：中国文联出版社，2017.8

ISBN 978－7－5190－2903－6

Ⅰ.①盛… Ⅱ.①张… Ⅲ.①散文集—中国—当代 Ⅳ.①I267

中国版本图书馆 CIP 数据核字（2017）第 184370 号

盛世雅言：当代谯城散文集

作　　者：张超凡

出 版 人：朱　庆

终 审 人：奚耀华　　复 审 人：蒋爱民

责任编辑：胡　笋　　责任校对：傅泉泽

封面设计：中联华文　　责任印制：陈　晨

出版发行：中国文联出版社

地　　址：北京市朝阳区农展馆南里 10 号，100125

电　　话：010－85923039（咨询）85923000（编务）85923020（邮购）

传　　真：010－85923000（总编室），010－85923020（发行部）

网　　址：http://www.clapnet.cn　　http://www.claplus.cn

E - mail：clap@clapnet.cn　　hus@clapnet.cn

印　　刷：三河市华东印刷有限公司

装　　订：三河市华东印刷有限公司

法律顾问：北京天驰君泰律师事务所徐波律师

开　　本：710×1000　　1/16

字　　数：313 千字　　印　　张：18

版　　次：2018 年 1 月第 1 版　　印　　次：2018 年 1 月第 1 次印刷

书　　号：ISBN 978－7－5190－2903－6

定　　价：54.00 元

前　言

如果从“楚灭陈，下焦邑，筑谯城”算起，正是春秋五霸互露峥嵘的岁月，距今已有三千七百多年历史。

作为连接黄河与淮河的重要枢纽，涡河文化，参与了黄河文明对中华文化的缔造，涡河，无疑是华夏文明的摇篮之一。座落在涡河上的谯城，曾经三为国都——汤都亳，魏设都于谯，小明王“大宋”都亳；曾经历为重镇。谯、亳之名，多次转换。良风厚土，蕴育了文明，亦滋长了文学，从“八斗之才”曹植被奉为谯亳文学泰斗之后，才人辈出，不胜枚举，在华夏文学天宇上，星辉屡现，璀璨史书。

继承和发展，历来是文学艺术的叶脉；灿烂的文明，是火把，把薪火递下去，是传承。

在“十三五”开局之际，谯城区文联、区作家协会和各文艺团体，不甘平庸，以发展经济的急迫感，共同编辑了这套《谯城文艺丛书》，集中展现了谯城当代文学艺术界的阵容和成就，有选自新中国成立以来谯城著名老作家的散文，有当代谯城作家的担当用心之作；有书法绘画作品；有民间曲艺的茁壮身姿；有民间故事、歌谣吟唱的史诗；有民间的艺术积淀；有折射社会生活的摄影镜像……，这些作品，基调昂扬，主题鲜明，既有丰沛的艺术元素，又激荡着社会良俗的主旋律，是谯城文学艺术的佳作代表。

由于时间紧迫，编选工作未能尽善尽美，留有很多缺憾，或者存在一些失误，这些，都留给时间检验和方家批评吧。

编　者

2016年12月

目　录
CONTENTS

西山随笔

余树森

我曾惊叹过泰山的雄拔，黄山的瑰奇，桂林山水的秀丽……但我又总感到它们仿佛是站在云端的天国仙子，绰约、矜持，可艳羡而不可亲昵。未若北京的西山，二十余年同我朝夕相处，抬眼，便可餐其秀色；举步，便能乐其怀中。它烟岚变幻，启人遐想；古刹文物，撩人情思。至于那满山的绿荫，淙淙的泉水，谁又没有领受过这慷慨的馈赠呢？

一

古人云："山远始为容。"从海淀镇望西山，可谓恰到好处。在雨后新晴、岚光澄澈时，微微起伏的西山，好像是一位侧身静卧的美人，那衣裙上的一花、一纹、一折、一皱，紫绿万状，历历可辨；而当青霭滉漾、云雾缭绕时，则又仅余一弯秀眉，淡淡地描画在天际……最使人神往的，是在夏日的傍晚，看山与云相映的景象：落日余晖从山那面反射到天空，在蓝苍苍的山色里，似乎飞动着星星点点的金粉，梦一般的深幽和朦胧。山头上，有时壁立着一片浓云，也是蓝苍苍的，好像是山外数峰，是山？是云？确是分辨不清。而在云彩稀薄处，夕阳的余晖却在充分地施展着绘画天才，描绘出种种风光：有的像丛树围绕的村庄，有的像湛蓝的古刹，有的像闪亮的小河，有的像弯曲的小路，还有的则如同大片的湖水、沙漠，仔细辨认，还有牛在水边饮水，舟在湖面漂泊，骆驼在瀚海跋涉呢。万寿山上金顶朱楹的佛香阁，玉泉山顶的白塔，与山隈青霭、紫雾相间，构成了一幅多么美丽的天然图画！你打开西窗，它便挂在窗前，即使是蓬门陋室，也显得四壁生辉。据说，康德是终日从书斋的窗口，望着邻家的苹果树，思索他的哲学的。邻家的主人不知道这事，有一天将那苹果树砍掉了，于是，康德的思索便非常艰难起来。是的，大自然的清风明月、山光水色，常能启开我们的心扉，从心灵深处，牵扯出许多深刻、明妙的思想来。

当我们面对着西山遐想、凝思时，缕缕思绪也往往会随着那莹莹的岚光，冉冉的云烟而浮动、缭绕。翻一翻北京的文化史，你就不难发现，西山的美景曾使多少人灵感迸射、文思萌动呀！它，或者化作画家笔端的神韵和色彩，或者化作音乐家琴弦上的音符和旋律，或者化作诗人诗句的构思和意境。曹雪芹晚年蛰居西山脚下，著书"黄叶村"里，"所以蓬牖茅椽，绳床瓦灶，并不足妨我襟怀"，固然是由于他矢志将半生经历、一腔块垒，传诸后世；然而，那西山的朝晖暮霞，那"晨风夕月，阶柳庭花"，不也曾助其构思，润其笔墨吗？

是的，西山之美，不单给人以精神的愉悦，还给人以艺术的灵感。

二

如果说"神京灵秀，萃于西山"，那么，这种"灵"与"秀"的化身，便是西山的泉与寺。

先说泉。西山的泉水，是十分丰富而美丽的。单是载之前人著作的名泉，就不下几十处之多。有玉泉山上，"灵涛迸发，奇征趵突"，宛若"喷雪"的玉泉；有樱桃沟里，伏石而出，"石罅乱流，众声澌澌"的水尽头；仰山的滴水岩，"上百千点，下百午声，乱不成听"，"剡剡密于棋方酣"，"删删疏于秋雨去"，如"失串珠"，如"下冰帘"，散不成编；上方山的云水洞，则是泉声、石声，在当年又融和着钟声、磬声、木鱼声，"声落潭底，不知其归"。单是这些记述，就足以令人心驰神往，沉入梦境中去！但是，最使我眷爱的还是那些汇聚于幽谷，散漫于沙石，名不见经传的泉水。你在山里行走，它们常常会像一个顽皮的小姑娘，唱着、跳着，突然出现在你身边，伴着你走过一段曲折的路，又倏尔钻入岩石或树丛，不见了，只留下一阵银铃般的笑语……有时，你又会发现它们栖身在崖脚，沉沉的，幽幽的，仿佛是一位历尽沧桑的老者的深邃的眼睛，不由引起你好一阵默想和沉思。但是，由于地下水源的破坏，水位的下降，西山许多泉水如今已不复旧观，甚至濒临枯竭。即使这样，在岩壁的石缝间，在涧谷的乱石底，仍然会有点点岩滴，丝丝细流，在艰难地汇聚之后，又顽强地唱起生命的歌，表现出一种身处逆境而自强不息的精神！倘若是赶上一场大雨，这天赐的良缘，顿使满山的泉水勃发新机。于是，石峡漱玉，松涧鸣琴，悬泉腾转于树梢，山溪潺潺于脚下，你会觉得这是山的心灵在歌唱，山的脉搏在跳动！

至于寺，总是同泉相伴相依，所谓"行当密树迷深径，觅到幽源恰傍庵"。有的"水流僧舍下"，有的"烟灶与泉通"，不仅给人以生活之便，而且富有那"泉飞梵呗音”的妙境。这里有始建于晋代的潭柘寺，有始建于唐朝贞观年间的卧佛寺，从辽至清，历经金、元、明诸朝。由于西山地处京师，寺庙日益增多，蔚为“万叠千盘皆古刹，风旛雨铎满西山”的气象。当然，经过风雨、水火、兵燹、劫掠……不少寺庙仅余遗址废墟，只有潭柘、卧佛、碧云、香山、八大处诸寺，因为早已出了名，所以每次劫后，都有人倍加扶植，不仅至今未倒，而且容光胜似当年。

我喜欢西山的寺，因为它给予我的，虽然也有些许淡淡的可怖的宗教气氛，但更多的还是赏心悦目的艺术之美，这大概是由于它不单是宗教活动的场所，也是皇帝驻跸、游乐的地方。这些寺庙，或凿壁级石，上逼穹昊；或偎崖临谷，与岩壑相袅……有的古朴，有的精丽，有的宏伟，有的幽雅……它们与山色树影融合，构成西山许多美丽的景观，诸如香山寺、妙高堂、隔云钟、云外钟声……且不说当年登山眺望，但见林抟抟、塔芊芊、刹脊脊，钟刹交错，加上铃铎梵呗之声，远近相和，如入幽冥之境。即使在今天，当你在山中漫游时，也常有寺宇塔顶，透过丛丛绿树，金碧鳞鳞，忽隐忽现；而当你沿着迂曲的石磴来到寺门前时，仍不失那种“下马危梯滑，开门古殿香”的幽趣。

西山的寺，由于地近京师，更成为文人墨客的活动中心。苍岩，幽谷，古树，清泉，大自然的美丽与宁静，将他们吸引到这里来。暂时隔断尘世的烦嚣，使心灵获得解脱与舒展。你可以想象：清晨，淡蓝色的雾霭，还在山谷浮动，这时，山门微启，他们同寺僧一起去汲泉煮茗，一会儿，缕缕茶香同淡淡的松柏的清芬交融，吟诗声、读书声与风竹、鸟鸣相和。夜晚，涧谷沉沉，僧院寂寂，只有斋房、方丈透出一扇灯光，他们同老僧或者促膝谈禅，或者灯下对弈，朗朗笑语，丁丁棋子，伴着溅溅的鸣泉，把深山之夜烘托得多么幽谧！所以说，深山寺庙，简直就是封建时代文人墨客们的文化活动站。在这里，他们曾留下过相当丰富的墨迹、篇什，其中自有不少具有史学或文学价值的佳作。

三

记得诗人歌德曾经说过：大自然是最伟大的一部书，在它每一页的字句里，你都能够得到最深奥的启示。

是的，北京的西山，就是我十分喜读的一部伟大的书。每当我踩着藤蔓，攀着岩石，沿着幽曲的山径，去寻古探胜时，就仿佛是在一页一页地翻着一部古老、浩瀚的北京城的山川、人文、历史的巨著。看，从翠微山麓法海寺旁的“冰川漂砾”上，我读到了北京的地质变迁史，那岩石上的几条擦痕，看似那么平凡，实则多么深奥。它告诉我，百万年以前，这儿曾是一片冰雪世界，活动着毛犀、猛玛象、洞熊等类的耐寒动物,地壳的变动,气候的变化,才形成今日的山谷和平野。从上方山的猿人遗址上,我又获得人类发展的信息。它告诉我,几十万年以前,我们的祖先已经在这里劳动、生息了,那残存的石器与灰烬,就是他们斗争与智慧的记录。晋代始建的潭柘寺,北魏的石佛,云居寺的石经,显示着北京历史文化的悠久。由高丽僧人郑同于明代成化年间,仿其国金刚山而修建的香山洪光寺毘卢殿,则记载着中朝两国文化交流的美谈。我尤其喜欢在香山昭庙前流连,听着那琉璃塔上叮当鸣奏的檐铃,仿佛来到了西藏的布达垃宫前,看牦牛披着夕阳,向山下悠然走去……哦,昭庙,是汉藏民族团结的自由象征。

在西山这部"巨著"里,既有历史的庄严、凝重,也有传说的斑斓、空灵。在香山上探访"祭星台",寻觅"护驾松",我追想着金代帝王的风流;来到卢师山,伫立于"秘魔崖",眼前又幻化出僧人卢师驾着一叶扁舟,任意漂流的情景;而香山下正白旗村的"抗风轩",不知可真是当年曹雪芹为《红楼梦》呕心沥血的"悼红轩"?只觉得漫步于卧佛寺,踟蹰于樱桃沟,从那山色泉声里,处处使人依稀感受到这位伟大作家的笑貌音容……特别是到了"五四"以后,西山同现代革命与文化史的联系更加密切。碧云寺,有革命先驱孙中山的衣冠冢;万安公墓,安葬着共产主义者李大钊的遗体。还有抗日志士赵登禹,民主战士朱自清……许多志士仁人的英魂都同西山的名字光荣地结合在一起。沿着香山幽谷信步,你会寻到梅兰芳当年住过的别墅残址,那涧沟的泉水,满谷的风声,似乎还萦绕着这位艺术家的清音妙韵;在双清别墅凝思,你自会遥想当年在苍翠的松荫下,柔媚的桃花前,冰心正伏在石桌上,写她的《全集自序》;当年在山间的般若堂里,周作人写出了他的优秀散文《山中杂信》;在山下的一所旧屋里,散文家朱大枏在贫病交加中结束了年轻的生命。时光的磨洗,历史的尘封,使西山这部"巨著"变得艰深而朦胧,正所谓"石幢苔半绣,难读古今篇"。然而,读书的乐趣,也就在于这个"难"字,面对着那一石、一泉、一刹、一碑,乃至一道断垣、一片瓦砾、一座遗址、一柱残幢,只要你肯去探索,去考证,它就会带着你,穿过幽曲、隐秘的历史小径,进入一个新世界。

啊,西山,当好奇而又艰难地翻读着这部浩瀚巨著的时候,我总是感到自己是那样得充实和富有;同时,又是如此得空虚和贫乏。在它面前,我永远是一名如饥似渴的小读者。

佘树森,山东大学学中文系毕业,1978 年调入北京大学,先后任讲师、副教授、教授,当代文学教研室主任。中国作协会员、中国散文协会副秘书长,著有《京华漫步》)等多部。

问 龙

杨 明

我是龙年生人，对龙别有一番感情，每当有人问起我年庚时，我总爱在说明年庚的前面加个“属大龙的”。有天，孙女问我：“爷爷，龙是什么样子呀？”这一问，倒使我一时难以回答。

早在新石器时代的红山文化，就有我国最早的想象龙——大型玉龙（内蒙古翁牛特旗出土）；早在殷商时，甲骨文字中就有“龙”字。在日常生活中，我们也会在绘画、古建筑、商品广告及民俗活动中常见龙的形象。可真正的龙又是什么形象呢？人们又为什么虔诚地崇敬它呢？

十二属相中有龙，那是因为龙之为辰，由星宿而来。辰时，正值东方欲晓，这就使处于东方的古老中国，成为龙之国，有“东方巨龙”之称。这巨龙之国所繁衍的子孙，又称为“龙的传人”。可以说，中国龙挟雷裹电，叱咤风云，名扬四海，声震五洲。

我曾去过故宫参观。这个明、清两代帝王的皇宫，是闻名于世界的古代宫殿建筑群，龙无处不在。那气势雄伟的太和殿，给我的第一感觉不仅是它座落在三万多平方米的庭院之中，八米高的三层汉白玉雕的台基，而是其四周拥立着的六根蟠龙金柱，以及梁、楣和天花板上的沥粉贴金的龙。太和、保和、中和三大殿，龙墀石栏立望柱一千四百八十根，均浮雕着蟠龙。每重栏檐边伸出一个个巨大的石雕龙头，共有一千一百四十二个。三大殿前后御道，铺设有雕刻精美的龙陛。殿门以上门楣、额枋、斗拱、匾额，都有雕龙彩绘。仅太和殿天花板上的粉绘龙就有三千多条。从宫殿建筑到服饰器物，处处有龙的图形。有木刻龙、石雕龙、铜龙、铁龙、金龙、玉龙、玻璃龙、陶龙、彩绘龙，造型千奇百态。就连皇帝穿的衣服亦曰龙袍，坐的椅子曰龙椅，睡的床曰龙床，坐的车曰龙车，处处用龙来树立统治者的威严。

龙在古代人们心目中最受崇敬，被视为祥瑞和威严之物，是古人发挥想象力创造出来的一种虚幻的神物，与白虎、朱雀、玄武同属“四灵”。传说炎帝、尧帝、神农、孔子都是其母“感龙而生”。《史记·天宫书》有“轩辕黄龙体”之说。因此，引申为“天子龙生”，龙开始直接代表皇帝。元、明、清三代，还制定了严格的用龙制度，于是皇宫便成了龙最集中的地方。

在民间，我看过玩龙灯、划龙舟、祭龙庙。民间也取其民俗意义，发挥其生气勃勃的意象，在生活中说龙，在器物装饰上用龙，将竞渡之舟船从以龙形，谓之龙舟。“鱼龙变化”的彩灯，“金龙戏水”的旗幡，无不在表达人们对龙的喜爱。汉代，民间就有舞龙求雨的记载。《夷坚志》还载有龙王舍身降雨，使百姓免去旱灾，百姓感其恩德修建龙王庙之说。民间有龙祠龙庙，龙王被塑成神像，奉于庙宇之中。以龙看年成，围绕龙开展许许多多民俗活动。人们从龙身上，感到意气风发，吉祥如意，感到生活的美好与民族的自豪。在民间，到处有龙门、龙桥、龙路……据说，重庆以龙命名的路、街、巷、村、区就有一百多个。于是，在文艺作品中，如《西游记》《哪吒闹海》《柳毅传》《张羽煮海》等小说传奇中也出现了龙的形象。可以说在中国大地，无处不说龙，无处不见龙。我们中华民族有“龙的传人”的美称，中华大地有“龙的故乡”的美誉。

龙究竟是什么？自古说法不一。有人认为龙是远古时期某些族团所崇拜的生物图腾，是氏族部落逐渐容纳了许多部落图腾而形成的，是原始社会最早的一种宗教信仰，约与氏族公社同时产生。有人认为龙的产生最初并不是生物性的，图腾是实际存在的动物、植物或自然现象，而龙是一些自然意象的生物化。《诸神的起源》从或能和物的角度，认为云和雨的功能就是产生龙的意象的基础。当原始人类在风雨交加的天空看到乌云翻滚的情景，看到山洪暴发时的泥石流，看到江河水被旋风吸上高空的奇特画面，对于这些自然现象，在科学尚不发达的当时，他们无法理解，就幻想着天空会有一种主管风雨的神灵在作祟。这种神灵，大概就是我们今天所说的“龙”。还传说龙有龙王，龙王生有九子，曰赑屃、鸱吻、饕餮、睚眦、狴犴、狻猊、霸下、椒图、蒲牢，龙王根据各龙子性格爱好的不同，分配其差事。赑屃喜挑重担，就把他放在寺庙里驮石碑；鸱吻喜眺望，就把他放在房顶上；饕餮嘴馋，就把他放在食具鼎的两耳旁；睚眦好耍刀子，就把他放在兵器和刀环上；狴犴憎恨犯罪，就把他放在监狱门旁；狻猊喜欢烟火，就把他放在香炉上；霸下喜水，就把他放在沟桥流水处喷水；椒图讨厌送礼者，就把他放在大门旁司门；蒲牢喜爱音乐，就把他放在钟的钮上。当然，这都是人们根据现实生活所见编出的故事，虽为传说，倒也有趣。

由此看来,龙是一种虚无之物。东汉王充《论衡·龙虚篇》写道:“盛夏之河,雷电击折树木,废坏室屋,俗谓天取龙,龙见,雷取以升天。世无愚智贤不肖,皆谓之然。如考实之,虚妄言也”。大自然界中是没有龙的。因此,龙到底是个什么样子也没有定型。《说文》说:“龙,鳞中之长,能幽能明,能细能巨,能短能长。春天而登天,秋分而潜渊”。把龙看作是能够兴云作雨,善于幻化变形的灵物。《易·系辞》说:“云从龙”“召去者龙”。《淮南子·地形训》说:“黄龙入藏生黄泉,黄泉之埃上为黄云”。把龙看成形成两种事物的机体,一是水,二是云,龙体入地形成水,水汽上升则为云。古籍中还说龙是“天帝”巡天的乘骑。总之,在古人看来,龙是有神力、善变化、司雨水、助兵战的动物神。于是,龙与地上许多形态、习性各异的动物有了种种类似的神秘关系,某些动物也因之有了“龙”的称谓,如好马曰龙驹,蛇曰小龙,狗称龙犬等说法。

因为龙是人们取许多动物特征拼凑而成,龙也随着时代的迹迁而从简到繁,从朴实变为华贵。纵观“红山文化玉龙”“半城人首蛇身陶盖”“马厂人首蛇身彩陶”“龙寺山蟠龙纹陶盘”“商代龙纹青铜盘”“战国变龙玉佩”“汉城青龙瓦当”“唐盘龙纹铜镜”“宁府坐式铜龙”及其他古代器物上的龙形,商代的龙纹造型,龙头方正,角呈柱状,无发无须,构图简单,有四肢,爪为三爪;战国时代的龙纹造型,头部较扁,龙身为三弯形,龙身较长,各部纹理清楚,龙嘴张开,龙角形成,尾上翘,作腾云驾雾状,玉树临风,非常潇洒;汉代的龙纹造型,头扁,肚子突出;唐代的龙纹造型,角有分叉,身体短胖;宋代的龙纹造型,龙角分叉多,脸更复杂,而且龙身较长,爪有四个;明代的龙纹造型,分成宫廷和民间,各有差异,宫廷中龙纹造型龙爪为五个;清代的龙纹造型更加复杂美观,和我们现在所见的龙纹造型相似。

《幻学句解》中写道:“龙有九种,角似鹿,头似马,眼似鬼,颈似蛇,腹似蜃,鳞似鱼,爪似鹰,掌似虎,耳似牛。”除眼似鬼的“鬼”为一种虚幻无型外,其余皆以自然界的动物作比拟,很形象。随着人们对龙的热爱和崇拜逐渐加深,对龙的造型也在不断地渲染与美化,便形成如今体态刚健优美、气势雄伟壮观的五爪金龙。龙和中华民族在同步发展,与中国历史、思想、宗教、神论、文学艺术、民俗等融合在一起,有着极为丰富的内涵和凝聚力。

龙,自然是人们想象的一种虚幻之物,又何必去追根求源呢?有龙则灵啊!人们关注的是把龙视为我们中华民族之魂!那唯美的形象和奋发腾飞的精神,如今已成为我们中华民族和国家的象征。愿我们这个东方巨龙之国,奋飞不息!

杨明，(1928－2002)，安徽肥西人，曾任皖北区党委干事，安徽省文化局(厅)科员，原亳州市文联主席。系中国民间文艺家协会、安徽省作家协会、省书法家协会会员。主要作品有《杨明书画集》《竹斋集》；编著(合作)《亳州大观》《亳州传说故事》《亳州歌谣》《亳州谚语》等。作品多次获得国内、国际金奖、一等奖。传略收入《中国历代书画名家大辞典》《世界名人录》等。

落寞的打铜巷

徐　瑛

笣子巷、筛子市、白布大街、牛市街、打铜巷……这些都是亳州古老街道的名称。顾名思义，这些街巷名称的来历，大抵都与昔日它们所经营的商品相关。用现在的话说，也就是专业市场了。二十世纪五十年代，我去亳州读书的时代，这些专业市场虽然有的改弦更张，经营别的商品去了，但很多街巷，基本上还都保留着当年专业市场的旧貌。譬如笣子巷、打铜巷，那里依然有很多经营竹编笣子、铜制器皿的店铺。直至八十年代初我告别亳州，调到另外一座城市工作的时候，那些经营竹编、铜制器皿的店铺，仍然还在苦心地坚持经营着。

七年前，我到亳州参加一个文学笔会，一位朋友托我买一把铜勺。我嘲笑道，你这老夫子真是古板，放着不锈钢的勺子不买，偏偏要买劳什子铜勺。铜勺上产生的氧化铜对人体有害，我劝你还是买一把不锈钢的勺子为好。朋友苦笑着说，我这个学化学的工程师未必连这个都不懂。家里那把比我年长几岁的铜勺坏了，妻子想换一把不锈钢的勺子，可是母亲非要坚持再买一把铜勺。我跟她解释说铜勺上产生的绿锈有毒。母亲不高兴地骂道，净说混账话，咱家祖祖辈辈用的都是铜勺，没见谁吃了铜勺盛的饭中毒的。娘给你用铜勺盛了几十年的饭，不仅没毒着你，还把你养成个大学生。这不，又当上工程师了。母亲八十多岁了，我们又何必为一把勺子惹老人家生气呢？可是，我出差跑了几个城市，却未能买到一把铜勺。你看亳州有没有卖的。我笑道，就冲你这份孝心，这事就包在我身上了。

笔会散后，我急忙到打铜巷去买铜勺。打铜巷是条长不过两百米，宽不过丈余的古老街道。过去，人还未走进巷口，耳朵里就已经传来叮叮当当的打铜声。走进巷口，小巷两边的摊位一排连着一排。摊位上摆着金光闪闪的铜勺、铜锅、铜壶、铜灯、铜烛台、铜锁、铜饰件……各式各样的铜器照得人眼花缭乱。可是：此一时彼一时，现在，我从打铜巷西头向东寻觅，竟然看不到一家铜器铺。原来的店面，有的关门闭户，有的转为卖杂货、馒头、面条、水果什么的，失望之际，走到小巷东头，突然听到从路北传来一阵叮叮当当的响声。循声望去，街北有一家铜匠铺，店铺门口的摊位上，分明摆着几把金光灿烂的铜勺。朋友托办的事终于有了着落，我心里很是欣慰。走到店门口，看到店里一位上年纪的铜匠师傅坐在矮凳上，正低着头打磨一只铜勺。我喊了一声“师傅”。他停下活，满脸堆笑地望着我说，同志，你想买铜勺吗？我点点头，打铜巷原来有好多铜匠铺，现在怎么只剩你一家了？老师傅叹口气说，眼下有能耐的人，谁还愿意干这又脏又累又赚不了几个钱的手艺活？都改换门庭挪到热闹的街上干别的营生去了，只有像俺这样老不中用的残疾人，才守着祖宗传下来的手艺挣碗饭吃。我这才发现，老师傅的下肢瘫痪了。我挑了一把铜勺，递给他一张五十元的钞票。老师傅一边找钱给我，一边忍不住说，不是跟你吹，倒退几十年，甭说在亳州城，就是在开封府，蚌埠街，提起打铜巷的铜器，提起俺老刘家的手艺……唉，好汉不提当年勇，不说了，不说了……

刘师傅又是摇头又是叹气，一脸的无奈，一脸的落寞。萧条的打铜巷与无奈的老铜匠，给我留下了深刻的印象。于是，我写了一篇随笔《最后一个铜匠》，发表在省城一家晚报的副刊上。后来，这篇文章被《安徽画报》转载，并配发了一组老铜匠及其铜匠铺的照片。画报社寄了两本画报给我，并托我转送给老铜匠一本。我乘去亳州探亲的机会，将画报转交给他。两年不见，刘师傅显得越发苍老，打铜巷也显得更加冷清。我问他这两年日子过得怎么样。刘师傅苦笑道，自从您写了那篇文章后，打铜巷与俺这铜器铺很是露了一阵脸儿。先是画报社的周飞来拍照，接着是省广播电台来录音报道，后来俺还上了市里的电视。可是热闹一阵儿之后，渐渐又冷下来了。我问他，经过宣传报道，铜器铺的生意是否比过去好一点？老铜匠苦笑道，就好比俺这双腿，业已这样了，还有啥灵丹妙药能让它站起来吗？不可能了。俺给你讲个故事吧。昨儿个一天没发市，天傍晚，快收摊的时候，突然来个中年人要买一盏铜灯。我说，这活好几十年俺都不做了，现在无论是城里还是乡下，家家户户都用电灯了，谁还用得着铜灯呢？中年人说，现在铜灯是没有实用价值了，可是它还有收藏价值啊。你瞧，俺老刘家的手艺活都成老古董了！俺也成了老古董了，打铜巷也成了老古董了。刘师傅自嘲地哈哈大笑。笑着笑着，昏花老眼里冒出两滴混浊的泪水。

自那次告别老铜匠后，不觉几年又去了。几年来，不知为什么，我心里一直牵挂着他，耳边常常响起他无奈的叹息。眼前常常浮现出他落寞的表情。前不久，我又去亳州探亲，自然又想起看望老铜匠。来到铜器铺门口，不见老铜匠刘广德师傅的身影，店里四个中年汉子围着一张小方桌垒“方城”。店门口的小摊上依然放着几把铜勺。但是,铜勺已失去昔日的光泽,上面落了一层灰尘。我问刘师傅呢?打牌的四个人充耳不闻,没有谁理睬我。我又问了一遍,从里边屋走出一位老太太,我认出她是刘师傅的老伴儿。老人告诉我,刘师傅几个月前走了,走后没给家里留下什么财物,就留下这几把铜勺……

最后一个铜匠走了,我怅然若失,呆呆地站在店门外,脑海里一片空白。终于,哗哗啦啦的洗牌声把我惊醒了,我向刘师傅的老伴儿道了一声保重,然后怆然离去。走出巷口,不由得又回头望了一眼,午后的阳光惨烈地沐浴着古老的小巷。打铜巷显得越发地冷清、落寞。

离开打铜巷,我来到一条新修的大街上。街北一律是经营装饰材料的门面,街南一律是卖影视光碟音响的店铺,马路上车水马龙,熙熙攘攘,很是热闹。物竞天择,一些产业衰落了,一些产业兴起来了,市场规律是不以人的意志为转移的啊。

徐瑛,原名徐存英,安徽太和县人,生于1939年1月,现为中国作家协会会员,安徽省作家协会名誉主席、阜阳市文联名誉主席。1960年参加工作,曾在亳县任县报编辑、公社干部、银行职员、文化馆工作员、剧团编剧、文艺创作组副长等职。1980年后,历任阜阳地区(市)文联副主席、主席、党组书记、调研员,地区作协主席,市政协常委,安徽省作家协会副主席等职。主要著作有《向阳院的故事》、《野鸭洲历险记》(又名《野鸭河》)、《都市里的乡下少年》、《并非英雄的故事》、《天鹅恋》、《知县街上》等200余篇(部)。其中儿童文学《向阳院的故事》有英文译本和两种日文译本。现有《徐瑛文集》(五卷)名世。

《迟重的思念》后记

郭修文

当我将这本薄薄的诗稿奉献给读者的时候，我的心一如诗集的名字，不见轻松。

我生长在诗的国度，且有幸与建安巨子三曹同乡。文化历史名城浓厚的文化氛围，祖母、母亲逗我的儿歌，父亲摇头晃脑地吟哦古诗或自己的得意之作，那情景，那韵致，使我于不知不觉中坠入诗国。中学时代居然写起诗来，时有"豆腐块"见诸报端。那是一个热情点燃的年代，国人急欲摆脱穷、白，恨不得一步跨入天堂。我便也拔着自己的头发写了一些诗，如"水稻长上重霄九""钩下太阳填进炉"之类的豪语。"史无前例"的那段日子，我把诗情冰冻起来，偶然技痒便写几行，但寥若晨星而已。

真的写诗，当是二十世纪八十年代。八十年代的神州赤县正经历着一场重大变革，思想解放的潮流激荡着各个角落。由封闭到开放，这是历史的必然。我的文思也活跃起来。我写戏，便有《镇海珠》走上舞台；我写曲艺，便有《训女》《同命相怜》获奖；我参与民间文学，便有《醉杨妃》《断肠红》绽放。但我仍一往情深地耕耘我的诗国。回顾走过的历程，我终于选择了现实主义道路，将对现实的观察和对历史的反思融入作品。面对假、恶、丑，我讴歌"为人们酿造春的意境"的育花人；面对"忠正奸邪，真假美丑，全寓于观者的怒骂嬉笑"的亳州花戏楼，"目光冷峻成两把凌厉的刻刀"；面对陈胜墓，我总结历史教训："呵，推翻王朝又建立王朝，呵，出身乡民又远离乡民，成也匆匆，败也匆匆，只赢得一颈血染的教训"；我讴歌我的老乡华佗；面对腐败现象，我为《陪席者》的内心独白而绞痛；面对改革大潮，我为小城的进步而欢欣。我以我的真纯写诗，诗中渗透了我对人民的深情。

至于诗风，我一直信奉民族风格、民族气派，当然也并不拒绝对外来文化的吸收。这在当今，颇不时髦。前几年，中国诗坛派别、主义鹊起，而我抱残守缺，独善其身。一如丑小鸭不敢与白天鹅竞翅,诗便归于寂寞。然寂寞归寂寞,知音还是有的。这些年能发表一些诗,有的还在国内大赛中获奖,便是明证。

感谢香港文光出版社的朋友,将我近年创作、发表的部分诗作结集付梓,为我提供了一个广泛征求意见、结交朋友的机会。借此,也向关注我、扶植我的师友表示由衷的谢忱。

读者是上帝。我诚恳地希望我的上帝能喜爱我的诗作。

阿门。

郭修文(1941——),亳州谯城人。1960年参加工作,历任中小学教师、县创作组创作员、文化馆工作员、原亳州市文联副主席等职。系中国曲艺家协会、中国民间文艺家协会、安徽省作家协会会员、省曲协理事。从事诗歌、戏剧、曲艺创作及民间故事的搜集整理。曾荣获文化部"群星奖"等多种奖项,主要作品有诗集《迟重的思念》,编著(合作)《亳州大观》《亳州四名》及中国民间故事全书《谯城卷》《涡阳卷》《利辛卷》《蒙城卷》等。

1991年6月于亳州

《亳州歌谣》前言

郭修文

一卷书稿摆在案头——歌谣。二百三十首。亳州的。

情人的私语,童稚的歌唱,贫者的呻吟,反抗者的呼号,如淙淙流水,如悠扬管笛,如霜天冷月雁落长淮,如金戈铁马驰骋心头……

读着它,时喜,时怒,时哀,时乐;

读着它,或酸,或辣,或苦,或甜。

这是一部辉煌的史书:它告诉我们这块土地的过去和现在;

这是一部形象化的社会百科全书:政治的,经济的,文化的……

但,这毕竟是一部歌谣。

中国是一个诗的国度,从古到今产生了难以计数的作品和诗人。而劳动人民口头创作的歌谣,则开创了我国诗歌创作的先河,成为绽放于诗国的一株奇花异卉,随着岁月的流逝,民间歌谣愈加显示出顽强的生命力。

不是吗?

古人击壤而歌,《诗经》三百,风靡千古;

汉置乐府,乐府诗久唱不衰。

二十世纪八十年代,神州赤县展开了空前规模的采风活动。我市广大民间文学工作者踊跃参与其中,在二千二百平方公里的土地上广征博采,继《亳州传说故事》《亳州谚语》面市之后,又将这本《亳州歌谣》奉献给读者。这实在是一项具有重大意义的善举。

也许是所处地理位置的关系,亳州歌谣没有大山的雄浑,没有江河的奔放;也许是受文化心理层次的制约,这里的歌谣缺少"化外"的野味,浓烈的辣味——这一特色于情歌中表现得尤为突出。但这本集子里绝不乏奇峰突起、酣畅淋漓之作,诸如惊心动魄的捻军歌谣。由此便构成了这部歌谣集绚丽多姿的风采。

名曰“集成”，实难集成。民间文学浩如烟海，真要集而成之，一本薄薄的小册子岂能胜任？唯可自慰的是，《诗经》三百，而我们从上千首歌谣中编选二百余首，似乎也可以塞责。入选的篇目大都健康可读，考虑到资料本的要求，也适当收入一点儿有一定局限，或格调不太高雅的作品，相信读者自会欣赏鉴别。

编选失当之处，敬乞赐教。

1990 年 12 月

诗书作伴自馨香

郭修文

我爱书，大概缘于父亲的吟哦。父亲是一位塾师，闲适的时候，往往持一卷古诗击节而歌。看他那摇头晃脑深深痴迷的样子，我坚信书里面肯定有一个十分神奇而又美妙的世界。

后来我上学了，念“赵钱孙李”，念“桃花开，杏花败”。等认识了一定数量的方块字，翅膀根渐渐硬了起来之后，我便不再满足于课堂上学的那点东西。凭着对书籍的热切向往，开始探索她的神奇和奥秘。仍记得我接触的第一本课外书，是我上高小时看到的《古诗十九首》。我对照着注解一句句、一行行地啃那艰涩的文字，不料竟啃出了些许味道。那个叫罗敷的女子穿越时空姗然进入我的视野。她那令“耕者忘其犁，锄者忘其锄，来归相怨怒，但坐观罗敷”的超人美丽，给人以无限遐想的空间。而文中对罗敷服饰、劳动工具的铺陈，对“皆言夫婿殊”的礼赞，无一不透出一个“美”字。正是这种文学的美，引领我涉猎更多书籍，领略“大漠孤烟直，长河落日圆”的雄浑，感受“风吹草低见牛羊”的苍茫，惊叹“燕山雪花大如席”的瑰丽，咏叹“独钓寒江雪”的高古。“寻寻觅觅”的凄清，“大江东去”的豪壮，“人约黄昏”的温馨，“悠然见南山”的闲适，都让人一赞三叹，不忍释手。

当然，书籍给予我的远不止这些。“铁马冰河入梦来”的报国情怀，“留取丹心照汗青”的崇高节操，万劫不悔“要留清白在人间”的人生信念，革命家“环球同此凉热”的博大襟怀，无一不给人以人生的启迪。这启迪有“立在地球上放号”的躁动，有“我是煤，我要燃烧”的呐喊，有“砍头只当风吹帽”的悲壮，也有“在烈火中永生”的绚丽。我尽情享受阅读带给我的愉悦和心灵的震颤，于愉悦中陶情怡性，于震颤中净化灵魂。书香使我忘记了学生时代的清贫，使我忘记了物资极度匮乏时期的困窘。书香也使我忘记了前进中的磕磕绊绊，忘记了诸多无绪的苦闷与烦恼。读书使我成为精神的富有者和美的不懈追求者。

对书籍的喜爱,使我养成了阅读的习惯。茶余饭后捧一卷书,睡觉之前翻几页书,出门在外带一本书。图书馆、阅览室是常去的地方。每次上街,抑或出差,逛书店是必不可少的。偶然淘得几本好书,便会得到极大的满足。等我当了父亲、当了祖父之后,我也将书籍当作最好的礼物送给孩子们。几册连环画、几本小人书,也常常让孩子们兴奋好几天。直到现在,年逾古稀的我,更是不可一日无书。戴一副老花镜,执一柄放大镜在书海中游弋,在墨香中徜徉。

书香还与我的工作相伴,在一定意义上来说,她还引领我职业的选择和工作的导向。初中时,我便立下志向,做人类灵魂的工程师,教书育人。中师毕业后,我如愿以偿地走上三尺讲台,用书籍给予我的灵犀一点,去点燃孩子们的智光,塑造一个个稚嫩的灵魂。其后,我又在创作组、文化馆、文联工作,直至退休都有书香萦绕,不离左右。是书籍,架起了我与文艺界朋友沟通的桥梁。我们一起谈"诗言志、歌咏言"的体会,谈"捻断数茎须"的艰辛,谈"功夫在诗外"的感悟。凭借一缕馨香,无论何时何地,都会有心灵的碰撞、情感的火花。

学会唐诗三百首,不会作诗也会诌。不知什么时候,我也产生了作诗的冲动,开始涂鸦,开始"诌"起来。初中时,有"豆腐块"见诸报端;十七岁时发表的一首诗竟意外地入选一九五九年度《安徽诗选》。从此,创作成为支撑我生命的另一个支点,与阅读一起成为我生命的左右两翼。我写诗,写报告文学,写剧本,写小品曲艺,还搜集整理民间故事,创作新故事。我充分享受创作给我带来的欢乐——尽管这欢乐更多的是与艰辛作伴,但我无怨无悔。痛,并快乐着。

书香伴我行。有书香作伴,真好!

开　始

李　亚

秋天，我正在地里打坷垃，忽然听见村里的大喇叭喊我的名字，叫我明天到双沟区文化馆开会。

如果我没记错的话，上面这个句子，是我十多年前一篇短文的开头，这篇短文说的是我青少年时代师从马德昭先生学习写作的往事。从此后，我只要想起马德昭老师，这个句子，以及它所表述的情景，就会像一帧帧黑白木刻一样，展现在我眼前。我喜欢黑白木刻甚于套色木刻，更甚于油画国画，因为它性格分明，形态简朴，刀法了然，而且就像利刃切开皮肤那样，能够直抵事物的本质。我不是想在这儿再三烘托这个情景，我要说的是，我的命运就是在这个情景下展开的，我也是在这个情景下接触到马德昭老师的。

这个情景出现在一九八七年秋天。

众所周知，那个时候，一个十五六岁的农村孩子，如果考不上大学，那基本上只能在家打一辈子牛腿了，不像现在这样，可以到城市里打工挣钱，谋一份职业来养家糊口，赶上好时机了还可以发财，还可以留居在城市里。所谓面朝黄土背朝天，说的就是那时候农村孩子的命运。当然，也有很多农村青年一开始哪里肯向命运低头，但最终，还是被不讲理的命运压垮了。我也是这样的，当时已经中学毕业，考大学那是门儿也没有，不是社会的不公道，而是自己不努力的结果。但是，因为平常喜欢读书，经常有感而发写写画画，养出几分自命不凡，那就更加不相信宿命，不服气命运的残酷。但现实不是梦想，当时情形，你的社会关系决定了你的成长环境，也决定了你的发展方向，你祖祖辈辈都是打坷垃的，他们的遗蕴决定了你也得是打坷垃的。所以，那天我正在地里打坷垃，忽然间听到大喇叭里这么一个通知，当时就觉得天地洞开，命运有了一线光明，诚所谓，玄机所在，遇到贵人，病鸟腾飞，衰枝花开。

我记得在十多年前的那篇短文里，简略地讲述了大喇叭为什么单单通知我去开会的缘由，现在我还要再说一遍：当时我们店集乡有一个副乡长叫纪志才，相当年轻，好像是大学刚毕业，他不像当时某些有权力没文化的乡镇干部那样，既说不好话，也做不好事。这位纪志才副乡长对乡村发展有自己的理想，尤其对乡村青年比较关心，他了解到我平时爱读书，爱写写画画，曾抽我到乡政府填写过第一代身份证，因为这个缘由，应该就是他推荐我到双沟区文化馆开会的。后来证实，就是这位纪副乡长纪志才老兄推荐的。这个事情我十多年前在短文里说过，今天再说一次，以后但凡话儿说到此处，我都要说上一次。这是我的固执，也是我的观点：对好人好事，尤其是在危难之际帮助过自己的人，我们就是说一千遍说一万遍都不过分。要有人说咱们絮叨，那是他们的短见，咱们说上千遍万遍，那是咱们心中的感念。

通知说是开会，事实上是听课。

讲课者谁，马德昭老师也。

马德昭老师当时是亳县文联的作家，他到双沟区文化馆讲了一堂文学创作课。那时候文学氛围浓厚，双沟区几乎所有的文学爱好者都来听课了，包括四名解放军战士，当时双沟区还有一个班的驻军嘛。那是我第一次亲眼见到解放军，心里好生羡慕，也是我第一次近距离地接触文学，内心忽而茫然，忽而明亮。那一天马老师讲了托尔斯泰，讲了莫泊桑，讲了巴尔扎克，还讲了一篇梅里美的小说，遗憾的是我现在想不起篇目了。不过，马老师还讲了一篇中国小说，我至今依然记得这篇小说名字：《在小河那边》。而且就着这篇小说的模板，马老师还讲了很多写作方法。后来我常想，如果我有几分文学慧根，应当就是这一天被马老师开启的。当场心怀激荡，不再抱怨命运，反而对人生憧憬不已，此其一；再就是青春时光，出于对作家的敬慕，在听完课以后，我请马老师签个名字，以作留念。我当时拿了一本《文学描写手册》，马老师出于对作者的尊重，没有在扉页写字，而是在另一页上写下他的名字和联系地址，并且告诉我，以后有什么事情，想读什么书，写了稿件需要商讨，都可以给他写信，或者到县城去找他。

这是我第一次接触马老师。

也是我，一个乡下孩子第一次接触城里人。

说老实话，那个年代，在我们乡下人看来，城里人穿得好，吃得好，都是骑洋车子的，吃饭先洗手，便后也洗手，讲究卫生，说话洋气，高不可攀，十分尊贵，流氓阿飞很多。我们乡下人对城里人怀有怯意和敌意。当然了，谁家有一门城里的亲戚，也是大家羡慕嫉妒恨的。见过马老师之后，我不仅改变了对城里人的看法，一旦在人场里有人取笑和嘲弄城里人时，我都会给予辩驳，并且以马老师为例子，试图向他人说明城里人也有好的，也有很多有学问、有文化的人，这些都是讲文明的人。时间长了，在我们村里就形成了一个观念，城里人只要有学问的，有文化的，都是好人，没学问没文化的，都是流氓阿飞。现在想来，不禁啼笑。不过，没多久我去了一趟亳县，再次证实了我们的这个观念还是有几分道理的。

见过马老师之后，我开始借书，借什么书，什么书都借，最想借的是《安娜·卡列尼娜》。真是残酷，方圆几个庄都借遍了，也没有借到《安娜·卡列尼娜》，后来鼓足勇气到古城集上文化馆，借这本书。那时候小集镇上的文化馆图书室不像现在这样，都是开放式的，自己翻看自己挑，那时候是柜台式的，你得趴在柜台上给图书管理员说书名，由他来给你拿书。我当时看到一墙壁书，真是懵了，哆嗦半天才敢跟图书管理员说我想借《安娜·卡列尼娜》。这位图书管理员是位大姐，像个城里人一样，很洋气，穿着花格子上衣，手里打着毛线活，斜着眼瞥一下我，爱理不理地说:“你说啥？嘴里跟噙个热茄子一样，说清楚点。”我就哆哆嗦嗦又说了一遍书名，这位大姐很不耐烦，看都不看我，嘀咕了一声:“不知道，没有!”那时候古城集文化馆图书室在我心中是圣地，我很惊讶，就多了一句嘴:“你们文化馆能没有《安娜·卡列尼娜》?”穿花格上衣的大姐很愤怒，一扭脸:“去去去，看你衣襟子上油啦吧唧的，还安娜啥啥娜，装外国人是吧?”取笑完了，继续打毛线活儿，是一件鹅黄色的坎肩，都快收口了。

当然了，这点小小挫折没有影响我的文学梦想。有了文学上的疑问，我就会给马德昭老师写信，每次他都及时给我回信解答难题。到了第二年春天，我写了整整一笔记本诗歌，就算是诗歌吧，带着这个笔记本，坐上票车去亳县文联寻找马老师。非常遗憾，是星期天，马老师没有上班，文联里有一位女老师正在做煤球，告诉我马老师住在城南小刘庄，离得远，怕我不好找，又指点我到州东街找文联主席杨明先生试试。论说从亳县文联去州东街并不远，但是，我一个十六七岁的乡下人第一次进城里，那情形大家是可以想象的，问个路，城里人都不愿意搭理我，连摆小摊子卖凉粉的都不理我，我当时觉得城里人太可怕了。倒是有一个推三轮车的很热心，要拉我去，一说两块钱，我哪里舍得，这个推三轮车的，跟着我骂了好远才掉头走了。尽管一肚子窝囊，但最终我还是找到了杨明先生的住处。杨明先生相当客气，请我进他书房里，就是依靠主房搭的一间偏房，给我倒了一杯水，让我坐在藤椅上，他坐在我对面问了几句话，就开始翻看我笔记本上写的诗歌。我当时坐在那儿，望着一屋子书，几乎是魂飞天外，直把杨明先生疑为神人，哪里还能听进去杨明先生都说了些什么。最后杨明先生告诉我,马德昭老师星期天喜欢出去钓鱼,恐怕也不容易找到,建议我不妨先回家,等上班时间再来,他会告诉马老师我找过他。多少年来,想起这事,杨明先生文质彬彬的形象就会出现在我眼前。

这一次尽管没有见到马老师,但我心理上已经见到了。

过了几天,我收到马老师的一封信,言及前情尽知,希望我不要气馁,好好读书,好好写作,多多观察生活,还说以后来城里,如在单位找不见他,可以到家里去,并且详细注明了去他家的路线图。于是,一个月后,我再次去了亳县,虽然是上班的日子,但马老师正在家创作,没有上班。这一次,我拿着路线图,顺利地到了马老师家里。非常惭愧,我那时候一个是贫穷,一个是没有那种意识,第一次去家里见马老师,竟然素手拜访,而且还在他家里蹭了顿午饭。哦,一个乡下孩子,亳州话言说了,“空着俩爪子”,在城里知识分子家吃一顿饭,而且全家热情,视我如同家人,我的心情难描难画。尤其是,临走时,马老师还给我装了一书包自己的藏书,让我回家看完再来换。现在想起这一切,真是恍若梦境。正像戏里唱的,从此后,俺走上了坦途,抬望眼,风景无边。

我自己也不知道,几年间从马老师那里我究竟读了多少书,他家的书我基本上都看过了,后来,又跟着他到单位图书资料室借书、借杂志,像《清明》《花城》《小说月报》《小说选刊》《世界文学》等杂志,都是从马老师手上借读的。而我写了习作,也迫不及待地寄给马老师指点,他都会很快给予回信,不厌其烦地点评文中得失。说句肉麻的话,那几年,马老师对我,可以说情同父子。也正是有了大量的阅读,有了马老师诸多点评,我自己的写作,才有了一点点进步。我的第一个中篇小说,写的是一个士兵和一条蟒蛇的搏斗,连我自己都忘了是什么名字了,只记得,寄给马老师之后,他很快给我回信,希望我去城里面谈一次。我就是这一次去城里认识张超凡老兄的。张超凡当过兵,当时在亳州文化局工作,博览群书,发表过很多作品。马老师的意思是,希望张超凡兄能帮助我修改这个中篇小说。虽然后来这个中篇没有发表,但让马老师和张超凡从这个中篇里看到了希望,看到了我还是有一点点写作天赋的,同时也让我和张超凡兄奠定了漫长而坚实的友谊。张超凡见多识广,具有很多冷门知识,对亳州人文地理、风俗典故如数家珍,我这几年写了几篇家乡故事,遇到的难题全是打电话请教他解决的。这里说到超凡兄,顺便提上一笔,我内心里,视张超凡,亦师亦友。

接着说马老师。

说到底,我毕竟是一个农村孩子,生存环境很大程度上制约着个人的发展。马老师不仅在文学上给我很多启迪,在我的人生道路上也给了很多提携和扶植。

为了能让我的生活条件好一点，也是为了让我多多接触社会，以开阔文学视野，增强辨识事物的能力，他给他的老朋友冀正中写信推荐我，希望能得到一个临时工岗位。现在说这话，可能很多年轻人不了解，在当年，一个临时工的生活条件以及生存环境，尤其是生存心态，那要比一个农民好得多。当时，冀正中是双沟区的区委书记，是我们店集乡的上级领导。平心而论，冀正中对人是十分热情的，而且也很在意与马老师的友谊，出于对他的敬重，我这里不妨称他一声老叔。只是，我与冀正中老叔的接触时间有限，他很快调到亳县工作了，但是，马老师给他说的事情他还记着，后来我当兵，还多亏这位冀老叔鼎力相助我才得以从军入伍的。后来，我考上解放军艺术学院，寒假里我回家曾去看过他一次，他对我的进步感到很欣慰。遗憾的是，我毕业后再去看他时，他已经搬家了，此后再也联络不上。人海如潮，凡夫茫然，惟愿好人长寿天年，一生平安。

追本溯源，这一切还都是来自于马老师。

因此，从这个意义上说，马老师就是我生命中的贵人，是我人生中的恩师。

我当兵满两年，在大型文学杂志《昆仑》上同期发表了两个中篇，理所当然，我拿到杂志后第一时间给马老师寄去一本。马老师很快给我回了一封长信，表示十分欣慰的同时，告诫我文学创作的道路漫长而又坎坷，小小的成功可以欣喜，但不能得意，不能自满，稳步向前，时有突破，才是长远。这些话我从未向任何人说过，但这封信我一直珍藏着。后来，当我觉得有一点成绩，有点得意时，我就拿出这封信看看，再后来，我只要一有点得意，马上就会想起这几句话，霎那间就夹下尾巴。尤其难忘的是，我考上解放军艺术学院之后，因为父亲有病，家境不好，马老师还是一如既往地关心我，并且时而资助我，让我买书买资料。这些往事，言之心动，尤其是随着年龄爬升，每念此事，不由喟然长叹，思接千古，遐想万里，竟无语凝咽。再后来，军校毕业，分到部队，和马老师心情相连，兀自努力，回家探亲，必登师门，促膝谈心，笑语连连。酣然间，老师患病，赴京就医。很遗憾，京都茫茫，人烟沧桑，行业温凉，医道繁杂，彼时我能力有限，无门无径，心有余而力不足，不能给马老师以惬意的医疗服侍，但总算全心全力让马老师过了这一关。唉，每每想起这件事情，心愧如焚。

尤其让我愧悔的是，马老师弥留之际，我竟然没有及时出现在他的面前。双休日，我都会关掉手机，悉心做事读书。周一上班时开手机，接到超凡兄电话，言马老师已经仙逝，就是这两天的事情，一直与我联系不上。细说马老师去前情形，撒手之际还在念我。现在想象那番情景，满脑轰鸣，涕泪暗流，怆然间虽不知天地何在，但才知人世无常，这般宿命铿锵，凡胎肠断，吾师仙去兮。

恍然不觉，转眼间马老师走了数年，几次回老家，都要到他老人家的灵前焚香烧纸，寄托哀思。每次站在他的遗像前，给他鞠躬时，总是感到他在云端遨游，长久俯视万方，间或凝视我一眼，我不由得想立时伏地，念叨一声：小子努力则个。

草药慰藉

林　敏

年轻时是不承认草药的。一是因为崇拜的鲁迅先生不认同中医，他说过“中医不过是一种有意或无意的骗子”，在他的书中，对草药诡谲的配伍有过辛辣嘲讽。二是那时的中医，似乎多是年老而体衰的。暗想：这样的身子骨抱残守缺，怎能说服别人？

岁月渐老，人生诸病之复杂，感觉试验室里或流水线上出来的白药片似乎太简单了，所谓副作用也有难以承受之重，于是乎，中医的理论就入耳了。李时珍的《本草纲目》就被达尔文看成是中国的百科全书。再说鲁迅到后来，也用中药为海婴治哮喘，赞同许广平服中药治好了妇科病。鲁迅后来对《本草纲目》和民间医药的评价，公允而且深刻。由此看来，鲁迅并不是在反对中医，而是批判庸医。所以有网友说“只是响箭过处，不小心击中了医林中的几片黄叶而已。”

生于药都亳州，草药如同手足。小时候看前街后街百姓的屋檐下，都不同地挂着些茅根草、大白菜根、葱须、萝卜缨，等等，颇有些像皖南风干的咸鱼咸肉。那栉风沐雨的根根茎茎说不定在什么时候就派上了大用场。感冒发烧，不用打针吊水什么的，熬一碗葱须萝卜水，喝下去通体舒泰。小孩子受了凉，积了食，只消将鸡肫皮放铁锅里烘干了，碾碎冲水喝下去，或掺在面粉里炕个小饼，吃了立马见效。

春天的亳州，芍药是大地上的花王。大片田野上流光溢彩的芍药花占尽了风光。近年来也有将花采了拿到城里卖的，一包包一摞摞，那规模和形态，离“如火如荼”却是差得太远了。秋天收芍药的季节，又是另一种风情，切了片的芍药撒在阳光下晒着，雪花般沟沟坎坎地白，逆风香千里。

亳州是中国最大的中药材集散地。每年九月都有一次大型药材交易会在此举办。亳州人，十之六七懂草药，有钱人十之五六是靠草药发的财。走进药材街，药典琳琅满目，辛苦沁人肺腑。有百姓说，立于药材街闻药香即可祛病。据媒体报道，国家正举力传承中草药文化，让中国草药走向世界。

有朋自远方来，药材街是不可不去的，不管是病与非病，药材街所承载的、所传递的，都不会仅仅是物质上的。这片生长着草药的土地上，曾经积才蕴盛，英杰无数。汤王的盛气凌人，老庄的深邃神秘，曹操的英豪霸业，华佗的济世情怀……一方水土一方人，草药是否也传承了这种天时地利，哲学、经济、文化的地气天露呢？

我接纳草药还是在母亲的感召之下。母亲虽不是土著，却是中国草药的忠诚践行者。一场病下来，先是西药、打针、吊水，折腾一遍，但最后收场的总是中医。那时我家窗台上是断断少不了草药的，有包装的，是药房里抓来的；有“散装”的，是母亲在地里挖来或采摘的。紫花地丁、蒲公英、麦冬、甘草、枸杞、车前草，等等，斑驳陆离。

初为母亲拔火罐、刮痧，心中惴惴，后来看父亲示范，才知放开手脚，病人总以为下手越重越见效的。我家的药罐常年端放灶台一角，其烟熏火燎的程度，表明其被重视的程度和使用率。我所知道的人体阴阳之说，食物热性凉性之说，盖出于母亲。

常年耳濡目染，以至于触发了我的诗情：蘸一碗浓浓的苦汁/写一部阴阴阳阳的书。鹤发童颜的老翁/自脉搏下睁开眼睑/令百草结队/赴汤蹈火/衰根败叶翻滚过/有精气自三方之地赶来/良药苦口是真理/中国草药/以草之长补人之短/玄机要妙煎熬其中。

《死亡日记》的作者陆幼青，在动了两次手术之后，寻访中医，老中医把脉开药，几剂之后果然有起色，但老中医说，你来晚了，给陆幼青和读者留下了永远的遗憾。而“林妹妹”陈晓旭因乳腺癌去世，却有学者怒斥是中国草药害了红楼仙子。对于中医西医之争，大家都迷茫，这是一个高深的问题，患者都在这个问题之外。

长年伏案，积劳成疾，我也与草药渐近渐亲了。走进中医院，闻着缕缕复杂的药香，感知着这些从大地深处飘出来的气息，病似乎有了归属感。再看那些展柜里，绫罗绸缎衬托着、被供奉在精美盒子中的草药中的贵族，真的感觉它们是药中的陈胜和吴广。击溃病魔，也只待揭竿而起。

为我把脉的是一女医生，五十多岁，并不多问，似乎一切尽在不言中。开了七剂草药。回来后取 剂用钢精锅煎煮毕，一气喝了，又遵医嘱将药渣用棉布包了，热敷，竟自觉疼痛缓了不少。便有些诧异，拿过药袋拨拉着看那些根根茎茎。有些认得,大多不识。

待再去把脉时,留心药方,恍然觉得草药之名也是一门哲学。譬如蝉蜕可脱敏,防风可退疹,益母可养宫,等等。传说中神农尝百草,不知是先有其名再有其效,还是先有其效再有命名。中医的阴阳法则、天人合一、形神合一都有些玄学的意味。总之中国草药延续几千年,其文化博大精深,是我等只用病眼看草药之人不能穷其内涵的。

来抓草药的大都是农村人,一是价格便宜;二是他们更相信土里刨食的人吃五谷杂粮生了病,用土里长出来的枝枝叶叶疗伤更合理。苍耳籽、半枝莲、川贝、麻黄、半夏、桃仁,等等,看得见抓得着,熟稔实在。不像西药,一律小白片或胶囊,说明书上的生僻字和分子结构,令人生疑。

几剂药下来,我找到了母亲与草药和谐亲密关系的传承基因。挤在农人之间排队抓药,竟有了一些感动,为上苍赐予人类以百草和人类对百草的情感依赖。

大夫说陶罐和砂锅煎药更熨帖。一个周末,我特意去买了一只土陶药罐子。现时的药罐也有了进化,有一支专门篦药汁的壶嘴,方便了许多。不由想起民间习俗来,若是借用了邻人的药罐,是不兴还的,要待邻人再生病时来取,不然,还了,就有将病一并送去的嫌疑。药罐按大小排价,小的才十元钱,这在物价飞涨的今天,真的是便宜得很,但便宜也不会有人抢购,这点可放心。

如今都住楼房,用煤气和自来水,没有与土药罐相配的劈柴和泉水,这药性大约就减了几分。当夕阳西下,将草药泡上,里面掺杂的枯叶草根什么的,自不必拣去。晚饭后开始煎熬。当药的苦味在屋里蔓延开时,正是戏说类、穿越类电视剧如火如荼之时,平时不看电视剧的我,此时稳坐在民间的种种说法中,心中充满着草药的慰藉。

如此一段时间下来,在病情的逐渐好转中,我确认了中国草药真的蕴含着一个哲学命题。与其说是草药能治病,不如说是自己让草药治病。相信草药能治病的人,一定有丰富的生活阅历和人生坎坷,这就是人越老越信草药的缘由。

在大自然赐予的根系和枝叶中,以足够的耐心等待一个合适的火候,然后将不多不少的药汁倾入杯中,然后从容饮下种种辛苦。草药的神秘和哲学意味,便慢慢地从根根草草之中升腾出来,与人融为一体了。

林敏,祖籍沂蒙,生于谯城,读书厦门,做报纸编辑、主任编辑至退休。为文高产,出版各类文集十余部,另有小说散文作品见于国内外报纸刊物。

那人·那村

超　凡

母亲手中的野菜

阅历,无疑是人生的一笔可贵财富,可也有其副作用。如果阅历太深沉了,对幸福的“味蕾”就会迟钝起来,面对幸福的提问,可能会迟疑好大一会儿,却找不到适当的辞令——譬如吃的幸福感。

青年之前,一直被饥馑的梦魇折磨着,那时候的胃口,正像一句经典广告:吃嘛嘛香。那时候的幸福感,大概一碗肉丝面即可获得。可是,那个年代,食既不能果腹,遑论“食不厌精”? 至于“脍不厌细”,更认为是满口胡柴,吃肉? 当然是大块的好啦,何必细? 终于有一天发现,吃得饱了,吃的好了,该吃的差不多都吃了,却抢占了几个不该占领的制高点:高血脂、高胆固醇、高血糖、高低密度脂蛋白,表象则是,高肚腩。与“四高”对应的,则是食欲降低。

这时,倒十分惦念起母亲手中的野菜来。

二十世纪六七十年代,菜,在民间还被列为“引食”——引诱着把饭食咽下肚去的东西。就不止一次听说这样的故事:某某人在粗面烙馍里卷一根腌蒜薹,咬馍的时候,蒜薹朝下一拽,咬到馍却咬不到“菜”,结果,一张烙馍吃完了,蒜薹还是完整的一根。这故事家喻户晓,往往是家长教育子女的教材。

没有菜,母亲就去找野菜。

最早进入饭碗的是荠菜。在正月颇为凛冽的寒风里,荠菜就从土里钻了出来,很鲜嫩,开水里焯一下,拌上盐,就很可口,如果能滴上几滴麻油,简直就可以称之为美味了。

出了正月,柳芽儿冒了出来,细细捋了,用热水焯一下,去掉苦味,拌着吃,也很爽口。

到了农历二月底,地里的野菜就多了。在暖意的春风里,跟着母亲到田野里挖野菜,心中的温暖一如艳丽的春阳,明媚而煦丽。母亲告诉我,哪些是可以吃的草棵子,哪些是不能吃的。能吃又常见的有这么几种:富富苗儿,它的学名叫牵牛花,叶子圆大,根子白白,带甜味儿;茵陈,黄蒿的幼苗,嫩时可吃,稍大就苦了;补补丁,在国外好像叫作矢车菊的,幼嫩时颇为好吃;马矢菜,学名马齿苋,一种充满水分的茎本植物,俗名晒不死;羊蹄子棵,一种拌面蒸食味道极佳的植物。

三月的时候,时鲜的野菜是树的花叶。常见的有:榆钱儿,俗名榆钱子,多用来拌面蒸食;楮不揪,楮树的花,拌面蒸食;葛槐花,学名叫紫藤的植物开的花,成絮状,可以焯了凉拌,也可以拌面蒸食,并且还可以晒干了"打咸糊涂"——一种亳州地区独有的烹调方法,外地人或可称之为"咸稀饭";洋槐花,一种白如雪团的花序,既是一道风景,也是一道美食,它的馈赠,可以蒸了吃,也可以蒸后凉拌或炒了吃。此外,还有灰灰菜,扫帚苗子等。每当母亲在灶前忙着烹制野菜时,红红的灶火映着她生动的脸庞,灶间弥漫着野菜的芳香,这时,幸福就像潮水,溢满我的心房。

前年春天,专门陪母亲去田野里挖了一回野菜,春风拂过母亲花白的头发,我的心疼了一下,母亲老了! 她指点我哪些是可以吃的野菜,一如当年。真的,不经母亲指点,有些野菜,我已经辨认不清了。田野里,七十岁的母亲和接近天命之年的儿子,闲闲地徜徉,煦阳暖暖地照着,麦苗上漾着一层地岚,久违的幸福感,慢慢就把人笼罩了。

螃蟹排长

人,经常想起儿时伙伴时,大约离老年不远了。

对写东西的人来说,童年的阅历,儿时伙伴的形象,往往是写作资料库里的最重要部分。其实,它更像老牛胃里的草料,供人寂寞无聊时翻出来琢磨琢磨,就像牛,把胃里的草料翻出来反刍一番一样。

因此,童年之于老年,就像必需的营养一般,不可缺少。

说句身在福中不知福的话,二十世纪五十年代出生的人,是最为不幸的一代。记事不记事的,都经历了那场饥饿的浩劫,相当一部分没福气享受时代进步的成果,就成了小小的饿殍。进入六十年代,不再饥肠辘辘了,刚拿起课本,还没有念过几本,文化大革命来了,几千万只"小鸟"从课堂里飞了出来,又是"腹中空空"啊,这次是精神饥饿。接着,是"广阔天地"的召唤,从"老三届",到七六届,大部分"知识青年"都远离温暖的家,或到农村接受再教育,或到兵团扎根成边疆,多数人不堪回首。在身心交瘁之际,上级又号召晚恋晚婚,接着是计划生育,接着是工厂倒闭,接着是高价教育,药费涨了,毛病多了……

"机会",都让我们这一茬人摊上了。

心灵疲累又无法逃避,童年的回忆,就成为息憩的港湾——疑惑地自问:老了吗?"螃蟹排长"时不时就跳出来抚慰我的心灵。

那时,地广人稀,村子周遭都是水。稍远的地方,更有无边无际的芦苇荡,夏天,长满一人多高的苇子,真的青纱帐啊。池塘里生满了鱼儿,苇丛中更有无数的螃蟹。人们都穷啊,油盐酱醋尚缺,调料更不用提。缺少烹调的鱼,孩子们都嫌腥,螃蟹就更没人吃了,只作为游戏的宠物。捉着玩呗。

村里的大魁,是我捉蟹的导师,最后,成为玩蟹的朋友——蟹友(在今天可够前卫的)。

大魁胖墩墩的,大鼻子大嘴,一对招风耳朵。父母早逝,他跟着伯伯生活,伯伯疼他,因此他比别的孩子有更多的玩耍时间。大魁的大鼻子特别灵敏,轻轻抽动几下,就能闻见螃蟹的腥味,跑过去,就能在芦丛根下拎过来两只。大魁还有两项绝活,一是认得蟹洞,二是洞中引蟹。芦苇丛生的河坎上,有很多洞窟,住满了不同的动物。要是胡掏乱摸,不但能把人吓死,而且危险丛生。大些的洞里,住着兔子、黄鼠狼、小獾之类的动物,还好识别,小洞里的东西就不好揣摩了。有的藏着螃蟹,有的住着癞蛤蟆,有的住着白鳝,更有的藏着毒蛇。咬着手还不要紧,要是掏着了毒蛇,那可有生命危险。大魁的高明就在这里,一眼就能认出哪是蟹洞,百试不爽。有几次我不服气,指着洞口打赌说是蟹洞,大魁笑笑,并不争辩,只是折了一根长长的木棍,远远地向洞里捅去,不几下,一条粗粗的大蛇就怒气冲冲地爬出来,把我们吓得拔腿就跑。认得蟹洞只是初步,洞里的螃蟹并不好掏,搞得不好,把螃蟹弄死了也掏不出来。大魁有办法,用一根细木棍,轻轻撩拨,把螃蟹惹恼了,喀的一钳子,就把木棍夹住了,至死不松。大魁悠着劲,摆动着向外拉木棍,一点一点,就把螃蟹拉出了洞口。抓得多了,大魁就和我商量,养着算啦。我们在院子里,挖了几个地窖,泼些水,弄得潮乎乎的,把逮来的螃蟹都放进去,看它们爬来爬去,有时打几架,真的很有意思。我们的奇行怪举,吸引了一村的人看热闹,有人看着看着,来了灵感,说大魁养的螃蟹数超过一个排,应该给个封号,不如叫:螃蟹排长。

自此,"螃蟹排长"的雅号,跟随着大魁,流行了许多年。

以后,受生活所迫,我离开了村边那漫漫的芦苇荡,离开了我的捕鱼捉蟹导师 "螃蟹排长"马大魁。

晃眼几十年啊!

今年春天,我偶尔和朋友下乡踏青,暮春初夏的熏风,懒洋洋地吹着昔日的芦荡——今日的垦荒田。闲话间,见一个矮矮胖胖的光头老汉,正在点种玉米,他技艺娴熟,左手掘一小洞,右手丢下种子,右脚顺势一平,三个动作一气呵成,令人赞叹不已。到了地头,他一抬头,我俩面对面相视,都吃了一惊,原来是我旧日的捉蟹导师——"螃蟹排长"马大魁!

唏嘘了一阵,他竖起额头上深深的皱纹,诚恳地请我帮一个忙,他说他会中医,能否在城里谋一个职位,或者给医院坐诊也行。我很惊喜:"你学中医啦?在哪学的?学的啥科啊?""排长"自负地说:"我自学的,不管啥科啥病,包括癌症,我按按摸摸,都能治好。"

长长地叹了一口气,我知道,昔日的"排长"已经入了魔道。我问他进城行医的起因,他也长长地叹了口气,诉说生活的艰难,他说他大儿子定亲,已欠下几万块的债务,二儿子又要定亲了,还有两个丫头要念书,他急着挣钱哩。

唉!

我劝他息了行医的念头,一免空忙,二免牢狱之灾——他说的那几句,已经证明,他距离医术还不知有多远的路要走哩,真要治病,恐怕医患双双都是凶多吉少。我唠唠叨叨地说了不少。直到"排长"的背影模糊了,我才醒过来,可以肯定,他没有听进去,我也记不清自己是怎样的胡说八道。

唉,只能对着空旷的田野,叹一口无奈的毫无用处的长气。

秧哥

我不是一个善编故事的人。这在某种程度上限制了我的小说创作。有时,我也片面地认为,生活的诡异已经超过了作家的想象,不能责怪现代人不爱看小说,因为作家的编制,已经远没有生活本身传奇,无法在阅读中获得冲击,还看小说作甚?

——可是,秧哥的故事确是真事,我还是想写下来,内心的震荡余波涟涟,虽然不精彩,可是很耐人寻味。

秧哥的爷爷和父亲都是最典型的农民,从秧哥姊妹兄弟的名字上可以看出来。秧哥上有哥,起名"粮";有姐,叫"穗",他叫"秧",下面的兄弟叫"劲长",全部与粮食有关,而且有一种收获的渴望,不但有粮、穗、秧,还可着劲长。

"秧"比我大八岁,故称秧哥。童年的时节,农村都很穷,每家的孩子都是群生散养,娇贵的很少。孩子们大都没睡过床,冬天或到生产队的牛屋里睡麦秸窝,或在家里的偏房里打个地铺——地上摊上一尺深的柴草,铺一领芦席,几个孩子睡一个被窝。冬天夜长,又没有其他娱乐,讲故事就成了最好的消遣。

那时节,说书艺人在农村地位很高,记得有一个艺名"锻磨锤"的评书艺人,在亳州农村几十里方圆,名头响亮得不得了。秧哥是"锻磨锤"的忠实粉丝,每晚跑十几里路,听他说一部叫作《十把穿金扇》的评书,不管下雪还是下雨,从不间断,整整一年时间,终于听了全本。地铺上的冬日夜晚,我们都缠着秧哥"讲古",秧哥真的很能讲,讲到半夜,挽个"疙瘩",关键时候,搔人心痒,叫人明天又缠着他讲下去,一个冬天,都在这种期待中,慢慢度过。

后来,秧哥娶了媳妇,成了"大人",就和我们疏远了。为了生活,我也经历插队、当兵等等的奔波,很少知道秧哥的消息。直至隐约听说,他婚后生活不是特别如意。两口子感情倒是很好,可是,第一个儿子,患有先天性心脏病,花了好多钱,在十几岁时,殇了。这件事,想必在他心里蒙上一层厚厚的阴影。接着,又生了两个女儿和一个叫作"宁"的男孩。由于老来得子,对儿子就分外地疼爱。

一个农民,生几个孩子,靠着几亩地,操劳是可以想象的,困苦也是可以想象的。待到闺女都嫁了人,两口子也都老了,而且,过度的操劳,又损害了健康,妻子患了病,腿肿得老粗,一个自己瘫痪在床。偏偏儿子又不安于当农民,出去打工,一去数年,死活不愿意回家,却又攒不着钱,谈个对象也不愿意回家结婚。俩老人想死的心都克制住了,终于把儿子从传销里拉回了家。为了给儿子成个家,老两口东挪西借,说了一门亲,女方是个二婚,过门后,女方死活不愿意打结婚证,过了一个月,回了娘家,再也不回来了。秧哥家,人财两空……

一天,一个老农妇领着一个男孩找到我办公室,叫着我的名字,说了上面的故事,她,就是秧哥嫂子。那男孩,接近三十岁了,就是秧哥的儿子"宁"。他们把女方告了,又不认识法官,许多的费用出不起,要我帮忙。

我唏嘘了许久。送走了嫂子娘俩。尽自己的能力,为他们破天荒地说了许多好话。心里却总不是滋味,甚至有些疑虑,这就是那个风华正茂的秧哥媳妇?

过了不久,接到一个电话,秧哥媳妇说:还没判下来。你哥快不行了,嗓子里发吼呢,他又发现了食道癌……

我又赶忙打了几个电话,催了法庭,请他们抓紧判决。

暑天大热,自己忽然患了感冒。在家休息期间,得到消息,秧哥死了。

心里很难过,不仅仅为秧哥。中国的农民,就是这样的宿命吗?生几个孩子,盼望有个儿子养老,却怎么也指望不上,自己为孩子累到死。然后,一代一代,绕着这样的命运兜圈子,最后,没有几个走出去。

几千年了,还是这样的父老乡亲!

西北湾

西北湾在聂桥村西北部。

所谓聂桥，本是一座宋代石桥(这是后来查阅《亳州志》得知)，坐落在大杨集正南五里的聂桥村西头，因为桥东的村子里，住的多是聂姓人家，故取此名。聂桥不仅是座石桥，更为难得的是，是一座拱形石桥。通过长长的引桥，才能到高高的拱顶，全桥都是石头拱成，桥墩是青石的石磙垒砌，拱面是青石的石条铺成，两头是一排粗大的老柳树，枝叶相抵罩住桥面，即使是酷暑天，桥上一站，凉风习习，暑意顿消，是一村人消暑的圣地。拱顶很高，远处望去，如同河水中卧着一轮圆圆的月亮，在没有水泥、钢筋的古代，单用石头券桥，经历千年不坏，其中力学的运用，工艺的奇妙，今天的科学家睹之难免汗颜。造桥之人，比之剑桥大学的牛顿桥毫不逊色。可是，村干部嫌弃它拱顶太高不便行走，在二十世纪七十年代把它拆了，在旁边建了一座水泥桥，丑陋不堪，千年古迹就此毁坏，诚可痛惜!

拱石桥东西而卧，南北便是一条小河，沿堤生满芦苇，小河往北流了里许，向西北发了一个河汊，逶迤蜿蜒，水面渐宽，曲里拐弯，分出许多汊水，深深浅浅，盘踞了许多的湿地，湿地边上芦苇丛生，密不透风，拖拖拉拉有三里远近，方圆百亩之余，河汊纵横，水面富足，处于村子西北，故被称为西北湾。

由于远离村庄，人迹罕至，于是，西北湾生满了神秘，生满了恐怖传说。

提到西北湾，村人首先得说“很紧”。“紧”，是即将湮灭的亳州方言，含义丰富，如同唐诗一样不能翻译，只能翻译大致意思。是说，某个地方邪气很重，或者经常闹鬼，或者妖魔经常出来祸害、迷惑人类，那个地方就叫“紧”，不要说夜里不能去，中午顶也不能去，传说小鬼在正午出来活动，此时人的阳气最弱，容易被鬼妖所乘。

其次，村人一定会提到西北湾的美丽。夏季的西北湾，是一片绿色的海洋。无边无际的芦苇，绿得华丽而浓烈，偶尔，一棵粗壮的柳树生出来，孤零零地“柳立苇群”，如一幅西洋油画；缓缓的河坡上，一边是无尽的芦苇，近水处却生满了茸茸细草，草丛中开满了黄黄的野花；躺在草丛中，鼻子里一会儿嗅着青草的气息，一会儿嗅着水的气息，有的地方水很浅，水中生满了水草，野藕开着白色耀眼的花，野菱角开着淡紫的花，野荸荠开着浅黄夹白的花，各种花香搅和着，熏得人如饮醇酒，飘然欲睡。往往这时候，成群的白鹭、苍鹭就飞来了。这些鹭们，村民称之为“洼子”(读音如此，不知是否此字)，是水鸟，长长的腿，立在水里，一动不动地等着游过来的小鱼，看准了，一嘴啄住，长腿一蹬，翅膀在水面上划一个优美的弧线,飞回巢里享受去了。鹭们等待的功夫很了得,可以教人学会耐心,却又不乏收获,所以,土话又称"洼子"叫"老等"。村民有谚道:饿死老雕,饿不死老等。

风景虽然美丽,但如果孤零零一个人或三二少年走进去,就会觉得诡异,静悄悄的阒无人迹,只有风吹苇叶单调的哗啦声,偶尔一两条红色斑斓的大蛇忽然躺在隐隐约约的小路上晒太阳,又偶或从脚下噌地窜出一只兔子,扑棱棱飞出一只大鸟,还真把你惊得半天魂不附体。偏偏的,西北湾河坡上长满了嫩草,生产队时,青草可以挣工分,所以,西北湾对割草的少男、少女特别具有吸引力,尽管大人一再告诫不要晌午头去割草,但还是有一些青年男女愿意背着草筐钻进漫无边际的芦苇荡,到西北湾割一筐嫩嫩的青草,多挣几个工分。

不止一年的夏天,西北湾都出过事儿,淹死过好几个少年。有一年,一个十七岁的大姑娘竟然淹死在西北湾浅浅的水里,都传说是水鬼"捂"的,它们一个接一个地寻找替身。

随着人口膨胀,西北湾的水忽然就干了,百亩湿地消失了,芦苇丛被一座砖窑厂烧得寸草不生,那些鸟们,去向不明。

西北湾,名字死去十年了。老辈人谈起它,多是眯着出神的眼睛,发出心底的唏嘘。

蛐子营

从大杨集北边的赵王河渡口,坐一只木船,咿咿呀呀地划到北岸,再向北走三里地,就到了蛐子营。

蛐子营是孩子们的叫法,大人们称它作"苗草营"。

苗草营坐落在大杨集和丁固集之间,东为瞿楼村,南边是大马庄,正北是阎庄。方圆有两三顷地(三百亩左右)。因为种的都是苗草,秋天时可藏千军万马,所以叫作苗草营。

苗草这东西,已经是一种灭绝的物种,现在说来有些费力。为了行文方便,顺便说一说。最近十几年,我国基本消灭了"茅草房",但自古以来,受物质条件限制,受政治制度限制,民间所居,都是茅草缮顶的房子,连小官吏杜甫也不能例外,"卷我檐上三重茅"即是写实。缮屋顶防雨的草,有多种,有麦草、茅草、秆草,等等,但最好的还是这种苗草。过去朝廷规定,哪一品的官员可以盖多高的房子,穿什么样的皮衣,都是有规矩的,否则就是僭越,所以,平民百姓即使是大地主,也很少住瓦房,大都是茅草的房子。

就有一个故事,说这茴草房的好处。一个地主的女儿嫁到另一地主家,三天回门时哭诉说,住的都是草房。地主心疼闺女,就去向亲家说,我闺女喜欢住瓦房。亲家呵呵一笑说,好啊,我给她盖。只是我家里人手不够,您能不能派几个长工来给我把草房扒掉呢?地主第二天就带了四个长工来扒房子,谁知房顶上缮的茴草特别结实,抓钩都刨不下去,一个早起扒掉的不过锅盖那么大一块。地主一看不对劲,喊停,问亲家:你这房上的草咋缮这么结实?亲家笑着说,不瞒您说,我这房上的茴草,都是精挑精选的,再择去叶子,用桐油浸透,才缮上房顶,每年再用油漆一遍,细细算来,单是工钱,一间草房倒比瓦房三间还费过不少。地主和女儿听了,方知自己见识浅薄,不由得又羞又愧。

茴草既是建房的良材,从前又是人少地多,就有人大面积种植,这种多年生草本植物,一年种上,不用管理,每年秋天收割就行。茴草营就这样慢慢向外繁衍,成为一眼望不到边的茴草地。

春天的茴草营,是五色的画面。一场两场春风,割去的茴草茬上泛出一层若有若无的鹅黄,正是“草色遥看近却无”的境界,几天之后,新发草芽开始发出一层浅浅的绿,再一场春雨,茴草芽根部变成了淡紫色,而叶子成浅绿色,此时,春风骀荡,野草勃发,黄黄红红的野花点缀在一块绿色地毯之上,其美何及!

夏天的茴草营就变成了“蛐子营”。蛐子是淮北一带方言,通称蝈蝈。盛夏时分,茴草长到人胸脯高,各种蚱蜢也都长大了,这里有许多品种,青色头颅的蚂蚱,能长到一拃长,黄褐色的蚂蚱性情特别凶猛,后腿特别有力,飞起来气势宏大,像一群轰炸机起飞,还有一种“老扁”,青色,像螳螂,性情温和,秋天的时候,肚子里都是红色的仔儿,成串地捉了,烧了吃,特别的香,比鱼籽的味道鲜美多了——那时的少年,靠着这个打打牙祭、解解馋呢。当然,茴草营最旺盛的生命、最吸引人的生命,还要数蛐子——蝈蝈,要不,怎么会叫它蛐子营呢?中午和晚上的时候,是蛐子叫得最欢的时候,晌午头,人钻进茴草地,茫茫然一眼望不到边的绿草,阵风吹过,绿浪起伏,真的是天苍苍,野茫茫,风吹草低兔子藏的感觉。这时,满耳朵的蛐子叫,“吱吱吱吱吱吱——”几乎可以把你的耳膜刺透,天地间浑然一体的蛐子叫声。人一靠近,旁边的不叫了,可挡不住远处的唱,眯着眼望去,草尖上趴着的都是蛐子,任意捉来,放在高粱秸扎成的笼子里,挂在院子里的树上,就可以不时听到它们的吟唱。

深秋时节,茴草被收割,留下一地浅浅的草茬,蚱蜢们完成了繁衍后代的任务,垂垂待老,三村两村的农人,开始围捕蚂蚱,用罩鱼的小网,一辍一碗,三两日之中,三五里便弥漫了炸蚂蚱的香味。人们,便期待明年的蛐子营。

随着人口的急剧膨胀,耕地已告枯竭,蚰子营早已播种了口粮,而蚰子们,也几乎被我们吃得绝了种。蚰子营,茴草地,只能印在记忆深处了,它们被我们无情地消灭了。

可悲也夫。

西北散记

超　凡

吃　炮

食物的摄入与崇尚，或与地域人性有关。北方人性刚烈，体剽悍，偏喜面食，以小麦面为尊——小麦籽儿形如母性之器——用以调和阴阳；南方人性温和，体文弱，偏喜大米——其形如男性之具——拿来弥补阳刚不足。此说虽系调侃，倒也滑稽在理。因此，面食的花样与讲究，非到北方，乃至西北地区求之不可。比如面条，江南地区，一碗阳春面而已，而山陕地区，就有所谓岐山、臊子、刀削、手揪、手揉、手搓、手掐面等等，数十百种之多，有的还成了地方的宝贝。比如兰州三宝：沙漠葫芦、羊皮筏子、兰州拉面。

一碗拉面，居然成为一座城市的名片与宝贝。

路过兰州，自然想起兰州拉面。然而，新到一地，无法选择地道饭馆，胡乱在火车站旁找一家连锁店，一人要了一碗牛肉拉面，自己端来，大失所望，非但口感不佳，还有人反映面条不熟，捞出来抛弃一大碟子。

这时，大家不由怀念起初到兰州吃的那碗面来。

那天，下了飞机赶火车，因是夜车，大家都想在上车前的空档里把晚餐解决了。时间短促，不容选择，刚好路边有一家饭店，且没有食客，牌匾名字怪异，叫作“孙记炒炮”。

入门，购票，每人一碗“炒炮”。前面店堂，隔断后就是厨房。好奇心驱使，我就站在隔断前看师傅如何“炒炮”。只见四名师傅着洁白之帽，一人取一块面团，反复搓、揉、抖、拉，制成细如粉丝的面条，然后逐个站在沸腾的大锅之前，左手盘长条，右手两指掐捏，把面条每段掐成寸许之长，丢在沸水中，一人掐完退后，另一人跟上再掐，轮流三番，锅里就漂满了无数一寸长短的面线，沸水一煮，面条们争相翻滚，白白细细，穿梭往来，如同无数银鱼跳浪，极尽悦目之美。片刻，师傅抓了大把的青菜,丢在锅里,盖上锅盖,焖上少许,掀锅,用笊篱把青菜捞去,止留菜香入面,再用漏勺把面捞出,打开炒锅,放入热油,炒香葱姜,倒入煮好的面线,油热火旺,毕毕剥剥乱响,寸许长的面条在红油里争相暴跳,如同一锅的炮仗,呼啪乱爆——取名炒炮,或源于此也。

捞入碗中,案上师傅取来秘制的红红肉块,细细切成薄片,均匀盖在碗面上,端上来,入鼻,浓香四溢,入口,面,筋道而滑,肉香菜香,凝成复杂之香。口腹之快,无以加矣!

再去兰州,一定从从容容地再吃一碗炒炮,真的是人生一大享受。

塔尔寺的长头

青海的塔尔寺名震四方,它不仅是藏传佛教中黄教的六大寺院之一,而且,因为它是达赖、班禅两大活佛体系的师父——黄教大师宗喀巴的出生之地,故而在密宗佛教中,具有无上位置。

也许,汉文化的风水之学真有些道理,这座偏居西北荒漠的寺庙,竟也符合堪舆之学的风水格局。站在塔尔寺门前的照壁,我们看到的是四面皆山,而据说在空中俯瞰,是八面有山,形如莲花,就叫八瓣莲花山。塔尔寺,就坐落在花蕊之处。莲花,是佛教中的圣花,取修行人出于尘世污泥而洁身如花的寓意。筑建于莲房之处的塔尔寺,真的是占尽了本地风水。

塔尔寺的取名很有因缘,附会了许多的神话传说。说当年宗喀巴大师出生时,他妈妈正在放牧,遂在草地上抽腰刀割断了婴儿脐带,自己为孩子接了生,脐血所流之处,凭空长出了一棵中华罕见的菩提树,片刻,长成四尺多高。宗喀巴七岁出家,不久,就赶往拉萨大昭寺学习。在他十六岁那年,母亲思儿心切,写信叫他回来见上一面,宗喀巴正在修行关头,无法回家,就刺破鼻血,写了一封回信,告诉母亲,如果止不住想念,可以在我出生时的菩提树下,建一座塔,看见塔,就如同见到我一样。母亲告诉族人,大家共同捐助,在菩提树下建成一座小塔,塔成之日,菩提树枝万千的叶子上皆现佛像,共有十万尊佛像显现,均为狮子吼坐像。大家一见,知道宗喀巴修行有成。消息传出,八方信众云集,共同捐助,很快建成了一座藏北大寺。以后的岁月里,宗喀巴的两个弟子成了藏南藏北达赖、班禅两大活佛,更为此寺大壮声势。因为这里是先建塔,后建寺,塔先寺后,故此,称作“塔尔寺”。

今日的塔尔寺,已是一座多栖场所,既是全国重点文物保护单位,又是香火繁盛的宗教场所,佛事不断,信徒云集,寺内殿堂衔接,活佛别院、班禅行宫交相穿插。寺僧管理香火钱的收入,还参与管理门票收入,居士和僧人同住,拜客和香客共居,钟鸣声里,人声沸腾。在宗喀巴正殿,大家震撼于佛像的金碧辉煌,那尊宗喀巴坐像,浇鎏了八百多公斤黄金,单是金子的价值,就达到四个多亿。把那么多的财富供于佛身,真的不知道,会晃花多少参拜者的眼睛?

最令内地人震惊的是大殿门廊外的朝拜者的长头。还愿者老少交杂,大约佛前愿心得偿,不远千里赶来还愿,不用金银,一律磕十万个长头做抵。长头者,五体着地,形如太空舞蹈——先是膝盖着地,接着匍匐俯身,身子如虫子前滑,两手前伸接地,额头着地,全身趴在地上如一个"十"字,然后屈身站起,这一个过程,算是一个长头。这样的速度,每天除去自己去寺外解决吃饭睡觉的时间,年轻又体力好的话,大约一年多时间,可以完成十万个长头的动作,而年迈的老奶奶、老爷爷们,可能就要花费三到四年的时间,才能完成如规如仪的还愿任务。而有的,未及愿成,已经佛前报到,只好来生再还了。

走廊内外,几十个还愿者此起彼伏、神态庄重地在磕长头,他们身下的木板,被摩擦得镜面般光滑。据说,这样的木板,每两年就得更换,不然,就得磨穿。那些虔诚的面孔,远远望去,若实若虚,若恍若惚。在"聪明"者眼里,他们愚不可及,可是,那些诚敬者表情悲悯满足,仿佛沐浴着幸福的佛光,倒是我们这些看客,显得有些滑稽空虚。

按照佛规,僧侣不蓄私产。僧人外出挂单,仅着一夹一单两衣,另持一钵,应是一贫如洗。而寺院的佛像金碧辉煌,显然是个无边无涯的化金坩埚,多少金钱投下去,都激不起一点浪花。二者的反差,竟是如此的强烈!

左公树

嘉峪关外,土砌的长城边上,挺立着一行遮天蔽日的巨树,立有碑记,文曰:左公杨。

这是纪念清末著名将领左宗棠植树边关的功劳。

当年,沙俄借清朝政府平息太平天国与捻子造反无力他顾之机,出兵占领了西北的准格尔地区。清廷勘平内乱后,派湘军名将左宗棠带兵出关,收复国土。左宗棠凭借红顶商人胡雪岩的经济后盾,扶榇出征,打败了沙俄侵略军,收复了实失地,重整了山河。

伫立远望,满目沙砾,以数十倍清朝人口密度的今天,驱车沿祁连山西下,依旧是黑戈壁连着白戈壁,光秃秃的山连着寸草不生的沙漠,一去几千里,绿洲之外无人烟。当年的左宗棠率军西下之时,人足马腿,肩扛车推,想必道路更加崎岖难行,景色更加荒凉萧索吧?这位遗憾于进士考场的中兴名臣,目睹荒漠风沙,眼见渺无人烟,想起徘徊关外的春风,遥忆荒凉的胡笳,该有怎样的感慨?!塞外夹着沙尘的冽风,吹动着他的胡须,不知他是还否记得边塞诗句中马革裹尸的悲壮。

也许是兵力上的优势,也许是沙俄远离本土补给不继,也许是胡雪岩后勤保障得力,左宗棠这位晚清名臣,一战而定西北,一洗八国联军攻占北京,老佛爷弃都逃跑的国耻,第一次赢得对外战争的胜利。捷报传来,朝廷精神为之一振,褒奖的圣谕,如雪片般飞来,左公也以此入掌军机,位极人臣。

收复的边塞依旧是戈壁千里,一片死寂。左宗棠趁战后的饱满士气,干了一件留名身后的大事,在他进军西北开辟的三千五百里道路两侧,遍植柳树、杨树、榆树,树苗采自关内。士兵们放下手中的长矛大刀、火铳铁炮,挥起铁锨,挑起水桶,栽下了绵延三千五百里的绿色长廊,不仅栽树,还连续灌溉,确保成活。次年开春,一路绿色一直染到了天边。

老百姓最记得官员的政绩,左宗棠栽下的杨、柳、榆,沿途老百姓都取了新名字,柳树叫"左公柳",杨树叫"左公杨",榆树叫"左公榆"。兵士们役满回乡,沿途百姓接着照看这些绿树。今天,经历一百多年风雨的"左公树"们,都根深叶茂,长成几抱粗的巨林,不仅成为沙漠地区罕见的风景,更寄托了边塞人民对良将能吏的无上褒奖。相对之下,各级政府搞的植树造林、退耕还林、机关承包造林活动,轰轰烈烈几十年了,我们的树林还遥不可期,个中三昧,令人喟然叹息!

兰州大学

想不到,偏居西北边陲的兰州城,竟有如此好的大学。

我所谓的好,不是教育界的所谓排名,也不是所谓的楼高摊子大,说的是人文环境。

进北校门,临街就是一片郁茂的林带。说到树林,不能不说说兰州城的区位。这是一座山城,南北皆山,高大突兀的山。城市就在一条东西狭长的山谷中发展,东西南北几条主街,黄河穿城而过,由于没有宽一点的平整土地,连飞机场都不得不建在七十五公里之外的另一条山谷中,这样一个寸土寸金的钻石宝地,兰大门临主街,却没有开发修建商铺,留出那么多宝贵的地块让校园常绿,其中蕴含的人文情怀,谁能说不够深厚呢?

正门不大,迎门是一排苍老的塔松,巨大的树冠垂得很低,树枝拂面,需要低头或者迂回才能通过,令人惊奇的是,这些树枝都是完整无缺的,连一根松针都不曾缺失,显然,没有一个教职员工或者学生嫌其碍路而攀折。要知道,这可是上万人活动的场所啊！迂过松墙，始见四达的道路，路侧，多是粗大的柳科树木，寻见标记，乃知是旱柳，在这样干旱少雨、温差巨大的高原山城，树们要长成如此身躯，没有近百年的呵护，几乎是不可能的。

沿着树荫拐进去，遇见一个学生模样的青年，向他询问图书馆的所在，他细细地讲述，耐心地指点，使人几乎忘记了这是个烦躁不安的时代。兰大的图书馆叫“积石堂”，大约取积石成山之意吧，那是殷殷勉励学子们，一本书就是一块石头，石头积多了，就成了大山——学问积多了，就成了大师。

积石堂左拐，是一方小湖，水面不大，旁边垒砌一座小小的假山，种着藤本植物，拖拖拉拉，绿成一片。沿湖左拐，是一片大大的林地，各种树木层次生长，高大的乔木，蓬勃的灌木，针叶、阔叶、果树，互相穿插，走在小石径上，芳草茵茵，传来阵阵斑鸠的鸣叫声，咕咕咕，咕咕咕，原来天南地北的斑鸠们，唱的都是一样的曲子。恍然之间，路边的无花果树坠下了一枚熟透的果实，目光追寻，原来树枝上，结满了果实，一只松鼠从草丛中跑出来，两只前爪抱起地上的果子，从从容容地细嚼慢咽起来，机灵的大眼睛不时地瞟瞟路边的我，调皮地眨巴眨巴，一点也没有怕人的意思。

静静地沿路前行，一直到路的另一面，才传来学生们打篮球的声音。回望身后这一大片树林，还有树林后隐约的“积石堂”，无端生出许多感慨。

这就是兰州大学的灵魂吧？在北大有教授向学生吹嘘“毕业十年挣不下千万家产就不是我的学生”的时代，兰大还保留着这一块老树林，没有被金钱伐去，大学的人文精神，或者不死。

兰大，建于一九零九年，已经一百零三岁。

兰州中山桥

兰州的黄河大桥中有一座叫作中山桥。如果不了解它的历史，就会以为她平淡无奇，不过是一座普通的铁桥而已。

可是，它已经一百零五岁了！

中山桥是一座钢铁桥梁，跨度二百三十四米，这里的黄河由于地势的原因，水流湍急，大块大块的浪涌一团一团地滚滚而下，在这儿造桥十分不易，而中山桥却在黄河上度过了百岁华诞，见证了纵跨两个世纪一百多年来黄河以及兰州城的风雨变迁。

清光绪三十三年，公元一九零七年，由于兰州道台彭英甲的多次奏请，甘肃都督升允同意赞助，清朝政府才同意在财政窘艰的情况下为兰州城造一座黄河大桥。由于中国没有在高原、陡岸、激流河床造桥的技术，经过招标，由德国泰来洋行中标，工程师喀佑斯承建，造价：白银三十三万六千两。经过勘探、测量、设计，德国洋行使用了当时世界上最为优良的美国钢材作原料，建造了这座"天下黄河第一桥"。当时的满清政府已经是内忧外患、风雨飘摇，可是还不忘摆一摆"天朝大国"的虚势，把这座铁桥命名为"镇远桥"。

一九四二年，为纪念孙中山先生，民国政府改其名为"中山桥"。

一百零五年了！走在桥边的人行道上，目光所及，是五条优美的钢铁弧形联成一体的钢桥，小汽车偶尔的缓缓驶过，两岸商旅，一队接一队地漫步在这条纽带之上，把黄河，黄河对岸的大片景区和兰州城融为一体，因了这座桥，黄河就成了兰州的内城河。

桥上的如梭游人，令人心中无限感慨！二零一一年，是中国桥梁史上最为耻辱的年份。先是福建省一座耗资数亿的新桥仅使用几个月就突然垮塌，不久，河南又一座大桥垮塌，安徽安庆的长江大桥还没有通车就出现质量问题……，网上一搜，更加令人愤怒：自四川綦江彩虹桥垮塌之后的几年来，全国已有二十七座新建大桥垮塌，不仅直接经济损失达几百亿元，更有许多条生命戛然而止！

而兰州中山桥，这座外国人建造的桥梁，经历了百年风雨，仍在为中国人服务，而建桥时的清朝政府，已经腐败透顶、风雨飘摇，四年后就覆灭了，大厦将倾之际，还能造出这样的桥来，叫人百思不解，浮想联翩。

联想客观现实，为子孙后代的工程质量计，突发奇想：让每个省的建设厅长在每一个项目招标前，都来兰州中山桥看看，在桥头的石碑上签上自己的大名，一百年后，他经手的工程如果安然无恙，就在美名碑上刻上他的名字；如果他做的工程垮了，就把他的名字倒着刻上，注明某省某人，让他的子孙永远蒙羞，这样，也许会产生"我到坟前愧姓秦"的内疚效应，算是反腐的道德力量吧。不过，如果官员们都不要脸了，又没有有效的制度约束，这样的笨办法，就没有作用了吧？

2011 年 9 月

赞布林卡·邂逅文成公主

青海湟源县的赞布林卡，是座规模了了的小寺，因为与唐朝的文成公主有关，为之驻足。

寺庙不大，山门，正殿，以及正在修复的二期工程，很不起眼，然而晋谒塑像，会见年迈的活佛后，不由得对这座小庙肃然起敬。因为这座庙是藏王松赞干布和大唐文成公主结亲的见证,事关民族团结和谐,寓庄寓谐,官民同敬。

当年的李世民励精图治,经过一系列战争,终于宾服四海,八方来朝,创立了辉煌的“贞观之治”。这时,四方小国为了与大唐搞好外交关系,纷纷来朝求亲,以结邦国之好。而李世民的女儿或者皇族中,只有一位十六岁的适嫁女儿文成公主。这位大唐雄主胸襟真的是博大毅忍,经过权衡,竟答应了藏王的求亲,把女儿嫁给他做第二个妃子。

公主和番外嫁,西出长安是无数的崇山。李世民很疼爱这个女儿,为女儿挑选了大批的科技人才随行。山岭无路,出嫁的车队一直走了一年,才走到青海西边的藏王行宫。长途跋涉,旅途艰辛,文成公主病了,就在这座赞布林卡(行宫)里养病,驻留了一个多月,才重新上路。据介绍,这条路一直走了三年,公主十九岁时才到西藏。松赞干布也十分重视这段婚姻,千里迎接,成就一段佳话。而文成公主随行带去的大批中原文化和科技,大大提高了西藏地区的文化水平、医药水平、农业水平,公主被西藏人民誉为“人文初祖”,以致在西藏史书中,松赞干布众多的嫔妃,只有文成公主一人被载入史册。

这座赞布林卡,因为岁月的磨洗,那些优美的园林,早已不存,寺楼也是复制的,主楼供奉的,是三层楼高的松赞干布和文成公主并坐像,他们被神化了,松赞干布的头颅上,又长出了一颗小头颅,造像是弥勒佛,说他是弥勒佛转世;文成公主的造像丰腴华美,宝相庄严,藏民们供奉得很虔诚,坐像的内脏是两尊玉佛做的心肝,而玉佛的心肝又是释迦摩尼佛的指骨舍利,可谓宝中之宝,佛门重宝。为了对佛舍利进行保护,拉萨大昭寺专门派出一名金刚上师——活佛的老师,来此驻守,看管这两尊平时保管在地宫里的佛宝,免被邪魔染指。

老喇嘛慈眉善目,穿着紫色棉布长袍,颇为老迈。他为大家加持祝福。我通过翻译向他请教藏密的问题,可惜他只会藏语而我只会汉语,翻译又不能完译,无法沟通,只好作罢。老喇嘛赠送信物布袋一只,称可以持此布袋向所有寺庙的大和尚请教经义,无有不答——姑待后验吧。

给文成公主鞠了躬,返身出寺,望着彩绘的大像,心中喃喃祷告:愿文成公主保佑,汉藏人民永远一家和睦,永止干戈。

2011 年 9 月

静立草岗

小时候读敕勒歌:“敕勒川,阴山下,天似穹庐,笼盖四野,天苍苍,野茫茫,风吹草地见牛羊。”那浩瀚的草原画面,一下子就印在了心幕上。一直就潜藏一个愿望,一定要看看敕勒川的草原。一个人去。

汽车爬行在起起伏伏的丘陵上,许久许久,把我们吐在了一片白色的蒙古包前面。季节不过是农历的八月天气,可凄厉的寒风,从四面八方包裹过来,把我们从华中平原穿戴过来的单衫短衣,一下子就扫荡得浑若赤身。打着哆嗦,放下行囊,许多人穿着租来的棉大衣,结伙搭帮骑马去了。一个人躲开大队同伙,沿着一条隐约在草丛中孤零零的小路,踽踽独行而去。

翻过一条起伏缓缓的坡谷,站在坡顶,举目四望,不见人迹,突然就完全孤独了。极目瞭望,苍茫无涯,一个活体的人都没有,看自己,如一只小虫子一样,十分渺小地点缀在荒凉之中。

心里依然疑惑着:这就是草原?

按说,这就是草原。路标高高地矗立在那儿:内蒙古锡拉慕仁草原。可是,怎么就找不到那个“敕勒川”呢?草啊,过于稀拉,远看有些青黄的草色,走近了看,几乎都是沙砾。在植物学上,草原分为四类:森林型草原、湿地型草原、荒漠型草原、沙漠型草原。大约《敕勒歌》所写的丰茂草原,应是森林型或湿地型,如呼伦贝尔吧?但让人难以接受的是,即便是沙化型草原,也不该如此凄凉啊?

缓缓独行,又翻过一道坡谷,进入了一个更加孤独的世界。尖利的风,从不知道方向的地方吹来,砭骨的寒冷。内地的农历八月,正是中秋月明,这里已是寒冬气象,举目远眺,除了稀稀拉拉的牧草,没有任何生命迹象。站在草岗,心里涌出几句似诗的句子:天苍苍,草稀黄,云灰白,风吟唱,享受孤独,徘徊在大地中央,不见半只牛羊。俯首细望,稀疏的牛粪和细细的羊粪蛋们,散布在草棵之下,与黄沙相衬,像是撒了黑色珍珠,又像是倒了一瓶六味地黄丸,给这个孱弱的草原壮阳!而一些白色的石头块儿,时不时凸起草中,发出玉色光芒。没有牛羊,没有兔子,没有鹰隼,连沙鼠也一只不见,真是一片无垠的寂灭不毛之地。

风从四面八方吹来,发出呜呜的声响,极似一个行吟诗人在歌唱。天地孤独,没有了观望对象,思维却前所未有的活跃,不由自主地想起一些从未思考过的问题,如天边在何处?地极在哪方?这些终极的哲学命题,从灵魂深处拱了出来。孤独产生恐惧,害怕自己会寂灭在这片无人知晓的地方,不由得就想大声吟唱。空旷的连绵起伏的草岗,不容你说一句长长的句子,你只能一个字、两个字,老是拖腔,就像写字,三两个字,就得分行,于是,就成了诗的模样。

自己吓了自己一跳,一些哲思,浮云般涌上脑海,不乏奇思妙想。恍然明白了,孤独的草原,不可能诞生太多的成吉思汗,而歌手和诗人,哲学家和马头琴,将会不停地出生在草原，那是孤独使人奇思的缘故。

草原啊，虽然不停地衰落着，但那份空旷和悠闲，竟会使文盲产生诗和哲学的遐想，你是否向往？

站在草岗，不想之想。

定城砖

从敦煌沿祁连山东去，一路戈壁漠漠，渺无人烟。到了嘉峪关市，才看见绿树城镇。这八百里戈壁，加上敦煌以西至阳关（玉门关）的几百里戈壁，让站在嘉峪关城墙上的人，充分体现到“山河”二字的庄严。玉门关，是汉唐时代最西北的门户所在，唐诗中“西出阳关无故人”即咏此处。而自称大明朝的朱元璋父子，从玉门关向东一退千里，把最西北的关隘撤设在了千里之东的嘉峪关，将广大西北地区数万平方公里领土弃之如泥。可见，明王朝从立国之初，就是对外孱弱、对内专横的政治格局。

即便如此，嘉峪关的古城墙依旧说得上雄伟。也许因为四季少雨，这座历经七百多年风雨的“万里长城”及其土夯城墙、砖木内城，依然完好无损，有些地方，甚至可以称得上坚固如昔。

沿着土夯的外城进入内城，这是一个驻军的永久机构，因为将军及其家眷住在内城，设置了一系列的防御体系，从名称上可以看出，所谓东瓮城、西瓮城、会极、怀远、怀柔等，退守几千里疆域的大明朝廷，还在一厢情愿地做着不想醒来的天朝大梦。

让我们停步的，是西瓮城会极门上一块横放着的灰砖。很突兀，砖下是城墙与门洞，砖边上是一座兀起的门楼，这块同城墙一色的青砖，记录着这座关城建造时惊心动魄的维权故事。

当初，会极门及其西瓮城的建造权，被一个叫作郝空的包工头承包了。这个郝空，和现代版的包工头不一样，不仅从国库里赚钱，还想克扣侵吞建筑工匠们的材料费和工钱。他让工匠易开占编造建筑材料计划，要求不得误差一砖一瓦。这个易开占，也真是个冠绝古今的巧匠，计算出共需青砖十九万九千九百块，当地不能烧制，从内地定制运来。郝空计算好了，城砖如果计算少了，亏空就得由易开占填补，如果计算多了，就诬告易开占靡费国财，一刀砍头，就把砖钱省下了。工匠们按照图纸如期施工，城楼上的瓦刚好用尽，一块不多，一块不少。而青砖却在砌完城墙、城门后，剩下了一块。易开占一看不好，忙把这块多出来的青砖，平放在城门楼下方、城门洞上方凸出来的一条墙边上，仰面上看，谁会注意一块几乎分辨不出的一小块砖头?

验工的日子,包工头郝空沿城一圈,百般挑剔,却挑不出毛病,站在天井里打主意。无意间看到了这块多出来的砖,忙沿着边城走上城墙,迂回到城门楼一侧,指着这块多出来的砖,质问易开占。眼看要招来杀身之祸,易开占急中生智,向一同验收的将军跪下禀告说:“大人,这一块砖是造城时设计的‘定城砖’,只要一动这块砖,整座城墙就会塌陷,万万动不得。”将军怎敢冒险取下,遂宣布验工合格,让郝空支付全部工钱。

七百多年风雨浸蚀,并没有使这块砖丝毫剥蚀,它同城墙上其他砖块一样,甚至宛如新制,不知是古代的工艺追求质量,还是西北大漠风沙过于温柔。联想到今年郑州市建造的拆迁民居,还没完工,墙面上的砖面已经腐蚀脱落,教人浮想联翩。

按我的猜测,这块砖也许有预报地震的作用,它如果从城墙上落下,就会有五级以上的地震发生。但历史如河水,巧匠易开占,连同严谨的造城工艺,早已沉默着流逝了。

问无可问,只好存疑。

2011 年 9 月 10 日

芍花，摇曳着希望的朝霞

佘树民

时值暮春，天暖气和，野外田园里，暖风带着芍药散发的花香，吹到游人的脸上。几天前才刚刚下了场透雨，田埂上还湿漉漉的，绿油油的麦苗的叶尖上，有的还挂着细小的、晶莹的露珠。近处是碧波翻滚的麦田和洁白的药牡丹花，远处则是绚烂如霞的芍药花。放眼望去，接天蔽日的芍花，像是被朝霞点燃了一般，整个大地也似乎是要燃烧了起来。置身于亳州阳春三月的原野，充盈你满眼的，是雨后被洗净了的蓝天，是迤逦卷舒的白云，还有这眼前洋溢着幻想的粉红色的世界；钻进你鼻孔的，是芍花和牡丹花散发的香味，是田园泥土的芬芳，是直扑胸襟醉人的春风。

垅上阡陌是悠然的郊游人，搅动花香的是爱美的摘花者。既赏花又可以任意摘花，所以才吸引不少市民纷纷出城。为什么可以任意摘花？因为花朵对芍药根部来说，只会争走营养，即便赏花人不去摘，药农们也会花钱请人去摘呢。这些不请自来的赏花者自然是那些刚换上春装不久的漂亮的女孩子，她们唱着跳着，追逐嬉笑着，满手攥满着刚摘下的花束，粉红色的花瓣将漂亮的脸蛋儿映照得同样姹紫嫣红。另外，领着孩子一家三口的，三五好友郊外野炊的，也驱私家车、骑摩托来到城外，笑语声渲染着乡村的春天。

芍药花并不因离开了根部的营养而吝惜自己的美丽。掐上一束含苞待放的花蕾，回到家中，找个洁净的器皿，注入清水，将一束束芍花放进去，经常换水，能保持半个月长开不败，浓艳欲滴，使居室清香扑鼻，沁人心脾。将芍药花摘回家中慢慢观赏，这一习惯已沿袭好多年，已成为亳州市民的新民俗，同时也是市民野外踏青散心的雅好。

小黄城外芍药花,
十里五里生朝霞。
花前花后皆人家,
家家种花如桑麻。

清代诗人刘开客居亳州时,曾写下如上赞美芍药的诗句。不错,大片大片盛开的芍药,真的宛如天边绽放的朝霞。她绚丽娇艳,花团锦簇,层层叠叠的花瓣,如从天边剪裁下来的一片片彩霞,灿烂无比。若是经过濛濛细雨的点染,则更显得妩媚动人。芍花的外形和牡丹很相似,故被人称为"芍药牡丹"。芍花虽被冠以牡丹之名,却不借牡丹的国色天香,雍容华贵,一样开得惊世骇俗,秀韵多姿,因此,有"牡丹为花王,芍药为花相"之说。早在魏晋时期,亳州栽培芍药就闻名于世了。据史书记载:"芍药著于三代之际,风雅所流咏也,今人贵牡丹而贱芍药,不知牡丹初无名,依芍药得名。"这里是说芍药风靡称著的时候,"花中之王"的牡丹还是"无名之辈",后来靠芍药才起家得名的,因此有"四月余容赛牡丹"之句。到了清末,亳州栽培白芍达到极盛。因亳州白芍质地优良,药用价值高,亳州遂成了全国闻名的白芍集散地。

芍药的根部叫白芍,有极高的药用价值,有明显的镇痛、镇静、解痉作用,它还能促进机体免疫功能,有扩张血管,增加器官血流量,养血和营,缓急止痛,敛阴平肝等重要功效,并有较强的抗菌作用。在亳州,因为白芍的花朵受人喜欢,故人们俗称它为"花子",而哪一带种植得多,就被称为"花子窝"。在"文革"之前,城东南一带就是闻名的花子窝,家家种花子。种植白芍是很卖钱的,谁家是花子户,便被人羡慕得不得了,漂亮的大姑娘都愿嫁给花子户。当花子户们需要零花钱了,随便用小手帕包一小兜,到药材公司一卖,就能解决全家个把月的口粮。有的老汉想喝酒了,随手抓一把白芍到城里一卖,这一天洗澡听戏喝酒的钱都有了。可是,连这种从上到下都为人类服务的可爱的芍药,在"文革"时期也难逃厄运,说它是资本主义的苗,见了花子必扒掉,成熟的白芍也要一把火而焚之,到打倒"四人帮"时,种植了几千年的亳芍,几乎要绝种。

在花类的寓意中,芍药意为"惜别"。在送别恋人及亲人时,人们时常送上一枝芍药以表达依依不舍之情。大约白芍跟亳州有一种割不断的缘分吧,所以她对这块热情的土地总是不愿离去,她喜欢这里的气候、土壤,这里的人民也同样喜欢她。改革开放以来,白芍的种植又开始迅速普及,也带动了其他药业经济的发展,亳州很快发展成为全国最大的药材市场。种植加工药材不但富了群众,也强了财政,芍花从而也理所当然地成为亳州的市花。

亳州这片土地孕育了芍花那热烈张扬的性格,同样,一方水土养一方人,亳州人奔放粗犷的豪迈性格,也与芍花具有共同的秉性。当我只身在外思念家乡和亲人时,一束束散发着幽香的粉红色的芍药花总是不时映入我的脑海,勾起我的缕缕思乡之情。当江南阳春三月杂花生树、莺飞草长之时,我望着山坡上一簇簇的杜鹃花,就自然联想起了家乡的璨如朝霞的芍花——还是咱们家乡的花开得大气,开得爽快,那不事掩饰、热情奔放的气概多像是咱们淮北人的性格!

"芍药绽红绡,笆篱织青锁。繁丝蹙金蕊,高焰当炉火。"古人把芍花比作朝霞是最恰当不过的。每当我凝望这云蒸霞蔚的花的海洋,每当我面对这似乎在燃烧着的大片大片的芍药花时,也会从心底升腾出一种憧憬和渴望。你瞧,那摇曳的粉红花瓣,多像是被喷薄而出的旭日映照得颤抖了的云团。当你置身于花丛之中,你的心也会随之怒放,也会随着芍花摇动的节拍,与她一起舞动着美好的梦想和热切的期盼!

愿脚下这片孕育着灿烂芍花的土也孕育着更多的灿烂和辉煌吧!

远去的亲人啊,春天我们来看你

春风骀荡,杏雨梨云,大地复苏,万木萌发。转眼间,又是一个新的春天来到眼前。

春天是一年中最为美好的光景。值此明媚春光,良辰美景,人们最容易想到的是已经离我们而去的亲人,因为中国人喜欢把美好的东西拿来与最亲爱的人分享,因此,便把祭祖扫墓的庄重礼仪放在春天。

春天的田野是大自然的骄子,和煦的阳光和温暖的春风都尽情地抚摸吹拂它,路旁的小树,坡上的小草,田畦里的麦苗,无不娇弱依人,使人爱怜;同样,人们的心扉也被春风吹开,轻轻抚慰,被三春的阳光照射,使人油然生起一片柔情。这种柔情里便有一种浓浓的思念亲人的情怀,念起往日与亲人朝夕相伴的时光,再望望荒茔衰草,不觉悲从中来,怆然泪下。

万物萌发,世界一片生机勃勃。我们及目可见的处处是生长,萌芽,冒叶,泛绿,含苞,怒放,人们的心间也在孕育、滋生、酝酿、鼓动,各种情愫在感怀生发。然而,这里面最珍贵的是生长出一种对离我们远去的亲人的怀念,而且越来越强烈,越来越沉重,与其说像压在小草上面的石头般沉重,不如说又更像是被石头压住的小草,那小草的嫩叶却是无论什么力量也压抑不住的。

春雨贵如油。春天里万物需要雨水的滋养,春雨显得尤为金贵,可为什么偏偏在清明时节下起这欲断魂的雨呢？这是上帝悲天悯人,对人间亲情的场景慷慨营造,精心设计,还是上苍被人们的这种亲情感动得大哭,黯然神伤,泪洒四野？

杨柳依依,春光如画,凄雨潇潇,冷风嗖嗖。真是感天动地啊！清明时节的一切,多像是高超舞台设计师设计的情景,不断置换,映射着我们的内心,敲打着我们的神经,催动着心潮的波澜。

倾城而出,万人云集,情动陵园,魂撒阡陌。

远去的亲人啊,我们来看你来了,听见那鞭炮声了吗？这是我们看望你的熟悉的敲门声;看见那你爱吃的东西了吗？鸡鱼瓜果,现在就摆放在你的门前,恭候你多时;哦,还有,给你带了些钱,也就是这些焚化的纸蝶,在九泉之下,想吃些什么就买些什么,那里天冷,多添些棉衣避寒……

今天,我们来到这里,这里是离你的躯体和灵魂最近的地方,帮你打扫下卫生,给你带些钱和可吃的东西。你平时喝酒,今天又带来最好的酒;你喜欢抽烟,我先帮你点燃,就插在那里。你平时最喜欢什么,我们都会满足你的愿望。看,你的孙子孙女们都来了,快！给爷爷奶奶磕头,说说最近学习怎么样,说说考上了什么好学校。你从未见过面的孙子媳妇也来了,成了我们家的人,你不必再为他们的婚事操心了……

其实我们不相信有天堂,但又希望你永远住在天堂里,那天堂虽然很幸福,但仍未免太寂寞太冷清;我们其实也不信鬼神,但又希望有神灵。荒丘野冢,肃杀幽冥,阴风飒飒,鬼神是个很使人惧怕的东西,但因为鬼神是有人性的,再是厉鬼恶魔,也不会伤及他的亲人,相反还能无时无处地护佑着我们。抬眼仰望天穹,那里就是天堂,是亲人们永久的居所。你的一举一动,你命运的起伏转折,无时不挂在他们心头。轻风吹拂你了,那是你的爷爷奶奶在拉着你的手在对你说话哩;雨水落在了你的脸颊,那是他们在偷偷地想你,泪水打湿了你的衣裳;星星眨眼睛了,那是他们见你睡着了,露出宽慰的笑容。

点上三炷香,就像平时说话前,先点上一支烟,今天来主要是想和你好好说说话,唠唠嗑,一场跨越时空的对话。亲人们,我们分别了太久,可又觉得分手时像在昨天,在再也没有了你的生活里,我们开始学会了适应,但仍觉得生活中缺少了很多很多。我们已不住在原来那地方了,你知道吗？我们家又添人进口了,你知道吗？那个淘气的孩子,今年已经考上大学了,你知道吗？你当然不知道,你消息太闭塞了。知道你所认识的人,都纷纷去世了吗？你们相见了吗？当然,你最关心的是我们,就像我们最关心的是你一样,你最想知道的是我们的日子过得好吗。这样对你说吧,无论我们今天是否幸福,我们都想对你诉说,幸福时,第一个想到的就是你，而备尝生活的辛酸时，也更想对着你天堂的寓所，流泪倾诉。我们需要愧疚，我们需要告慰，我们需要寄托，我们需要安抚。我们需要洗刷心灵，我们需要精神救赎。虽然石碑还是那座石碑，坟头还是那个坟头，但一年里，我们又经历了许多事情，我们的家庭成员又发生了变化。我们永远在变化中，你却在历史的某一点上永固了，你对亲人们的笑脸和亲切的眼神也在这一刻永固了，镌刻在我们的心头。

只有去语，没有来言，一切都在风中！其实我们很明白，斯人一去，永不回头，阴阳两界，音讯渺茫。但永远相通的是心灵，心灵相通的讯号，可以在天地间贯通，覆盖四野八荒，笼罩古今六合。虽是无声，胜过一切，虽是无言，一切尽在其中。

春天我们来看你，这是一年中我们的心灵最畅快淋漓的一天，我们可以在你的坟前放声地大哭，毫不掩饰地哭，以彻底洗刷一下心灵，哭出心中的思念。我们每年都会来的，每年都有不同的感受和要说的话。就这样，春风秋雨中，一天一天地我们也变老，最终我们也钻入地下，与你会面，去迎接每年春天我们的子孙们的探望。

光阴如箭，岁月穿梭。一年一度的春光中，我们不断地成熟长大，也不断地老去。人类生死，草木枯荣。还是好好地珍惜年华吧，亲人们并不希望过早地九泉相会。我们应该看透生死，领悟人生的意义。热爱生活，珍惜生命，世上一遭不容易；创造价值，奉献社会，到死方能无悲憾。看名利场上，剑拔弩张，名缰利锁，到最终仍是阴阳界殊途同归。年轻的，趁少壮努力成才；年老的，到老时不愧对先人，闲适开心。轰轰烈烈，于世有功最好；平平淡淡，于心无愧亦可。生不虚度，死得其所。生命价值不限于享乐，死亡意义不导致悲观。这样才是对亲人的告慰，才能换得亲人的笑脸。

远去的亲人啊，今年春天我们来看你，年年岁岁，每年的春天我们都来看你！

曹　操

杨小凡

曹操被加封魏王的当天夜里，他遇着了从未遇着过的两个大难题：一是门人送来孙权的密信，劝他称帝；一是儿子曹丕反对他回家乡药都，为吕伯奢建祠。

这俩事都碰到了曹操的麻骨上。前者，想而不能但不忍；后者，能而不想但又必做。挟天子以令诸侯，他拥有的是"奉皇帝命讨伐有罪之人"的政治上的主动，而此时称帝无异于炉上自烤；为吕伯奢建祠，虽属应当，但正如丕儿所言也是炉上自烤，只不过烤的是自己千百年后的名声。天亮时分，曹操最后一次把豆青茶盅重重地蹾在几上时，已无茶水溅出了。

曹操背手昂胸迈出殿门，一轮红日正好血艳艳地打在他的左脸上。他只觉眼前一红，就见曹丕正红彤彤地站在前方，很是精神。

曹丕赶紧迎来："父王？"

曹操目光朝前，定定地瞅了曹丕足有一个时辰，突然仰天大笑，"败操者，操也；胜操者，亦操也！"

曹操再颔首注目时，曹丕依然圆张着嘴，仰头向天。"丕儿，安排车马，回乡！"

鼓号相应，车马辚辚，旌旗飘扬。还乡路上，曹操的眼前却是另一番景象——

也是一个秋天，百物萧瑟，他从京都单骑而出，两耳呜呜的秋风，两眼血色的高粱红。马背上的他，脑子里始终是捧刀见董卓的一幕。皇室衰微，董卓弄权，一心重整汉室的曹操，本想献刀杀董，却落得被迫逃离，亦凄更壮。一路上，曹操恨从心生，鞭急马快，不觉间又到傍晚。勒马眺望，前面竟是自己熟悉的吕庄，正是先父的结拜弟兄吕伯奢的庄子，离药都城仅有三十里了。于是，他决定进庄，一是好好地歇一晚上，二是可向吕伯奢讨教。

吕伯奢一见曹操，高兴异常，再听其刺董贼未遂，正遭缉拿，更是唏嘘良久。之后，转身出门，命四个儿子杀猪宰羊，自己则去四里外的集上打酒。

这些天来，曹操就没有真正静下来过，即使在吕伯奢的客堂里，他依然两耳高竖，坐立不宁。他刚喝完了一杯茶，就听到了嚯嚯的磨刀声，侧耳再听，竟有人说，“马上堵了门，别让他跑了!”他眼前突然一黑，拔剑出门，“好一群不顾大义的小人!”

吕伯奢的小孙子正在瞪目瞅他，却被一剑两开，一股红流喷在曹操的胸部。曹操没有任何反应，仍是一剑一人地杀向后院。提剑的曹操，见后院内吕伯奢的四个儿子正在捆猪，心中猛地一顿，继而挥剑砍去。又是四剑之后，曹操觉得自己的身体突然软了下来，遂拄剑在地，闭目不语。良久，忽拔剑挺直，对天长笑，“宁负天下人，不让一人负我!”笑毕，一剑砍断马缰，手抓马鬃，跃身而上。

手提酒葫芦，疾步而来的吕伯奢，听到重重的马蹄声，猛一抬头，见是曹操，心中突地一凉。此时，高坐在马上的曹操已到了眼前。仰头见曹操一身血红，吕伯奢全然明白:“你!”

曹操坐在马上，长叹一声:“我!”

“把剑给我!”吕伯奢抬手把酒葫芦扔给了曹操。同时，也接到了曹操扔过来的长剑。

“国可无我吕伯奢一家，不可无你! 念你一心报国，为不辱你日后尊名，我去也!”话毕，剑抬头落，身体直立不倒。

吕伯奢死的这一幕，永远刻在了曹操的心中，几十年不但没有淡去，反而越来越清晰与生动。

曹操离乡的前一天，十八间青砖高廊的吕公祠矗于吕庄。

曹丕代曹操祭奠后，回见父亲曹操，仍是不解:“父王，缘何要让一件鬼神无知的事，来污我曹氏万代名声!”

曹操长吁:“不负人者易，不负己则难!”言毕，良久无语，两行清泪顺颊而下。

这一年，曹操六十五岁，第二年春正月便离开了人世。

曹丕

杨小凡

曹丕出生的那一天，十三只大雁盘旋鸣叫于曹家大院上空。隆冬时节有此吉兆，曹操甚喜。生于军旅之间的曹丕，自幼娴习弓马，史汉诸子百家也多有阅览。曹操因此把他与其弟曹植看作是最有出息的儿子。

这年春天，曹操回药都祭祖，就是带着曹丕和曹植去的。

药都的春天别有风致，清绿的涡水像温柔的处子静静地躺在河床上，风儿吹起，她才和着两岸泡桐树上紫白相间的喇叭花香、四处怒放的芍药花香，涓涓流淌。在药都城南郊的祖茔祭扫之后，便策马向北，沿涡河游观。曹操诗兴大发，令曹丕和曹植每人写一首临涡之赋。

一会儿，曹丕来到曹植面前，索看其赋。只扫一眼，便惊讶道："怎么不谋而同！"曹植大惊。曹丕便说："我拿给你看。"不一会儿，便从侍从手中将赋拿来。曹植一见，"荫高树兮临曲涡，微风起兮水增波；鱼颉颃兮鸟逶迤，雌雄鸣兮声相和；萍藻生兮散荆轲，春水繁兮发丹华——"墨迹尤湿，豁然而言，"既是一样，我的就不呈父亲了。"于是，曹丕扬鞭打马，追到向东而去的曹操。曹操一看，眉飞色舞，"果不辱曹氏门第！"

其实，曹丕也是绝顶聪明的。建安七年(202)，曹操与袁绍相持官渡之后，曹操驻军家乡药都城募兵蓄势。但此时的曹氏，可谓兵少将寡，难以威慑袁绍。曹丕便对其父曹操说，"实则虚，虚则实。可令城中驻军以城中心为起点，从城下把东西南北四门挖通。"曹操开始不解。但他相信曹丕，就令其督挖。延时一年又三月，纵横交错相通，隐攻息屯自如的隐兵道挖就。曹丕就把数量不多的士兵，从暗道悄悄地送出城外，再从城外进入隐兵道开进城内，反复如是，迷惑世人，出奇而胜。自此，曹操神兵百万之说遍传天下，所遇敌手无不未战先怯。

曹丕一生，对故乡药都甚是流连。多次借出兵回朝之际而停。曾从药都出水师东征孙权，在乡之间于他的故宅前大飨门军及药都父老。现仍有“大飨元碑”为证。

黄初六年(公元225)五月曹丕再次回药都，从涡河乘船东征，八月返师又经药都。此时的曹丕虽为皇帝，但依然诗不离口。这年深秋，他独自夜访药都乡闾。见一妇女独对孤月，自守空房，思念从军在外的丈夫。曹丕接过农妇递来的蒲团，坐了下来。听着听着，不觉泪下湿衣。与农妇分别后的曹丕，行走在月光斑驳的乡路上，口吟《燕歌行》:明月皎皎照我床，星汉西流夜未央;牵牛织女遥相望……到了住处，仍吟咏不止。这一年，从秋到冬，他每每生出农女们思夫怀人的感伤，有时竟深夜独自流泪以至天亮。

第二年正月，他决定离药都去许昌，脱去一秋一冬的伤感。然而，启程的前一天，忽报许昌城南门无故自崩。曹丕便长叹一声，“天下征伐苦矣，以至农女城门!”

当年五月，史书便记下了，“黄初七年五月，文帝驾崩，简葬于首阳陵。”

曹　植

杨小凡

曹植是曹操的四儿子，天资聪颖，十岁便能诵读诗论及辞赋数十万言，尤好乐府，俳优小说亦能过目熟记。谢灵运曾称“天下才共一石，曹子建独得八斗”，此为后话。但，即便是到了二十岁，其父曹操仍怀疑这个儿子“话出即论、笔出则文”这般才学的真伪。

建安十七年(212)，铜雀台新成，曹操携曹丕、曹植登台，要其以登台为赋。曹操此话刚毕，曹植张口即出：建高殿之嵯峨兮，浮双阙乎太清；立冲天之华观兮，连飞阁乎西城；扬仁化于内兮，尽肃恭于上京——曹操大为惊奇，遂向东大笑，“建安文事兴矣！”

曹植雅性节俭，为人随和，出行一无仪仗随从，二无华服新车。这一点与曹操契合，于是，就倍受宠爱。曹操东征孙权，使曹植留守邺城，临行前召曹植到帐内说，“我做顿丘令时也是二十三岁，回想当年的作为，今无可悔恨；现你也正二十三岁，更要努力，唯此，日后方能定大事矣！”

自古以来文人都有文人的毛病，任性而行、饮酒不节。建安二十二年(217)，曹植乘曹操出行，与其弟曹彪饮酒大醉。酒后曹植要与曹彪出宫猎狩，命公车令开司马门。公车令下跪祈求：公子，司马门乃宫门，不能擅开呀！门外驰道乃皇帝的车马御道，请改行它门！曹植酒意正浓，拔剑大吼，吾剑认不得宫门俗门的！于是，闯开司马门，乘车行驰道中，直至金门。曹操回还，大怒，立杀主管宫门的公车令及兵卒三十六人。之后，令人把曹植传来。曹操望了一眼跪着的曹植，转身出门，在帐外踱了一个时辰，回到帐内，威声问道：“汝饱读史书，不知宫禁吗?”曹植低声回道：“父王，曹氏没有走宫门的时候吗？我只是先走了一步而已！”“你，你愧对为父，难成大事矣！”“我，我?”曹植一脸不解。“你先走一步，吾曹氏就要晚走十年啊！”说罢，曹操拂袖而去。

建安二十四年(219),关羽围曹仁于樊,汉水暴涨,于樊七军大败。曹操命曹植为南中郎将,行征虏将军,往救曹仁。临行时,曹操派人去召曹植,要有所训诫。可曹植正与其兄曹丕饮酒大醉,终未受命。曹操只好悔而罢之。

曹操病死,曹丕受禅。从此,曹植再没有了吟风弄月、斗鸡走马、饮宴猎射的好日子。有的是,一次次地被削官爵与复爵远迁。建安四年(199)五月,曹植受曹丕之命,与各路藩王会聚京都。就是在这次曹氏弟兄的相会上,曹彰死于非命。七月,曹植本想与其弟曹彪同路东归,监国使者不许,曹植愤而作《赠白马王彪》诗七首。生离死别之悲溢于言表,心灰意冷之意生于骨髓。

曹植毕竟是曹植,本性难移。曹丕之子曹叡即位后,疏骨肉而任异姓,以至外无蕃国之援,内无宗亲之辅。于是,竟痛哭流涕,手捧《陈审举表》向曹叡长跪进言:权之所在,虽疏必重;势之所去,虽亲必轻。盖取齐者田族,分晋者赵魏,非吕宗姬姓也——曹叡听后,甚为恼怒,令左右掌嘴一百,拖出门外。

回到府中的曹植,第一件事,就是把书房中的诗文一篇篇地扔进火盆。边焚边笑,“志困于丕之父子,文亦成于丕之父子;志不能遂,辞采华茂又何用!”夫人来阻其焚烧时,诗篇仅剩一二。

当天夜里,四十一岁的曹植便笑而西归了。

鲁院的竹子

杨老黑

鲁院不大。

可是,鲁院有一片竹子。

这就够了。

不知为什么,文人大都喜欢竹子。文人植竹、吟竹、画竹,凡有文人的地方似乎都有它的身影,否则,总觉得有些不对头,缺少了些什么,少了些什么呢?又说不清楚,反正别扭。

竹子并不美,它不健壮,也不丰满,腰杆细弱,瘦骨嶙峋;它不娇艳,也不绚烂,颜色单一,没有变化;它不热闹,也不喧嚣,往往偏处一隅,缩身在角落里,总是一副愁眉苦脸的样子,只有风雨到来的时候,才发出一些细碎的声响,但那是无碍的,它的声音太小了,不会惊扰世人。

竹子是一种可怜的植物。

来鲁院之前我在家种了一棵竹子,种在六楼顶阳台的一角。用旧砖块堆个一尺见方的小池,用尼龙袋取来土,碾成碎末,拌上草木灰,为她铺了一张小床,把她放在床上,盖上松软的薄被,精心哺育,一天两遍浇水,从不懈怠。可是,她并不领情,所有的叶子都枯萎了,卷成细长的小筒,发黄变白,寂然飘落,只剩下一根主干,泛出莹莹的绿色。妻子说她死了,扔了罢,我还不死心,只要她有一点儿绿色,就不忍心抛弃她。果不其然,她活过来了,不经意间,在干枯的枝杈间伸出无数的小手,鹅黄嫩绿,尖尖细细,如蜗牛的触角,如麻雀的尖舌,如猫儿的爪子,在阳光下嬉戏,调皮地扑捉露珠。眨眼间她们展开了腰身,变成书法家笔下的“个”字和“介”字,在和风细雨下拍着小巴掌,载歌载舞。我欣喜若狂,掰着指头来数“个”字,不知数了多少遍,总是数不清,她们在跟我捉迷藏。仔细搜索,惊奇地发现,有两个竹笋娃娃从被子里探出了小脑袋,正睁大眼睛好奇地打量着我。她是那样的娇嫩、那样的脆弱、那样的羞涩，脸蛋儿苍白，布满了皱纹，嘴角竟然长了胡须，能不害羞吗？

我立即吩咐家人赶走猫儿，不准小狗到阳台上来，儿子养的两只小鹌鹑也被关进了笼子里。谁要是动了竹宝宝，我准饶不了他。

要去鲁院学习了，临走特别关照妻子，一定照顾好我的竹子。

我到鲁院时是夜晚，第二天一早起来散步，抬头看见一片竹林，一大群笋娃娃向我点头问好，我的眼角顿时湿润了。她们怕我独孤，悄悄地跟了来。

一夜之间，她们长高了、长大了，也变得强壮了，腰粗臂圆，肌肉丰满，手持长矛，身披盔甲，精神抖擞，斗志昂扬，天不怕地不怕，谁还能伤害她呢？

有笋娃娃伴着我，不再寂寞，每天几次去看她，与她唠家长，也谈我的学习，我的收获，我的创作。我寂寞时她们给我唱歌跳舞，我沮丧时她们给我鼓励，我忧郁时她们给我抚慰，我创作遇到困难时，她们激发我的灵感，我文笔缠上疙瘩时，她们帮我解开。我神思泉涌，下笔如神，日均五千多字，这是以前从来没有过的。

我蹲在她们身边，抚摸着她们的小脸蛋儿，用尺子量她们的身高，打电话问妻子："笋娃娃是不是有二尺二寸高了？"妻子用尺子量过，惊奇地大叫："你是怎么知道的!?"

竹宝宝给我带来不尽的遐想，也带来无限的感慨。

竹宝宝最与众不同的是，她一从泥土里钻出，便一股劲儿向上长，竭尽全力向上攀，你追我赶，突飞猛进，直到底气用尽才停下来，在月光下歇一口气。而这时它的身材体形基本定格，剩下的岁月就是不断丰富自己，拓展自己，脱去旧衣，长出新枝，抽出嫩叶，伸展四肢，张开翅膀，拥抱阳光，迎接风雨的洗礼。

文学也是这样，忽而之间，一波新秀崭露头角，风华正茂，意气风发，踌躇满志，势不可当，凌空一跃，飞上文坛，可是，没等人们看清他们的面孔，他们身影就悄然不见了。但是，他们并没有消失，他们在蜕变、在调整、在积累、在挖掘，或许一些人心有余而力不足，或许一些人力有余而心不定，或许一些人永远不再回来，或许一些人异化为他物，但无论如何，他们旧梦难忘，多少留一份眷恋的情怀。最可贵的是他们中总有一些人要回来，再见到他们时你定会大吃一惊，他们成熟了，枝繁叶茂，腰杆挺直，棱角分明，沉雄厚实，即使雷电也不能把他们击垮。

竹子喜爱独处，这儿一簇，那儿一堆，孑然而立，自成一体。更有俊俏者，独栖野莽，扎根陋巷，冷眼向世，孤傲群雄。怪不得板桥见了她会发疯，青藤见了她会癫狂；即使你——一个心静如水的人，能不心潮澎湃吗？看啊——就那么一根细杆，三两个枝丫，五六片叶子，形容清瘦，弱不禁风，却又筋骨朗丽，仪态万方；柔可为弓,曲可为轮,却又锋如匕首,势如投枪;淳朴俭敛,虚怀若谷,却又豪迈洒脱,慷慨激昂。我不知道天底下还有什么植物能与之相比,你以为呢?

竹子聚而成林,紧密有致,挤成一堆,抱成一团,那是风也吹不进来,水也泼不进去的。一个闷热的夏夜,狂风骤雨,电闪雷鸣,摧枯拉朽,大地震荡。我怕竹宝宝受到伤害,冒雨冲进雨幕,准备为她撑一柄小伞。我惊呆了,竹子众志成城,合为一体,宛若一个巨人,向着风雨大笑。

竹子喜欢清静,无论在园林,在山岗,在深谷,在峭壁,竹子只与怪石,苍松,幽兰为邻,从来不去凑姹紫嫣红的热闹。竹林里总是很冷清,偶尔有一只困倦的猫儿走过,或两三只鸟儿住脚,不过,它们很快就会飞走。竹林里只有清风,没有它们想要的东西。

但是,竹子并不贫穷,朦胧的夜色下,单那沙沙如梦的细语,优雅散淡的清香,婀娜多姿的身影,不足以令你驰骋想象吗?要不,为什么千百年来,这么多的诗人歌咏她,这么多的画家描绘她,即使再唱一千年,再画一万年,能把她画尽吗?

不能,她是不可想象的。

妻子打来电话,阳台上的笋娃娃长大了,鲁院的笋娃娃也长大了,只一个春季,她们就长大了。

校工在修剪竹子,手持大铁钳,嚓嚓嚓——生硬武断地把她剪成碎片,扔进垃圾袋里。

我很难过。

校工做完这一切还不算完,竟然搬来许多巨石砸向竹子嫩软的根部。

我不能再沉默,愤怒地质问他:“你这是干什么?”

校工一愣,睁开细小的眼睛打量我,看了半天,说:“竹子必须压的,越压越旺!”

我无言以对,心情愈发沉重。

回到大厅里,怅然地坐在鲁迅的塑像前抽烟。

鲁迅的胡子如一丛竹子,在幽暗里闪光。

乡村孩子的乐章

杨老黑

偷杏图

一枝红杏出墙来,阳光下鲜艳艳的露珠晶莹透亮。

一群秧秧看见了,涎水不住流,叽叽咕咕好一阵商量,决定晚上来偷。

偷杏要翻墙头,月黑头加阴天,五指伸出不见,一个秧秧先爬上墙头往下跳,扑通,摔一跤,怎么回事呢?揉着屁股地上摸,墙根一片湿,凑近鼻子闻,臊烘烘,哎,不知谁撒了一泡尿,一跳一滑站不稳,哪能不摔跤。但他没吭声,吭声了,别人不栽倒,自已多吃亏呀!于是他挥手示意后面人,继续往下跳,接着扑通又一声,第二个秧秧下来了,完完满满一个屁股墩,呲牙咧嘴站起来,捂着痛处喊老三。老三是个急性子,倏地双脚往下跳,扑通哗啦一个仰八叉,皱着眉头半天没有站起来,但他也没有吭声……

几个人一瘸一拐来到杏树下,伸手够不到枝条儿,灵机一动,搭起人梯,大个在下,小个在上,叠叠摞摞攀上梢头,双手空摸一阵儿,抓着一个杏蛋儿,摘下来急尝鲜,呀!又酸又涩,麻木了舌根,但他没吭声,弯腰传给脚下人,脚下人接过来,狠上劲一大口,呔!恶苦恶苦,苦得心发慌儿,但他没吭声,继续传下去……

杏蛋传到老末儿,还没来得及吃到嘴,突听一阵汪汪汪叫,哎呀,不好,大黄狗咬来了,慌忙急作鸟兽散,胡乱越墙跳沟走,但黄狗仍然不放过,钻过狗洞使劲追,一直绕庄追三圈,差一点啃着屁股蛋,直骇得秧秧们腿发软,头冒汗,裤子鞋子全掉了,屁滚尿流拉稀屎。眼看逼到绝境地,忽地来了妙主意,猴子一般爬上树,气得黄狗干瞪眼。

大黄狗还没走,突见秧秧全下树,哇哇乱叫捂头跑,又蹦又跳胡乱蹿。大黄狗心纳闷,睁大眼睛仔细瞧,不禁乐得屁颠又屁颠,哈哈……汪汪……秧秧们顶撞了树上的马蜂窝,那些细腰大肚手持钢矛的兵士们,正奋勇直前猛追赶呢。

第二天，太阳高，庄里依然静悄悄，平时热闹的秧秧哪儿去了呢，急得太阳公公一阵找。好不容易在一个墙旮旯里找到了，原来他们正抱膝蹲在墙根儿拉呱呢，但他们怎么一个个呆若木鸡，相互大眼瞪小眼，沉默不语呢？太阳公公看一会，觉得有些不对劲，留神细细一端详，不禁又惊一大跳。只有一夜不相见，他们怎么连模样都变了，一个个肥头大耳发了福，面色通红如关公，厚嘴唇又加肿眼泡，眼睛眯成了一条线，鼻孔堵实不透气，张大的嘴儿似小瓢……

这是怎么一回事呢？

太阳公公真是想不通，累疼了脑子也没想通，因此它认为这个问题值得很好地思考。

吹牛图

太阳升在空中，晒得大地暖暖。

一群秧秧一溜坐在墙根，聚精会神，正儿八经。

做啥呢？

吹牛。

一个秧秧家刚从新疆来了远客，因此他有资格先发言。

他说："舅舅给俺带来了许多哈密瓜，那哈密瓜真好吃，你们吃过么？你们肯定没吃过，我都吃厌了。"秧秧们不相信，说他吹牛，他说是真的，就争起来，争得面红耳赤。这时，就有秧秧出来和解说："别争了，把瓜拿来，大家一瞧，不就明白。"于是那秧秧急忙回去取瓜，把那唯一的家人不舍得吃的哈密瓜取来了。

秧秧们一看，眼睛全瞪大了，然后又急忙向那取瓜的秧秧点头道："你不吹牛，不吹牛，是真的，是真的，但，哥们儿见面分一半，让我们也尝尝鲜。"说着便动手切瓜。这秧秧一时失了主意，眼都直了，但又不能说不给吃，只好忍气吞声，专等着吃自己应分的一半了，没想其中又有秧秧说："嘿！你反正吃厌了，就没你的份了。"然后连理也不理他，就狼吞虎咽地吃起来，吃得津津有味。这秧秧无语以对，只好硬着头皮，咽着口水，按捺住心中说不出的滋味，瞪着两眼傻看着人家吃瓜。但过一会儿他找到了理由，直了直腰说："怎么样，好吃吧，味道又酸又甜的。"听了他的话，正埋头吃瓜的秧秧忽然愣住了，说："不对呀！一点也不酸呀！"

"那，那，我前几天吃的那几个还没熟透呢。"这秧秧说。

第二天，轮到第二个秧秧，他也是有资格发言的，因他刚从当骑兵的叔叔的部队回来。他的话题当然就是骑马，他说他在叔叔的部队学会了骑马，那军马又高又大，跑起来呼呼生风，比火车飞机都快。直听得秧秧们全嘴张得如同死鲶鱼，顿时对他起了钦慕之情。但,不一会儿,就有秧秧不相信,说他吹牛。这秧秧急了:“我怎么吹牛呢,不信有照片为证。”说着从怀里掏出一张照片来,他果然威风凛凛地骑在高大的军马上,但众秧秧仍不信:“照片,照片算什么,照片不会说话,不吹牛就当场骑骑看。”这秧秧一听毛了头,便说:“这,这,咱这儿没有军马呀!”

“没有军马就骑笨马,要不,骑毛驴也行。”

于是拽着他去寻毛驴。

一头胖乎乎的毛驴驹正在悠闲地吃草。这秧秧在众秧秧的簇拥下,只好硬了头皮去骑它,可还没等他爬上驴背,小驴驹一尥蹶子就把他扑通摔了个仰八叉,接着腾的一蹄子还把他的额头踢出个青疙瘩。

这秧秧半天从地上爬起,揉着生疼的额头说:“哎,毛驴哪能和军马比呢?军马全是驯服的。”

第三天,轮到一个大胆的,他说,他的胆子如何大,小鬼见了他都往黑影里躲,可他仍不放过,一把揪过一个,碾臭虫一样碾死他。众秧秧一听哈哈笑:“真是胡扯,哪有的事。”这秧秧急了:“不信,你看,这儿有小鬼的血呢,小鬼的血是黑的。”说着伸出拇指给秧秧们看。众秧秧一看,肚子都笑疼了:“你这算什么,不知哪儿抹来的鸡屎呢,你真有胆,敢到庄后新埋的坟头上坐一宿吗?”这秧秧一听,心里咯噔一下,“哎哟,我的妈呀!”当时脸色就变了,但他马上又恢复过来,不屑地说:“那有啥,不敢是王八,但你们要站在一边看着。”好的,众秧秧点头同意,于是决定当晚就试验。

晚上到了,月黑头加阴天,刮着北风,下着小雨,这秧秧在众秧秧的押解下,两腿发抖,战战兢兢地上了坟头,可还没等他坐下,众秧秧哇的一声:“鬼来了!”哗地一下散去了,只把他吓得魂不附体,拔腿便逃,可两腿不知咋搞的总不听使唤,一路上不知跌倒爬起多少次,裤子尿得水湿,鼻子脸也磕得青肿。

第二天,他见到众秧秧却老远就喊:“你们这些胆小鬼,全跑了!”众秧秧皆愕然,旋即问:“那你呢?”

“我在坟头上整整坐了一宿,不仅如此,还和小鬼打起架来,一人打小鬼十几个,不过我也挨了几拳头,不信朝这看。”说着指指自己脸上的青肿处,十分地骄傲和惬意。

瞎话图

一群小秧秧来到料场,拱到麦秸屋里睡觉。麦秸屋里不准点灯,天早又睡不着,于是,他们摸黑说起瞎话来。

一个秧秧说,晌午顶,鬼露影,他前几天见到一个鬼。众秧秧一听觉得出奇,忙问怎么回事？这秧秧说,前几天他到北地凹子打坷垃,打着打着,打到中午,就看到一个胖秧秧也在打坷垃。他在南头打,胖秧秧就在北头打,等他打到北头时,胖秧秧又在南头了。这秧秧好纳闷,就问那胖秧秧:“你是哪村的,怎么不回家吃饭?”那秧秧回答:“就在不远,你饿了吗？饿了跟我一道吃饭吧。”于是他就跟胖秧秧一起到了胖秧秧的家,坐在一块磨盘上等胖秧秧取饭来。不一会儿,胖秧秧取来了馒头,他就狼吞虎咽起来,可越吃越不对劲,喉咙里好像给什么塞住,心里也闷得很,不知不觉就迷迷糊糊睡着了。这时突然有人喊他,他才清醒过来,明白了刚才发生的事。原来他正坐在老坟窝里的一块墓碑上,胖秧秧早就不见了,他手里捧的也不是馒头,全是些土坷垃啊！而那喊他的正是下地找他的二哥,要不,他准被小鬼捂死了。

众秧秧一听,头皮都紧了,不住地说:“真吓人哦,真吓人哦。”话音未落,第二个秧秧说:“这能算吓人,我见到的那个鬼才厉害呢。”众秧秧忙问:“怎么回事?”这秧秧说那天天不亮,他就起床了,准备到姥姥家去。可开门一看,天还不到五更呢,但还好,月光照得大地通亮,即使一个人也不害怕,就背着篮子出门了。可走着走着就觉得不对劲,到姥姥家总共三里路,早该到了,怎么还不见村庄呢？便忙收住脚四处瞅瞅,哎呀！怎么到了这里,前面不就是新埋的吊死媳妇吗？想到这儿他心里就发毛了,然后再定睛一看,那坟头上果然坐着一个年轻的小媳妇。只见她披头散发,全身雪白,慢慢转过身来,揭开了面纱,露出雪白的脸儿,一双通红的眼睛滴着血,呲开牙齿的嘴里伸着一条长舌。他顿时吓懵了,正在那儿发愣呢,那个媳妇忽地跳起来,伸出指甲锋利的长手,一堆白云般向他飘过来,他就哇地一声大叫昏了过去,不知何时才被一阵鸡鸣声叫醒。原来那鬼是最怕鸡叫的。要不他现在就不能和大家一起睡觉说话了。

众秧秧一听,头皮一麻,头发都直了,赶快把草屋门顶结实,朝一块挤挤紧,生怕有什么东西进屋来,恐慌地说:“不得了,不得了啊!”而第三个秧秧却说:“那都没啥,我们现在睡的料场原是个乱葬岗子呢。”

“是啊！是啊!”接着其他秧秧也纷纷道,“听说这麦秸屋下就埋着四个人。”“听说,那四个人都是饿死鬼,个个青面獠牙,绿眼睛贼亮贼亮的,常常半夜出来寻食,打着灯笼在各村到处转,专寻坏秧秧,寻着了就设法把他骗到料场来,用棉花闷死,然后扒光衣服当作下酒菜。”

“听说那四个小鬼,专爱吃秧秧的脚趾和屁股蛋,吃着吃着,大嚼起来,发出咕嚓咕嚓的声音,有时喝醉了,打起架来还叽叽哇哇乱叫呢……”

众秧秧一听,全吓屁了。

“这还了得! 这还了得!”

秧秧们不住地叹着,赶紧把被子拽拽紧,有尿不敢尿,有屎不敢屙,缩头缩脑不敢出被窝。正在这时,突有秧秧喊:“快看,那是什么?”

众秧秧一看,月光斜过的小窗上正闪烁着几对绿莹莹的小眼睛,还发出一阵叽叽哇哇的乱叫声呢。

众秧秧一下全傻了。

“妈呀——!”

秧秧们尖叫着,险些背过气去,然后慌忙蒙紧被角,紧闭双眼,蜷曲双腿护住脚,两手捂紧屁股蛋,屁滚尿流,哆哆嗦嗦,筛糠一般到天亮。

这一夜不知怎么挨过来的,直到他们听到鸡叫三遍了,看阳光晒着屁股时,才一骨碌爬起来,疯了似的拥到料场的牛屋去,扑到喂牛的胡大爷身上,惊魂未定地喊:“有鬼——! 有鬼——!”

胡大爷一时愣住了,问:“怎么回事?”

众秧秧忙将昨夜的情形告诉他,没想,胡大爷哈哈大笑起来,说:“哪有什么鬼,那是我的老邻居,一窝老黄鼬啊!”

直到这时,秧秧们才稍平静些,但吓散了魂还未聚拢来,仍迷瞪迷瞪地呆在那儿发癔症。

胡大爷看了,深叹一口气,说:“人这东西,再大的难都经得起,就经不住自己吓自己啊!”

苦李村看场人及老师

邢思洁

黄昏,飘起了雪。雪粒子打在屋檐瓦上、棚子上,发出类似音乐的声音,大部分同学都在走神。郭老师又拖堂了,躬身趴黑板上写字,津津有味地分析马尾巴的功能,等到宣布下课,校园已被白雪覆盖。

在发现雪花的惊叫声里,同学们一哄而散。漆黑的教室里还剩几个走不掉的:我、李转运和石班长。我们不仅离家远,路边还潜伏有机井,最怕雪夜走路,之前就有小孩在雪地里走路掉进机井的先例。我望着越飘越紧的天空发愣,石班长挥挥手,喊:"都别想走了,去操场里跑跑暖和。"

我们三个在雪原般的操场跑起来。开始还挺好玩,手抓雪团子你追我赶,把雪弄进对方领口里大呼小叫。逐渐不行了,发冷,饥饿,跑不动了。等回到教室,看到黑暗里有一双眼睛在闪,是家住附近的班主任郭老师来了,门口扎个破车子,上边是用塑料布包裹的被子。李转运连忙点亮上自习用的罩子灯,光亮里我们看到郭老师一头雪水,手里还提着钢精锅。打开锅,是几个热腾腾的面红薯。

郭老师没有说话,而是点着烟看我们吃红薯。吃完了,他才说:"到我办公室里凑乎一宿,明天就晴了。"他带着我们朝后边一排草屋子走,打开靠南边的一间,点灯,把厚被子扔板床上说:"夜里注意安全,撒尿靠西边墙根。"

郭老师推车子出校门,立即被白茫茫的夜色淹没。这个过程,我们连一句感谢的话都没有说。

在灯下看会儿书,看不进去了。天太冷,透风的窗子灌进雪,打湿了墙壁。一股冷风钻进来,灯熄灭。有只快被被冻僵的黄猫忽然钻进屋来,把我们吓得不轻。石班长说:"你俩有种吗,咱去弄点烤火的东西!"

烤火,对,这是好办法。我们每人披一块塑料布走出了校园。原野茫茫,只有一道被大车轧出的辙印,弯弯曲曲通向西北方向的苦李村。苦李村离这儿不远,是个只有十余户人家的小庄,村南有个打麦场,上边有两个小山包一样的麦秸垛,堆着木柴,还有一个草屋子,看场者是个半瞎的老头儿。夏天,我们来这里偷瓜,每次都有收获。

我们像雪山飞狐,很快靠近了那个寂静的打麦场。望去,麦秸垛似大蘑菇,草屋像小蘑菇,中间是一堆堆码放整齐的劈柴,整个一字排开,如同仙境。当我们怀着激动的心情靠近劈柴,草屋里立即有了动静,是那条敏锐的小白狗发出了警戒。我们停,小狗也停,我们一动,小狗立即叫唤。好在那老头儿没有反应,也许是睡着了,也许根本不在屋里。等我们从柴堆里掏出干燥的树根和劈柴抱起来掉头而跑,屋门忽然打开了,一人一狗冲出来,手电光扫过来。

我们发挥了少年腿快的优势,转眼跑进雪地深处躲藏。老人咳嗽几声,骂几句"小偷",无奈地站在雪地里。那条小狗好像已经发现我们,或者嗅到了异味,拼命地叫,朝我们扑。由于老人不积极追赶,企图靠近我们的小白狗失望地折回了头。

回到郭老师的办公室,冷静一会儿,确定没有人来找,我们才开始生火。一会儿,屋子被烤得热气腾腾,我们说说笑笑,小猫则在桌子与床间跳跃,其乐融融。正在忘乎所以,门被推开,一个白胡老头儿站门口,一条小狗唧唧叫着要进屋,我们被看场人拿个正着。老人看看办公室,看看我们仨,说一句:"几个熊孩子不学好,敢偷?好好,明天找你老师再说理。"

老人走了,我们吓坏了。我们不怕他当场抓住,哪怕是揍一顿,就怕他找老师,让同学们知道了多丢人!最痛苦的自然是李转运,最近他正想在一个女同桌面前表现,忽然成了"小偷"该咋办?他不停地埋怨石班长莽撞。石班长很镇静,像个老大样:"你俩怕啥,又不是杀人放火了,不就是天冷咱烤个火?要是郭老师问,就说我一个人偷的劈柴!"

一夜噩梦到天明,郭老师照例来得很早,自行车碾着结冰的路,提着钢精锅。我们已经起来坐着,等待批评。郭老师好像不知道昨晚上的事,一边支车子一边问:"被子带少了,可冷?"看看我们,看看办公室里一地炭灰,他笑起来:"好,冷了知道烤火就好,说明老师还没有教傻你们!"

我心理素质较差,感到做那事对不起郭老师,还有那个看场的老人,要去主动承认错误,被石班长瞪一眼踢一脚才罢。我们吃着郭老师带的玉米面团,心虚地应付着老师的安慰。

上午四节课,我和转运都在不时地朝窗外望,风吹草动,心惊胆战,是怕那看场的老人找来办难看。转运还不停地看那女同学的脸色,生怕她知道了秘密。直到下午放学,路眼已经出来,我们也能骑自行车回家了,看场老人也没有来找。

回家的路上,三人又开始说说笑笑,似乎把昨夜的荒唐事全忘了。

邢思洁,中国作协会员。安徽亳州谯城区人,毕业于安徽师范大学中文系、鲁迅文学院高研班30期。1984年亳州师范读书期间开始发表作品,曾获安徽省政府文学奖,冰心文学奖,淮河文学奖,精神文明建设"五个一工程奖"图书等。出版文学作品集《坐看云起》《那年夏天》《豆国音乐》《藏在绿叶间的眼睛》《赫山谣》等多部,入选全国文学权威选本20余篇。现任阜阳作协主席,安徽大自然文学协会常务理事。

半条老街

陈大星

我一生都生活在这个城市里,这个是我爱的城市,有许多我爱的老街,几十年来,我看着它们慢慢消失,也有一些老街,死了,又复活了,老街修旧如旧了,繁华了,喧闹了,还是原来的老街吗?

这几年,我喜欢去找一些偏远的仍旧冷落的地方,去走走,去看看,那些老街,虽然残破斑驳,甚至人迹罕至,我却感觉有一种亲切。我们仍有些宝贝在那里,或许是老房子,或许是老牌楼,或许是老河湾,或许什么物质的东西都不是,只是气息,那种老醇的,久远的气息,仍在那里。

在这样的环境下,我去了那条这个城市久负盛名的老街,这条街一半早已修复,焕然一新的古色古香,是来古城观光者的通衢。而另一半,冷落已久,仍静静地躺在那儿,躺在久远的历史里,似乎已经风烛残年,老态龙钟。当听说那里也将面临修复,面临改造的时候,我惦念起它来了,我急于赶到那里,去见一见它的旧容颜。

我来这里,还有一个念想,就是新修复的一座寺,"咸宁寺"在这条街上,过去有十三座寺庙。据老人们说,这些寺庙被一场大火烧了,好些年前,一天早上,大街上突然出现一位童颜鹤发的老人,端着"火烧"在街上叫卖。所谓"火烧",是类似烧饼的一种面食烤制而成。老人声如洪钟,边走边喊:"十四两的小火烧,十二两的大火烧"!街上的人听了,无不哈哈大笑,因为古时十六两为一斤,十四两的大火烧肯定比十二两的大,但老人却大小颠倒,不能不令人感到可笑,所以,人们纷纷议论说:"年纪大了,就会变糊涂,千万别活大年纪。"

卖火烧的老人刚走过,突然这一带店铺起火,接着不少地方也纷纷起火,火势最大的是贪官污吏所住的地方。后来,人们才突然醒悟,卖火烧的人原来是火神爷变的,他赏罚分明,根据坑害百姓多少,罪恶大小,分别给予惩处,罪恶小的小火烧,罪恶大的大火烧。从此亳州做生意的再也不敢缺斤少两,掺杂兑假,至今亳州生意人还向顾客发誓:“如果我缺斤少两,掺杂兑假,让火神爷烧我”!

“咸宁寺”顾名思义,咸是“都”的意思,宁是“安宁”的意思,两个字合起来,就是“天下安宁,众生安宁祥和”之意。站在寺门前,夕阳的余晖从遥远的西边照在灰色墙上,似乎少了点温和,多了点寒意,尤其是深秋,地上飘落树叶的时候,这个处于沧桑寂寥的老街上“咸宁寺”。如果处于整修一新的老街上,给人的感受,还会是那种苍凉,那种深入骨髓的沧桑记忆吗?

据我所知,仅在元末,这条街上就发生过许多惊天动地的故事,农民起义领袖小明王韩林儿是元末白莲教教主韩山童之子,教徒言韩山童于永年(今属河北)白鹿庄聚起义,失败被杀,韩林儿随其母杨氏逃至武安(今属河北)山中,后又逃至砀山其外祖父家,韩山童好友刘福通转移到颍州,继续从事反元斗争,并组织红巾军。至正十五年(1355)春,刘福通率红巾军一举攻占了颍州,接着又攻占了亳州,一时声威大震,聚众数十万人,于是派人把韩林儿母子接到亳州立为帝,称“小明王”,尊其母为“皇太后”,国号为宋,年号为龙凤,建都亳州。红巾军攻占亳州时,十几位士兵血洒街衢,其墓就在这条街东头,居民与墓相邻,墓与居民相伴,和其亲近。我曾有一朋友,几十年前就住在墓后。我曾去他家,开门见墓,墓茔与居室仅有三五步之遥,墓即家中一景,大人小孩,日常端着饭碗,就在墓前吃饭,有时边吃边邻居聊天,绕墓一圈,饭也吃罢。墓群是“小明王”为战死的将士修的,几百年来这群墓没有墓主,老百姓都称这坟为“王叫坟”。

老街,有活与死之分?修复了的老街,不一定是活着的老街。什么是活着的老街?应该是有百姓日常生活,保留原有生活方式的老街吧。什么是死了的老街?就是已成为一种摆设,或成为一种以怀旧为时尚的老街。我今日所面对的这半条老街,于这上午,一对新人在新修寺门旁拍照,“咸宁寺”香火缭绕的佛殿里,颂唱着经文,木鱼笃笃,寺钟震响,置身三三两两善男信女上香祈福还愿的佛殿里,我的心也虔诚起来。这条街上,行人也少,空落落的街面,有些落寂,尽管如此,它还活着,我从每一扇门内,看到人在屋内喝茶聊天,还有生活的气息。

走到半途,有一家门开着,屋内放置老式家具,门外街旁竹架上摊挂花叶辣菜(雪里蕻),一老一少两个妇人在做盐腌蔬菜。我走到大娘面前,也想学学腌菜方法,就问大娘怎么腌法,她看了我一眼,没回答。她看我不走,叹了口气,就让我坐下来,她对我说:腌菜有“老腌”和“暴腌”两种方法,老腌的菜主要是芥菜头、蔓菁疙瘩、花叶辣菜、雪里蕻和芥菜,这几种菜可以久藏,而且越陈越香,在霜降前后,把这些菜洗净择好,然后用缸腌起来,一层菜,一层盐,撒上些花椒、茴香、八角,用石头压起来,再盖上缸盖,免得灰尘或雨水落到里面,这叫“老腌”。至少要腌上五六个月,才能取出来,尝尝是不是腌透了。

大娘接着说:“暴腌”是速成的腌法,用的盐比较少,只要有些味就行了,甚至上午腌的,晚饭时候就可以吃了。暴腌的蔬菜有大白菜、萝卜、小黄瓜等,这些菜洗净后暴腌一下,去掉腌出的水分,加上麻油醋一拌,吃起来非常爽口。

她一边腌菜一边与我聊天,街旁这一瞬间的场景,是久远的相邻亲情。一家有事,家家都会出来帮忙的淳朴民风,在这半条老街上还保留着。

童年渔趣

张兴华

春夏之交，是钓鱼的好季节。小伙伴们用自制的鱼竿，守在水塘边或坐或站地垂钓。忽而你甩出一条，他钓住一尾，欢蹦乱跳，蛮喜人儿的。

这场景，被童年的我看得眼红手痒。小伙伴们传经送宝。我效仿其法，找了个断了尖的废钢针在点燃的煤油灯上用老虎钳子夹着烧红，趁势弯个钩儿，即算是做成了简易的鱼钩——听小伙伴们说，城里的渔具店卖有带倒刺儿的鱼钩。用那种鱼钩钓鱼，鱼儿一上钩便挣脱不了。可那时乡下人都穷，怎有可能奢望得到那神秘的鱼钩呢——垂钓所需的关键东西做成了，其他几样东西都好办，长竿、线绳、浮子、活蚯蚓……这些垂钓的所用之物备齐后，我便跑去同小伙伴们一块去钓鱼。

刚下过一场透雨不久，池塘里的水青茵茵的，积满了大半个池子。水面上的菱藕点点片片，岸边的杨柳树枝叶青青。微风吹过，水面泛起层层涟漪，蓝天、绿树的倒影在水面瑟瑟地晃动。

我垂钓的地点是两口水塘中间的土埂子边。东边是坑塘，西边也是坑塘。坑塘里常年不断水。两边坑塘里的水一样平，西边的坑塘更大些，也许里面的鱼儿会更多。我便把钓鱼竿儿对住了西边的水塘。

等啊等，鱼儿老是不上钩。别急，再等等。好，浮子点头，鱼上钩了！一提竿儿，鱼没钓着，钩上的蚯蚓倒被鱼儿吃光了。换了几次蚯蚓，把鱼钩甩进水里再钓——好！浮子猛地扎进了水里，身旁的小伙伴们也看见了，轻声唤我快提杆儿。一提竿儿，觉得手下一沉；猛一提竿儿，一条尺把长的大鱼腾空跃出水面，白色的鳞光一闪一闪的，鱼尾巴一拧一卷的。

“啊，大鱼！”同伴们都羡慕地朝我这边看着，喊着。

鱼钓出来了，确实很大，大约有一斤多重吧。可鱼钩是没有倒刺的，我甩的力气太大,在鱼儿顺着鱼钩下落的瞬间,只觉得手头的竿儿一轻,鱼儿便脱钩掉落在我身后水塘边的土埂子上。我丢下鱼竿儿,跑着去捉鱼。可鱼儿滚落的地点正巧在东塘的西斜坡上。受了惊的鱼儿继续地翻滚,并就势下滑,我几经捕捉都落了空。眼看就要抓着了,可鱼儿已滚蹦到水边沿儿。"叭"的一声,塘边的浅水被鱼的尾巴叉溅起,受惊的鱼儿快速游进了东塘的深水里。我脚下水塘边的土是洇湿的,"哧溜"一滑,自己的一只脚踩在了水里。

"没打着黄鼠狼,反倒惹一身骚"。望着我的一条泥腿,伙伴们哈哈大笑。

夏日的荷塘格外入眼。清清的塘水。塘水的上面长满绿茵茵的荷叶。荷叶有的才露尖尖角,有的半开着,有的全开着。那些全开着的荷叶有的平铺在水面,有的被长长的带刺的莛子高高下下地托着。荷叶的中央滚动着晶莹透亮的大大小小的水珠,亭亭玉立于荷塘的任何一个角落。荷花稀稀落落地散布其间。带刺的莛子上端,有的是心形的深绿色的小花蕾,有的是长得大如拳头、质感蓬松的浅绿花蕾,有的是绽开的周围是浅红色花瓣儿、中间是鹅黄色花蕊和浅绿色嫩莲蓬的荷花,有的是荷花褪尽了的绿而松软的莲蓬。

我爱夏日的荷塘,不光因为夏日的荷塘有以上诸多好的景致,更还因为那里曾是我和小伙伴们戏水玩莲的好去处。盛夏的中午,天气燥热得让人受不了。我们这些半大小子脱光上衣,下身穿个裤衩儿,浸泡在一人多深水的荷塘里,一会儿扎个猛子潜入荷塘的水底与鱼儿逗乐,一会儿在荷叶不多的塘面上扑扑腾腾地卖弄各自戏水的本领。倏忽间,荷塘外面的酷热感没有了,只觉得通身的清爽。水里大大小小的鱼儿,不时地从身子四周游过,捉鱼技术高超的还能不时地抓住它三两条;水下即是盘根错节的莲藕,选准了地方,用脚丫子使劲地踩崴,扎个猛子深掏它几把,便能从塘底的烂泥里掏出两三节白嫩的莲藕来。摸出的鱼儿甩到岸边,待后集中起来拎回家改善生活;掏挖出的洁白甘脆的嫩谢花藕就着清绿的塘水给洗干净了,一个小伙伴一节儿,津津有味地吞食。如莲蓬长得正可生吃,大伙儿争先恐后,大把地采摘。在深水里泡澡过后,一个个似毛猴子一般上岸,或打着顺手折采的大绿荷叶当遮阳伞,或坐在树荫下麻利地剥吃莲子。

夏秋之交雨水多,河里沟里都是水。村子外围低洼处大面积的积水与原深水坑里的积水混为一处,里面繁生出不少的鱼来——早就瞅准那个沟段积水的鱼条子一群一群地乱游乱窜了,不捉不逮心里老是毛毛地发痒。

烈日当空照,知了大声叫。

大晌午,人们多歇工了。心想:这次不招呼小伙伴们,自己吃个独食罢。便从家里扛个割草砍菜用的空粪箕儿,里面放上一个破脸盆儿,飞快地跑到预先"侦察”好的地点。

找准鱼多的地方，迅速把沟里的水上游、下游都用软泥堵死，然后撅着屁股用脸盆去舀水，舀满一盆向外倒一盆，动作极快。不大功夫，河沟里的水越来越少、越来越浑了，里面的鱼儿越来越多地显露了。

放下脸盆，改用条编的粪箕在浑水里去捞。这时的鱼儿，一个个都把自己的头儿泛露在水面。一下一条，有时一下能捞出好多条来。太小的不去理会，稍大一点的，把它们抓住放在沟边堆扒的一小汪水坑里。等大点的鱼儿捞得差不多了，把小水汪里的鱼儿捞出放进盆里往粪箕里一放，再扤着放有欢蹦乱跳鱼儿的粪箕儿回家，嘴里乐得“得儿噎儿”地哼唱。

趁着腥手把鱼儿的肠肚挤净，让家母在还没有死透的鱼儿身上拌些许面粉放在高粱秆儿扎的锅盖上晾晒，然后热锅上滴几滴油一煎，熬了鱼汤全家人喝。啧，真乃高级享受！

入冬，大坡坑里面的积水干涸了，夏秋繁衍在里面的鱼儿便在水位退落时三五成群地向深水坑处集中。坑里面的水不清——水清则无鱼，也不深。青少年男子们上衣扎着，下衣脱得只剩下裤叉，争先恐后地下到浅水坑里摸鱼。

都说“鱼头上有火”，这话一点不假。你看，这坑边沿儿的水都上鸡皮冻了，俺这些半大小子在坑水的里面摸鱼，一丁点儿也感觉不到冷——这时候我多半是“混水儿”的。因为相比之下我的年龄尚小，尽管弯着身子在水里摸鱼的姿势与大人没什么两样，不时也有不少鱼儿从手边擦过，可使出浑身解数，我还是很难把它们抓住。

大我很多的一个本家侄子随意大声嚷我：“喂！老家叔，别再这样混水受冻，上岸！快穿好衣服，帮着我拾鱼。”

随意摸鱼的本领特别好，能不断地摸得着，别人摸得少他能摸得多。一会儿一条，有大有小，且鲫鱼为多。我似旋风一般，忙不迭地在岸上捡鱼儿。高潮时，捡都捡不及。嘿，那个乐，真叫过瘾！

一直摸到水里大点的鱼儿不多了，人们才陆续上岸——这样的摸鱼，几乎每年的入冬季节都有。只不过先前的摸鱼我是在岸上欢跑着帮随意们捡鱼，不摸鱼也能吃到不少鱼。待后来我长大了，也下水摸鱼，可惜摸鱼的本领一直没有大的长进，每次都摸不多，且有那么一两次，摸着的竟是与鲶鱼相似、色黄且腮边带有尖刺的葛牙（又名汪子），鱼儿虽然不大，手却给扎出了血。

忠武王张柔故居

李绍义

在亳城西门大街(今人民中路)路北,从西门往东数,第一条南北街巷原来叫作"清风巷"。巷的北首从前有一座王府,门楼高大,门外石狮把门,树蛟龙旗杆一对,威风凛凛。稍外又栽青松两行,生机勃勃。这座王府就是元朝蔡国公张柔的故居。

据《中国人名大辞典》载:张柔,河北定兴(今定州)人,字德刚,善骑射。金朝末年,盗贼蜂起。柔聚族保西山东流寨,后归元,留戍满城,后守顺天(今北京),拜河北都元帅,战守攻取,威震河朔,封蔡国公,卒谥忠武。

元宪宗蒙哥八年(1258),张柔奉元主之命,从河南杞县率山前八军迁镇亳州。当时亳州连遭金、元两代兵火,加上元人有意将黄河下游改道入淮,给南宋造成灾害。淮河流域民生凋敝,亳州一带成了水乡泽国,"非舟楫不通"。张柔命军士斩除荆棘,重建亳城。

据后来所立碑刻记载:军士每日"穴城狐兔,获以千计,三日而后已。"可见当时亳城之残破,简直到了荒无人烟的地步。张柔在重建亳城的同时,又疏通涡河水道,直达汴梁(开封),又建桥十五座,修通衢大道数条,为重建亳州立下汗马功劳。但为重建亳城,他拆了城东曹操故居和魏武帝庙、魏文帝庙等,使曹氏在城东之建筑从此荡然无存。

张柔有九个儿子,八子张弘略、九子张弘范都曾居亳,南宋就灭亡在他们手里。元中统三年(1262),张弘略与宋将夏贵于涡河水战,用战船从下游切断宋军归路,使宋军全军覆没。城东十里,从前有张八宰相墓,那就是张弘略之墓。九子张弘范奉元主之命率军南进,南宋军民抵挡不住,民族英雄文天祥、陆秀夫、张世杰等都直接或间接地死在他手里。

元至元十六年(1279),张弘范攻南宋军至广东崖山,陆秀夫背着南宋幼主投海而死，南宋就此灭亡。张弘范为夸耀自己的武功，扬名后世，便刻碑于崖山，题文曰："张弘范灭宋于此。"因张是汉人，曾为宋民，后来有人在他的碑文上面又添了一个"宋"字，成为"宋张弘范灭宋于此"，给予辛辣讽刺。

张柔戍守亳州，于西城墙内今丁家坑（当时起名新月湖）南建立府邸，三进院落，兼东西跨院，后门直抵新月湖南岸。他将新月湖及其周围地面合在一起，建立了一个庞大的园林，叫雪香园。因湖中莲花繁茂，人称莲花池。南岸有一水榭，叫"君子长生馆"，君子指莲。长生馆内有一长联，似乎可以表达张柔的人生心态：

大江东去，浪淘尽千古英雄，问楼外青天，天外白云，何处是唐宫汉阙？
小苑春回，莺唤起一庭佳丽，看池边绿树，树边红叶，此间有舜月尧天。

莲花池中间狭窄处有一个马鞍桥，桥左边池中莲花是白莲，右边是红莲。桥头岸边有亭曰柳亭，题联曰：

亭开翠柳红桃外
鱼跃绿波春草间

君子长生馆西边池岸有亭曰栖鹤亭，题联曰：

城边柳色向桥晚
楼上花枝拂坐红

据我市文化界知名人士张荫庭先生生前介绍说：园中还有清风台、看花台、望仙台等建筑。台上都有亭，清风亭题额曰"风清月朗"，看花亭题额曰"四时如春"，望仙亭题额曰"蓬莱仙境"，并有副楹联曰：

大道先成消尽蓬莱岁月
仙源早渡闲看阆苑风花

可惜这些古迹历经岁月沧桑均已荡然无存。不过据前亳州市博物馆长李灿先生讲，莲花池中，张柔所养之金鱼，竟然繁衍到二十世纪五十年代。据他说，有一年大旱，丁家坑大部无水，只有北边靠城墙的一个深潭水深无底，里面金鱼戏闹成群。人们发现后，便群起捕捉，取家养育。金鱼大小不一，颜色各异。其中有人捕了一条最大的金鱼，长有尺余，重有三四斤，两只眼睛大若拳头。鱼缸养不下，便买了一个大砂缸养育起来，惊动很多人前往观赏，说："从来没见过这么大的金鱼。"

欣闻丁家坑如今正在治理，相信这曾经十里荷花家家垂柳的盛况即将复现。

幸甚至哉，歌以咏之。

汤王陵和后乐亭

李绍义

涡河北岸，谯陵北路东侧有一处规模很大的游览胜地，这就是汤王陵公园。据古《亳州志》载："亳自墉池东不数里，厥地曰凤头村，内有丛冢盘积，旁附古刹，世传为汤陵遗址。"志又载："汤陵西二里有桑林，是成汤祷雨之处。东二里有桐宫，乃冢宰伊尹囚太甲（成汤孙）之处。"

凤头村址即今汤王陵公园所在地。相传此处即商代第一代国君成汤王所都南亳之地。《孟子》上说："汤都亳，与葛为邻。"当时的葛国，即今商丘西宁陵县葛乡。与亳相距不过百里，土地接壤。汤王曾在生产等方面多次相助葛国。当时他们都是夏朝的属国，由于夏桀暴虐无道，国内民怨沸腾，汤王起兵推翻了夏朝，建立了商朝，都于亳。

传说汤王起兵之前，有一只凤凰落到汤王宫殿附近的一棵槐树上，彻夜鸣叫："桀无道，汤伐之……"汤王这才顺天应民，起兵推翻了夏桀的暴政。这棵槐树后来就叫凤凰槐，这个地方后来就叫凤头村，这件事后来人称凤凰来仪。

汤王是一位有道明君，亳地有很多关于他的传说，如"桑林求雨""网开三面"等。

汤王陵始修于何时，不得而知。三国时，魏文帝《皇览》载："涡北凤头村丛莽中有成汤故垒。"由此可知，那时涡北凤头村已有汤王陵了。不过汉魏时代所指的墓葬年久失修，直到明朝嘉靖二十年（1541）才得以重修。嘉靖三十七年（1558），御史张九功命知州张羽廷重立庙堂，栽植松柏，建立碑碣，成汤王陵才蔚然大观。陵前那棵桧树，就是那时栽植的，至今已有四百多年的树龄了，但依然枝叶丰茂，花开时节，香闻数里。清朝乾隆年间，知州王家相也奉命重修过一次。当时著名书法家梁巘还写了一块《重修汤陵碑记》。这块碑是亳州著名古迹之一。"文革"前因年久失修，碑仆地上，断为两截。文管单位雇工就地埋藏，以待修理，恰逢十年浩劫降临,汤陵被毁,而此碑因埋地下,得以幸存,如今仍蔚然屹立于汤王陵前古树旁。有人风趣地说,仿佛这块古碑有灵似的。

汤王陵这处名胜古迹正式成为公园,还得归功于民国时县长刘治堂。刘治堂是河南巩县人,他与当时安徽省主席刘镇华是同宗。民国二十三年(1934)冬由蒙城调任亳县任县长,于民国二十六年(1937)春离职。这个人比较务实,在任期间,为亳州办了不少实事,如修桥筑路,公路两旁植树造林,兴修水利,严禁烟毒,修亳州飞机场,编修《亳州志略》,校长任职考核等。

本县向无游玩场所,刘治堂常跟地方人谈拟建公园之事。因县城附近无山少水,长时间未找到合适地方。后来他经过筛选比较,终于敲定汤王陵区这处名胜古迹。民国二十五年(1936)他令第一区署区长许延龄筹建,遍植松柏花卉,添置各种设施。又建草堂三间,建六角草亭一座。草亭建在一个高约五米的土台上。建好,刘治堂设宴遍请亳城文人雅士、地方绅商欢聚一堂,请为堂、亭命名题记。当时亳城知名人士张圣言先生即席说道:"范仲淹《岳阳楼记》中说:'先天下之忧而忧,后天下之乐而乐。'为官就要有范仲淹这种品格,为民众做出榜样。我看,堂就名'后乐堂',亭就名'后乐亭'吧。"众人都点头赞同。后来就请当时著名书法家胡纯厚题写了匾额。汤陵从此正式成为公园。由于后乐亭建在高高的土台上,游人至必登临。亭上匾额"涡流盈带"四字写得潇洒俊逸,为人赞赏。胡纯厚也因此名声大震,人称胡老八,当时亳州商店匾额多为其所书。

民国时期的汤陵公园面积很大,南至涡河水滨。二十世纪八十年代改革开放以后,政府对这座园林又着力进行了重修,面积比民国时小了很多,而且失去了涡河半壁江山,现汤陵公园改名为"汤王陵公园",成为亳州的一处著名的游览胜地。

芍花情结

朱　晖

古往今来的文人墨客大都喜欢赞美万物复苏时的春天,更喜爱春天里盛开的各种花卉,那粉红的杏花、火红的桃花、雪白的梨花、金黄色的油菜花、滴血般的杜鹃、娇贵鲜艳的牡丹等;也有人喜爱绚丽灿烂的秋天,因为它象征着成熟和收获,也意味着繁荣和欢乐。那缀满枝头的硕果,鲜红可爱的枫叶,无不让人留恋。然而,我最钟情、最难忘的却是家乡的芍药花。

我的家乡亳州是一座历史悠久的文化名城,城不大但却非常古老,已经有三千七百多年的历史了,曾经是商朝的故都,也是魏武故里。这里英才辈出、人杰地灵,老子、庄子、神医华佗、魏武帝曹操、古代道教至尊陈抟、著名悯农诗人李绅等皆出于此,这些先哲名流足以使古城亳州为之生辉。悠久的历史为古城留下了众多的名胜古迹和灿烂的文化遗产。这里有闻名遐迩的花戏楼、古地下运兵道、相传老子讲学的道德中宫、华祖庵等。据说,华祖庵后面的那块园地,曾是当年华佗为治病救人而培育和种植各种中药材的地方,白芍当然也是其中之一。由此可见,亳州栽种白芍的历史是多么的久远,怪不得世人把白芍称为亳芍呢!

我爱芍花,不仅仅是因为她的美丽,更因为她的根茎是一种用途很广的中药材,能养血柔肝,缓急止痛。自小芍药花就伴随着我长大,她给家乡人民带来了财富、欢乐和幸福,她是亳州的市花,也是亳州人的骄傲。每年的四月底至五月初是芍花盛开的日子,这时,在亳州的古老大地上到处是一片火红,把这座小城都包围起来了。由此,亳州白芍的种植面积和产量便可见一斑。每年的这个时节,我都要去郊外看芍花,从没间断过。这不为别的,因为我实在是抵御不了那铺天盖地、艳红欲滴的芍药花的诱惑,也总是要撷取一些含苞待放的花蕾,带回家插在装满水的瓶子里。不几天,她们准会怒放起来,使房屋内豁然生辉、花香四溢,让人感到心旷神怡。有关亳州芍花盛开时的情景,清代诗人刘开曾作过精彩地描述:“小黄城外芍药花,十里五里生朝霞。花前花后皆人家,家家种花如桑麻。”可见,清代时亳州就已因盛产亳芍而闻名于世了。

事实上,在清代康熙、乾隆年间,亳州就是一座以种植和经营中药材为主的商业重镇。据史料记载,当时,亳州种植传统的中药材有一百三十余种,尤以亳白芍、亳菊花、亳花粉、亳桑皮最为有名。由于出产大批药材,水陆交通又十分便捷,随之而起的中药材贸易也繁盛起来。由于药材贸易的兴隆,亳州的七十二条街上店铺行号鳞次栉比,加之全国中药材在亳州云集吞吐,这里的中药材贸易市场规模很大,城内有四五条街专门经营中药材。新中国成立前,由于国民党政府的黑暗统治,亳州的药材市场日趋萧条,闻名中华的古药都休眠了。

一曲阳春唤醒今古梦。党的十一届三中全会以来,亳州的中药材生产、加工、贸易又逐渐恢复和兴盛起来。为了适应中药材发展的需要,一九九四年亳州市人民政府和珠海华侨置业发展有限公司合资兴建了“中国中药材交易中心”;目前,中国(亳州)康美国际中药城正在兴建之中,它是中国乃至世界上最大的中药材交易市场。古药都亳州已经完全恢复了她昔日的风采,真正成了名副其实的“中华药都”。值得亳州人民荣耀和自豪的是,一九九五年江泽民总书记还亲笔为药都亳州题词:“华佗故里,药材之乡”。

朋友,看到这里你有什么感想呢?或许你已经看出我钟爱芍花的真正原因了吧!芍花,作为亳州的市花,是亳州的象征,是亳州人民的骄傲,它为亳州人民带来了滚滚不息的财富。

顺着国道我来到郊外,极目远眺,一片片红霞透过如烟的细雨映入我的眼帘,那是一片连一片盛开的芍药花,她如霞似火,像要燃烧起来,把整个天空都映红了。虽然天上下着雨,芍花却毫不畏惧,风雨中她们高昂着头颈竞相开放,风吹不倒,雨浇不灭,就像亳州人不屈不挠的性格。朵朵芍花争奇斗艳、亭亭玉立,有的含苞待放;有的似开非开羞羞答答,在风雨中忸忸怩怩,犹如刚刚走出闺房的少女,大有“千呼万唤始出来,犹抱琵琶半遮面”的娇羞之态;还有的大大方方旁若无人似的昂首怒放,一副鹤立鸡群、笑傲江湖的天真娇美模样。这些千姿百态的芍花,非常惹人怜爱。

冒雨站在这芍花汇成的红色海洋里,眼前是嫩绿的芳草、婀娜的杨柳和淙淙流淌着的春雨。此时,虽然没有了往日的悠悠白云,天空只是灰蒙蒙的一片,但我的心头依然是空明澄碧,同时热辣辣地燃烧着火一般的激情。朋友,看到这里,或许你也会像我一样深深地爱上了芍花了吧?对于亳州的芍花和芍花中的亳州,我这支笨拙的笔很难描绘其万一。我深感自己词汇的贫乏,我相信即使把全世界所有民族的语言都汇集起来,也难以把她们的美丽、神韵和风骨描绘得淋漓尽致。不过这没关系,那你就来吧,亲临其境亲身感受一下,亲口尝一尝亳州盛产的古井贡酒的甘洌醇和,亲耳聆听一下这里美妙的大自然奏出的和弦,亲眼看一看亳州沧海桑田般的巨变吧!对了,忘了告诉你,亳州还是国家级历史文化名城呢!她古迹众多,星罗棋布,你可以到闻名遐迩的花戏楼前,仔细欣赏那巧夺天工、精彩绝伦的砖雕和木雕技艺;也可以到华祖庵里一游,去追忆和缅怀神医华佗的风骨;还可以到地下运兵道里去体会和感受近两千年来的战火硝烟。到时,我一定给你当一位非常出色的导游。也许有的朋友会说,现在或许错过了芍花盛开的季节了吧?没关系,“年年岁岁花相似”,我们可以在明年的花季里相会,让我们相约在明年。

婺源探春

朱 晖

婺源被誉为“中国最美的乡村”，在其诱惑下，我们一行十数人，在剪刀般的二月春风里，开始了对她的“探春”之旅。

一路山花开上天

据说，婺源的春天是从柳树枝头开始的。经过一冬的萧瑟和沉寂，尤其是经过严冬的洗礼，在一个乍暖还寒的晴日，轻移玉步来到郊外，冷不丁你就会惊讶地发现，湍急的溪流边，几株垂柳突然间变得影影绰绰，一片朦胧。这时你就会记起，春天真的来临了。随着春姑娘婀娜的舞步，整个婺源就会变成花的世界。春之花会从山脚下开始，沿着蜿蜒的山谷，一直开向山巅，大有“一路山花开上天”的气势。

经过一天的颠簸，我们于傍晚时分抵达一个叫江岭的小山村。小雨渐停，但天空仍阴阴沉沉不见星月。还好，天一亮阴云便溜走了许多，于是我们便随同如织的人流向山上赶去。江岭是一个坐落在山谷里的小山村，周围是连绵不断的山峦，站在这里四面顾望，满眼葱绿，一片金黄，那是正酣的油菜花映射出的光芒。沿着盘山道逶迤前行，随着地势的升高你会发现，景致越发迷人，远处层层的梯田，层层碧绿，层层金黄；黛青色的山头上弥漫着朦胧的烟云；镶嵌在山谷中和半山腰的民居，粉墙黛瓦，错落有致，如同凝固的音符；近处涧流欢歌，溪水潺潺，古树参天。眼前的美景深深吸引住游人的脚步，大家忙不迭地按动着快门。不知何时，太阳从云隙间露出了娇美的笑脸，把万道金光洒向连绵不断的山峦，同遍地的油菜花的金黄融合在一起。

据农人介绍，我们来得早了些，若是再晚些时日，杜鹃花就会一片火红，或是星星点点，或是红成一片，从山脚下一直开到山顶，红得如跳动的火焰，能看得你热血上涌，浑身充满燃烧的激情。

桃源深处有人家

“空山隐卧好烟云，水不通舟陆不车；一任中原戎马乱，桃源深处是吾家”。

这是大山深处，被称为“深山小桃源”的庆源村村口“别有天”古亭里的一首诗。诗中意境真似陶渊明居住的“世外桃源”。庆源村距离我们到达的第一站江岭村十几公里的路程，我们用了将近七个小时才赶到。

庆源村和徽州的许多古村落一样，也是沿着一条宽约两丈的小溪一字排开的。溪流上的石桥、木桥很多，在一华里多的距离上大约有二十座之多。众多的小桥，把两岸的人家连为一体，十分方便。小溪的两岸基本上是用石头垒铺而成的。古色古香，粉墙黛瓦的民居错落有致地分布在小溪两岸，随着小溪向前延伸，间或有几株桃树、苦李树等。苦李树正当怒放时节，白色的花儿小巧、细腻，十分养眼。她们密密麻麻地挂满枝头，随着树枝伸展在小溪的上空，十分夺人眼球，让人一见难忘。相比之下桃花反倒显得有些羞涩，半开不开的犹如羞于见人的村姑。

村中小溪岸边耸立着一株“银杏夫人”，她已经一千二百多岁了。这株雌性白果树虽年事已高，但却不显得老态龙钟，她枝繁叶茂、郁郁葱葱，而且芳心依旧。据说她的“夫君”，生长在距此二十华里外的一个小山村，千余年来，这对夫妻虽两地分居，但并未影响他们“生儿育女”，银杏夫人每年都是硕果累累，不知是何方神圣为他们架起的鹊桥。为了表达对这位“银杏夫人”的敬仰之情，村民在树旁为她建造了“银杏宫”，联上写着“千秋蒙庇荫，世代保平安”。

春天的婺源的确是美丽的，这位左手持矛右手著文，能文能武的女子，一如美女般端庄妩媚、恬静多情。这里可谓山川灵秀，境内山峦起伏，不可胜数；每条小溪都清澈晶莹，犹如围在美人脖颈上的一条条银色项链，闪闪发光。这里是春色汇集的地方，你能感受到陶渊明“闲云野鹤”般的悠闲。头顶是悠悠的云雾，四周吹来花草的馨香，仿佛走进了古代隐士的理想家园。置身其间，真想做一个牧牛的孩童，做一位采茶的村姑，做一名徜徉于青山绿水间的田园诗人……

芒砀山与曹操

朱　晖

芒砀山原本是一个名不见经传的地方，以前从未听说过，然而一当它与曹操联系起来，便立刻引起了我的极大兴趣。

芒砀山位于河南永城东北约三十公里处，是一个仅有八平方公里左右的小山系，土石结构，海拔虽然不到一百六十米，但在豫东、皖北交界处的大平原上突兀而出，却也显得几多巍峨几多雄壮。不仅如此，它还有几多神秘、几多辉煌，一个偶然事件便把它们暴露出来。二十世纪八十年代，山民在柿园村附近的山上开山炸石，钢钎在铁锤的夯击下一点点下沉，突然，扶钎的人觉得下面空了，凭直觉他意识到此处可能是一处古墓，于是便报告了文物管理部门。后经挖掘考证，这里埋葬的是西汉梁孝王刘武的玄孙、贞王刘无伤。此墓历史上虽被盗过，但还是出土了上万件陶器等文物，另出土半两钱和榆夹铜钱二百二十五万多枚，重约六吨。此墓大殿顶壁是用多种天然颜料绘制而成的一幅大约十七平方的大型壁画，画面生动活泼、栩栩如生，将墓主龙升仙的主题表现得异常鲜明突出。这幅壁画震惊了全国考古、历史、建筑、美术和艺术界，各方面专家对此画拍案叫绝，一致认为它是我国历史最悠久、篇幅最大、保存最完好、艺术价值最高的国宝。它填补了我国西汉时代壁画的空白，实乃敦煌前之敦煌、敦煌外之敦煌。

距柿园村梁贞王墓约二百米处，有一座坐西向东的墓葬，它比柿园墓大得多，其工程之浩大，气势之壮观，建筑艺术之高超，在全国也不多见。这便是梁孝王刘武之墓，历史上曾多次被盗，发现时基本上成了空墓。据史料记载，当年曹操为筹措军饷曾派兵盗掘过此墓，得宝“十万余斤”。也许正因如此，才奠定了他的根基，使曹氏霸业乃成。

从刘武墓往北二百米，还有一座坐西面东的大型墓葬，是梁孝王王后李氏之墓。刘武死后，李氏效仿吕后，以王太后的身份执掌梁国统治权二十多年。因此她的墓葬规模比梁孝王墓大了许多,大约是其三倍。两墓结构大致相同,不同的是在李王后墓的南侧有个冰凌室,它的四周是用巨大的、雕刻精细的石板扣合而成,其内可以储藏夏天吃的冰块之类的食品,与现在冰柜的用途相仿。李王后墓有东西两个墓道,南侧还有一条向南的通道,向梁孝王墓方向延伸了八十多米,最南端蓄满了积水,因而被人们形象地称为"黄泉路"。从意图上看,凿墓时是想与梁孝王墓连通,但不知为何没能完成。也许是因为她驾崩时刚刚凿到此处,也许是当初由于积水太深已见"黄泉"而未能继续下去,此中缘由也只能靠大家去想象了。

芒砀山墓群目前被发现的有二十余处,大都是"开山为廓,穿石为藏",并且规模宏大,结构复杂,具有极为重要的历史、艺术和科学价值。在没有火药的时代,其工程之艰巨令人叹为观止、闻而生畏。因此芒砀山汉梁王墓群的发现被列为二十世纪考古十大发现之一。

发生在芒砀山区的故事不仅如此。秦末,这里爆发了中国历史上第一次农民大起义,起义领袖陈胜战死后被秘密安葬在这里;汉朝的开国皇帝刘邦在此斩蛇起义,并长期隐藏于此山石之间作准备;东汉末年,刘备在徐州被曹操战败后,刘、关、张三人失散,张飞率残兵逃到芒砀山,在此筑寨驻军。

一只玄鸟

刘恒新

风轻拂着松柏层层的叶片，像掀动史册松软的书页。新鲜的阳光透过枝柯洒在涡河岸边的汤王陵园内，苍松、翠柏伫立，石碑、石兽斑驳，黄土、瓦砾相偎，它们在岁月的风雨中默默地守望着一位君王的背影。

历史上，总有一些人的人生关键链条，是与一个地点紧紧牵连的，商汤与亳就是这样。

一座城市可以启蒙一个人物，一个人物可以唤醒一座城市。昔日的商汤离不开发轫于斯地的亳，正如亳离不开奠基于斯人的商汤。

透过历史的云烟，向与亳州结缘的诸多历史名人放眼眺望，我们发现，在历史天空中那如血残阳的照射下，在涡河波光闪闪的激流中，从那水天相接的地平线，最先向我们走来的那个身材高大、荫投一个朝代的身影，就是商汤。

玄　鸟

在较为成熟的文字产生之前，历史主要是靠人们口耳相传的方法保存和流传的，然后由后人整理成文字。商汤的历史也是这样，它是从一个关于玄鸟的美丽传说开始的。

翻阅商汤的“家谱”：汤，其始祖是契，与大禹是同时代人。契的母亲名简狄，是帝喾的次妃。

一个风和日丽的傍晚，刚刚洗浴后的简狄心情特别舒畅。她与两名随从漫步到一个水草丰美的园囿。天空中飘着朵朵彩云，和风吹来，简狄的脸庞在晚霞的映照下显得尤为红润和兴奋。这时，天空中飞来一只黑色的玄鸟，缓缓地降落，在草木间低旋徘徊，闪动间竟然产下了一只蛋。简狄上前捡起，看其晶莹可人，忘情之下将其吞下。于是，简狄就此怀上身孕，生下了契。契出生以后，聪颖灵慧，长大后因辅佐大禹治水有功,被任命为司徒,封于商。

《诗经商颂》中吟道“天命玄鸟,降而生商”,这个故事后来又见于《天问》《吕氏春秋》和《史记》等诸多典籍中。

玄鸟是一种什么样的鸟?有说为凤,有说是燕,有说近鹰。虽然史料莫衷一是,但是玄鸟却被视为天的使者,就此成了殷商的图腾,并被赋予美丽、吉祥、灵秀、神奇之意而代代相传。其实,这分明也是那个时代原始传播环境下的一种暗示:商之所以能够取代夏,成为中国历史上第二个国家,绝非偶然。其根由是因为商受之于天,是因为其血缘里具有来源于神鸟的“基因”。

契之后的一段时期里,他的子孙平静而兴旺地繁衍着,直到第十四代的汤,在夏桀暴政、举国生怨的政治气候下,很快以其绰约与非凡赢得了诸侯的拥护,使玄鸟后人终于在历史的天空中振翅凌空,将才情与禀赋倾情绽放。

最初,可谓青年才俊的汤在残烛将熄、日益黯淡的夏朝后期,很快以其魅力和方略而光照诸侯,自然也让夏桀感到了来自这颗政治新星耀眼光芒的刺目和威胁。于是,夏桀下令将汤囚禁在夏台。后来,夏桀放松了警惕,一念之下又将其释放。但让夏桀最担心的事情还是发生了:汤不久兴兵伐夏,夏师败绩。夏桀和汤分别以亡国之君和开国之君的角色,在历史的舞台上挥手作别。

在汤被囚禁的那段时期里,汤做了些什么,桀为什么又释放了他?史料没有任何描述,这也给后人留下了许多悬念和猜想。此时的汤应该正是意气风发、踌躇满志,而这段囚禁岁月,使他被迫离开了图谋崛起、施展抱负的舞台。但是我们不妨设想,也许正是在这种与外界相对隔离的日子里,正是在这种失去“政治自由”的失落、痛苦和煎熬中,他学会了磨炼心志、静观天下,学会了隐忍、坚持与等待,从而也使这种囚禁生活成为一种特殊的历练,完成了他人生成长过程中一次性格的完善与提升。

汤被释放后,无异于虎归山林,蛟龙入海。他迁徙至涡河流域,在一居高临水之地驻扎下来,接受伊尹的建议,将此地命名为亳,定都于此,并兴兵讨伐夏桀,使诸侯归服,平定海内。

在汤的统领下,以玄鸟为图腾的殷商成为中国历史上第二个国家。而汤也成了站在早期文明门槛上的一代开国之君。

祈　雨

望着刺目的太阳,汤的眼睛模糊了。不知是汗水还是泪水在眼眶里涌动。

连年大旱,万民祈雨,作为一国之王的汤急在心头。太史占卜的一句话始终在他耳边回荡:“若要天雨,应焚一人当作牺牲,祷乃有雨。”

“选择谁作为牺牲呢?”这个问题如正午灼人的日光在烤问着汤。

“请雨,就是为百姓。若焚百姓,求雨何用?作为牺牲者只能是我!”汤下定决心。

就这样,他斋戒沐浴,剪去头发,磨去指甲,来到桑林,不顾众人的劝阻,凛然迈上了干柴相围的祭台。

随着号角响起,干柴被缓缓点燃。汤感到火焰在向他蔓延,皮肤分明在锐疼。

他的思绪和灵魂开始飘动,他瞑想着自己就要在火焰中升腾,疼痛但却畅快着。他设想着到了天界如何怒声质问主管降雨的神灵……恍惚间,突然他感到有什么东西劈头盖脸、急促而密集地砸在身上,凉凉的,在身边流动,周围还有人群如雷的欢呼声。他猛地睁开眼睛,发现竟然是雨,分明是雨!雨泼灭了火焰,浇透了龟裂的大地。

这慷慨悲壮而又以喜剧为结局的一幕,在明灭闪烁的历史中被膜拜、传颂和定格。《吕氏春秋》对此有所记载,并且代代流传,让不管是寻常百姓还是一国之君,都千年仰视。

在古希腊传说中,为人类盗取火种而甘愿受罚的普罗米修斯成为英雄的化身,而在东方,中国商汤桑林祈雨的悲壮和豪情决不在其下。

据说,商汤在干柴相围即将点燃的祭台上时,仰卧于地,祈祷说:“不要因为我一人的过失,伤及万民之命。”“朕躬有罪,毋以万方(百姓);万方有罪,罪在朕躬。”并列举六事对照自己进行反思和自省:“政不节与?民失职与?宫室崇与?女谒盛与?苞苴行与?谗夫昌与?”

佛说:我不入地狱,谁入地狱?商汤正是以这种情怀,在天下大旱时节,在需要有人向天帝为民请命、舍生取义之时,挺身而出,一边面朝苍天而扪心自问,不断反思和叩问自己,一边把所有的责任和过失都揽在自己的身上,勇于担当,以自身命换百姓命,舍自身安换天下安,这种境界和魄力,的确不是常人所能企及。现在社会提倡的要勇于承担领导责任,追溯起来,商汤应该算是“勇于承担领导责任”的第一人。

汤王时代,民智未开,人们认为自然界的风雨雷电与人的命运冥冥中都是由神灵主宰,故向神灵祈祷,寻求庇护。汤王桑林祈雨的传说正是那个时期人们认识自然、认识世界的一种朴素的印证。

据《亳州志》记载:“汤陵西有桑林,是成汤王祈雨处”。如今亳州汤陵公园西大门的影壁,是一巨幅浮雕石画,描绘的就是传说中汤王桑林求雨的宏大场景。

网 开

汤是个极具人格魅力的君王。

一天,他到郊外巡视,看到有猎人张起四面的罗网来捕捉禽兽,并且口中念念有词地祈祷:“天下四面八方来的,都到我的罗网里吧。”汤听了之后紧皱眉头,说:“噫!这太过分了,这不是想一网打尽吗?”于是汤王为禽兽除去三面网,并祝愿说:“想要往左的就往左,想要往右的就往右,随意而来,自由而去。如果不到别处,那就进入我的罗网吧!”

四方诸侯听说这件事后,都很欢喜地说:“汤王的圣德真是到了极点,连禽兽都这么爱护,真是圣君呀!”于是纷纷自愿归顺。《诗·商颂·殷武》记有“自彼氐羌,莫敢不来享,莫敢不来王”的诗句,反映的就是商汤时期旺盛的“人气指数”。

这就是汤,宽厚,仁爱,尊重自然。他对人才的凝聚不靠强权、不靠显威、不靠权术,靠的是德治,靠的是仁政,靠的是对人意愿的充分尊重。这个“网开三面”的故事记载在《史记·殷本纪》中(后作“网开一面”)。现在看来,与其说这是汤对鸟兽的仁爱而推及对人才的尊重,不如说这是汤顺应自然、大道无道的超然的哲学态度。

像许多开国之君一样,汤的成功离不开身边一位贤臣的辅佐,这就是伊尹。

伊尹应该是商汤“网开三面”的追随者和受益者。他原是邻国奴隶身份的厨子,后被汤发现并没法“引进”,成为汤成功道路上的一个关键性人物。他曾以调和五味作比喻,“鼎烹说汤”,向汤王讲述治国的道理。善于烹饪的伊尹把伐夏和治国的事务当成一道道菜肴,无论是“大餐”还是“小炒”,“色香”还是“味道”,他都举重若轻,游刃有余。后来老子有一句话“治大国若烹小鲜”,这个比喻的灵感来源或许就与厨子出身的伊尹的治国之道有关。

由于汤的破格重用,伊尹由一名奴隶出身的厨子成为指点江山的一代名相,而历史也因此记住了中国最早有姓名记载的这位厨师。现在,伊尹在许多地方仍被作为厨师之祖来贡奉膜拜。

明君之于贤臣就像才子之于佳人,总是被后世艳羡而留下佳话。商汤与伊尹的关系之“铁”,即便在他逝后,仍然让人惊叹。

一些朝代的先王去世后,其重臣往往受到继位者的排斥或贬谪。而商汤王去世后,伊尹却仍然是权倾朝野的重臣。

汤在位三十年后驾崩。嫡孙太甲即商王位时,年少轻狂,暴戾肆为,伊尹与众臣商量后,将他发放到紧邻商汤王墓地的桐宫。“日夕在坟墓之旁,思先王所以得天下之故,料必能启过也。”经过三年的“封闭式学习”,太甲终于改过自新,去除杂念,“只存圣贤心,行仁义事”。伊尹闻知,乃会聚百官,说:“可迎归朝,摄理政事”。

君王有问题,大臣竟然可以让其“停职反省”,这种“监督机制”,这种君与臣、领导与部下的关系让人叹服甚至瞪目。伊尹在汤去世后能拥有如此“犯上”的特权,毫无疑问,要得益于商汤信任人才、重用人才和推行民主开明、能臣政治的遗风。

或许亳州是商汤实现转折、崛起和兴盛的地方,他与亳州这片土地有着一种难以割舍的情结。从迁徙于亳,定都于亳,兴盛于亳,到情系于亳,魂归于亳,安葬于亳。尽管他后来迁都到新的地方,也称之为亳;尽管关于他的陵墓所在地的说法莫衷一是,但是郦道元在《水经注》中有确切记载:“商成汤葬于涡河之阳”;而且三国时期曹丕在所著《皇览》中关于他的家乡有这样的文字:“涡北凤头村,有成汤故垒”。

凤头村,一个吉祥美丽与神鸟有关的地名,这不能不让人想起“天命玄鸟,降而生商”的传说。凤头与玄鸟之间莫非有什么联系?

我们不妨设想,作为商成汤王的陵园,当时这里的建筑上肯定绘有商的图腾玄鸟的图案,附近老百姓不知雅称其为玄鸟,在口语中便以凤头俗称,于是这个地方也就被叫作了凤头村。由此看来,凤头应该就是玄鸟。汤选择葬于凤头村(有说是衣冠冢),或许正是他内心深处“来源于玄鸟、复归于玄鸟”情结的体现。

如今,商成汤王陵安然坐落在紧依涡河的一个单独的院落内。在时下盛行争名人、抢名胜的口水战和建仿古、造古迹的浮躁中,这里却显得格外从容、淡泊和宁静。没有大兴土木的改造,没有喧宾夺主的建筑,没有世俗功利的喧嚣,有的只是老树、黄土的相守相依,随处散落的石雕、石敦和斑驳的碑文。也许这种方式也是对商成汤王的一种尊重和精神的传承,以更好地让人们在这种近乎原生态的古朴和自然中,安静而独立地对历史感怀与解读。

千年时光雕刻一个“亳”

刘恒新

如同一座高山上偶然滚入江河的石块，历经岁月的雕琢，历史的风化，时代的浸润，如今，“亳”，已成了一块玲珑剔透的美石，静静地捧在我们的手里。

阳光透过苍柏洒在涡河北岸巍巍的商成汤王墓旁，这里是汤陵公园内一个单独的院落，石碑、石墩、石刻的厚重与花草树木的旺盛生机相交织，每天早上，爱好运动的药都人喜欢把这里作为健身的场所，使得这里既有昔日一代汤王的王者之气，也有当今平民百姓的其乐融融。

也许，三千七百多年前的成汤王怎么也想不到，在他和右相伊尹几经辗转，来到涡河之滨，定都于此并将其命名为“亳”时，竟成就了一个城市历史情节里的宏伟开篇。

夏朝末年，汤邂逅了奴隶出身的伊尹，举其为右相，并接受他的建议，把都城锁定在居高临水、土地肥沃的南亳之地，发展生产，繁衍人口，从此涡河两岸有了田园牧歌和号角长鸣的飘荡，有了猎猎战旗和桑麻成荫的交映。在兵强马壮之后，商汤一举灭掉了中国第一个奴隶制国家夏，建商朝，都南亳。

此时，世界的整个西方尚处于耶稣诞生前的沉寂，骄傲的欧罗巴兀自荒原接天，辽阔的北美大陆犹是苍鹰和原始部落的天下，而在中国，具有城市雏形的“亳”已经发轫，在历史的长河上如一叶扁舟，航行至今，成为中国历史乃至世界历史上，仍在使用的年代最久远的城市名称之一。

尽管商成汤王后来又迁都西亳（今河南偃师），但亳州这里从此有了汤都之称。郦道元在《水经注》中记载：“商成汤，葬于涡河之阳”；在亳州市区发现的曹操宗族墓，出土的字砖中就刻有“谒汤都”三字。一个城市的历史书卷以一个朝代的都城作为首页，这一至高的厚遇不能不让亳州人心里感到殷实和自豪。

让人更为惊叹的是，这片历史上由黄河沙、淮河风、涡河水共同滋润的土地，竟与都城这一华丽的称谓三次结缘相遇。

除商汤定都于亳之外，三国时期，魏文帝曹丕怀着对家乡、对先辈的眷恋，把这里定为陪都（时称谯），与许昌、长安、洛阳、邺城并称“五都”。到元朝末年，刘福通拥韩林儿为帝，把亳州视为吉祥兴盛之地，建都亳州，国号宋。正是如此，有学者称亳州为“三朝故都”，这与亳州在唐朝成为“天下十望州”之一，明清时期被称为“小南京”一样，成为亳州历史链条中令人目眩的闪光点。

乍一听，就像家里一个放置多年、未被注意的瓷瓶突然被宣布为皇室御品一样，“三朝故都”的华冠让质朴的亳州人几乎有点不敢接受，但历史资料的“原始记录”和专家学者的言之凿凿，又不能不让人顿悟和颔首。

亳州是全国历史文化名城，随手捡起一个瓦片，就能拾起一段历史。像许多地方一样，名城之名离不开名人，亳州之名更是与名人相辅相成。

从影响力、知名度而言，亳州名人可以分为两类，一类是不需要解释、几乎是国人皆知的，如谯城的曹操、华佗、花木兰，涡阳的老子，蒙城的庄子等；另一类是略加解释、说之即知的，如春秋名将伍子胥、道教至尊陈抟、悯农诗人李绅、捻军首领张乐行、坐怀不乱的柳下惠等。另外，苏轼、欧阳修、王安石等政治家、文学家都曾在此为官、交游，给亳州平添了几许宋代大家的风雅、豪放与睿智。

应该说，是亳州这片蕴才积盛之地，为名人注入了生机和灵气；而名人，又映照着亳州古城，使之在历史的天空下显得尤为风姿绰约。

“亳”，就是一个保存相对完好的珍贵文物，它完全超出了一个“文”字所负载的符号功能，仅仅是对这一个字的研究，就可以洞穿一个城市几千年的人文信息和时空密码，遥远而又亲近，古老而又鲜活。

关于亳的含义，有着不同的诠释和破译。比较权威的说法是，最初为商都城命名为亳时，是取“高”字上面的部首，象征着地势高峻，建筑宏伟，社稷稳固；而下边的部首则是当时“农”字的象形（一说指高宅），表明在那个农耕时代对农业的依靠和重视，也反映了农业立国之本的理念在当时已经确立。一位研究中国历史的学者在亳州考察时说，从某种意义上讲，对“亳”的认知，体现了一个人的历史底蕴和文化积淀，是一个人文化品位与格调的符号，甚至是一个人值得炫耀的资本。

如同认识文物的人并不占多数，所以经常有外地人一不小心把亳误读成了“毫（háo）”，而亳州人每每遇到这种情况，总是报以善意的微笑和耐心的解释。甚至亳州人自己设计了一个“毫毛拔去一根”的谜面（谜底即为“亳”），以让外地人在谈笑间弄清“亳”与“毫”的区别。宽容、质朴、热情的品质，往往在“亳”字的话题里就开始让外地人心生敬意。

亳,这是商成汤王的亳,是涡河流水冲刷的亳,是芍药花香熏透的亳,是流淌在诸多历史名人血脉里的亳,是三千七百多年历史文化勾勒的亳。如今,人们更期待着,它洗去一路的风尘,走出历史的云烟,以新的姿态闪耀在新世纪的晨光中。

麦子平安

刘恒新

这个季节，风的干热与汗的湿潮同时在空气里游荡。

农村的田地里，即将成熟的麦子，麦穗饱胀，散发着丰满而热烈的味道。放眼望去，田地里到处是满目金黄，成为这个季节里最性感的色调。

麦子待在田地里，如待嫁的新娘，肃静而忐忑。

而此时，天空越发阴暗，云层汹涌着在远处游弋，投下阴影，也在麦田和农人的心头投下了不祥的预感。

在这个对天气超常敏感的时代，报纸、广播、电视不断地发布着天气预告，就好像村头那座神庙旁的婶娘，正常的时令性的天热天冷，总被她一惊一乍，唠叨着，叮咛着。而这次，她说，明天要下暴雨，村庄的气氛有些紧张起来，就像数十年前那个兵荒马乱的岁月，有人放风说，有成群的土匪要来洗劫村庄一样。

暴雨，这场暴雨，总是在麦子成熟时袭击麦子的暴雨。

这场暴雨，应该是千百年前那场暴雨的延续，从人类有农耕和播种之日起，就开始困扰着人类。作俑者是天空中的那群乌云，从远古时期就追赶着人们，忽远忽近，绕来绕去，梦魇一般挥之不去，追赶了几个世纪和几个朝代，一直追到现在。

这场暴雨，村子里的家畜家禽不会害怕，最多一阵鸡飞狗跳之后，便都躲在圈里、窝里或屋檐下享受主人庇护带来的安逸。而那一地的麦子却无处躲藏，只能惊愕地、怯怯地站在麦田里，怕麦穗变黑发霉，怕雨水肆虐漫流，怕心血化为乌有。

麦收，让人幸福、心焦而又惊慌。多少年来，在乌云那强大的阴影下，麦子和农人在跑，在逃，从这个地方到那个地方，从这块田地到那块田地。人们曾双膝跪地，顶礼膜拜，烧香上供，祈求上苍庇佑，让老天给人留口饭。也曾工于器具，改良机械，多管齐下，快收快打，以与时间赛跑的豪气抢产抢收。雨，肯定要下，然而，人们希望，这场暴雨能在尽可能减少对小麦伤害的情况下，适时而下，或速战速决，来去匆匆，雨过即晴。在小麦关键的两三天，像一个咳嗽、一个喷嚏、一泡尿、一个哈欠、一汪眼泪一样忍住它，早一点，或晚一点，让麦子收割回家。

天气预报仍在煞有介事、信誓旦旦地说，今晚暴雨来袭。看来已成定局，在乌云的挟裹下，即将无可抗拒地倾泻而下。

麦子总是伴着对天气的期盼与担忧长大的。从播种，到出苗、分蘖、拔节、抽穗、开花、灌浆、成熟，旱时盼雨，雨来怕涝，尤其是在收割前后，最担心的就是突然的一场暴雨，可能会将小麦一生的努力毁于一旦。想起小时候在农村过年贴春联时，常看到“风调雨顺”“五谷丰登”“瑞雪兆丰年”这几个词，当时总感到老气和俗套，总想换几个有时代特色和文艺范的词汇。然而现在，却感到这些词对于农村、对于土地、对于与他们朝夕相处的农人来说，是那么的实在和重要。

雨，下或者不下，就在那儿，悬在空中，如同一堆不知何时会坠落的石块，落与不落，何时落下，是偶然，也是必然，宿命一样无法逃脱。期盼、焦渴与忧虑，是麦子一生与雨水无法割舍的恩怨情仇。

愿麦子平安。

春　雨

张宝泉

春天的精灵——雨,如同无声的音符,叩响了我酣睡的心弦。

拉开窗帘,呵!春雨,孕育着怎样的一个生机景象啊!春风拂去了大地的尘埃,春雨洗去了残冬的余迹;远方的树木扇动轻盈的嫩叶,那是在揉擦着惺忪的睡眼吗?近处的野花迎风招展,那是妙龄少女在翩翩起舞吗?

淅淅沥沥的春雨在微风的吹拂下,轻轻柔柔、飘飘洒洒地落下来。人们若在这烟雨之中漫步,不经意间会沾湿了衣裳。发上有水滴下落,凉凉的,滑过面颊,浸透心中的烦闷,那种与春同来的燥热荡然无存。那种惬意,那种风致,让人们感到春雨带来的舒畅,仿佛品尝到了春雨的韵味。

午后春睡醒来,看着不期而至的缕缕春雨,恐怕是最悠闲的一种心境。看着轻盈的雨点乘风而至,敲击着窗棂,打湿了玻璃,荡走了几丝忧愁,心绪便慢慢静下来。这时索性拿一本书,品一杯茶,任窗外春雨沙沙,我已被小说中的故事所吸引,看了一章,又一章。细细品啜书中的千种风情万般妙处,真是怡情、博彩。使我开茅塞、得新知、养性灵,于无声处饱览精彩纷呈的人间万象,全身上下有说不出的惬意。我不知在书中漫游何时,看倦了,抑或放下书本,望着窗外,让思绪的野马在春雨中漫无目的地奔驰。

突然,一个幽灵剪断了我的思绪。仔细一看,一只小燕子正栖息在窗台前的树枝上,它浑身湿漉漉的,微微颤抖着瘦小的身子。当我向它投去同情的目光时,正好它也向我瞥来,还没等我向它靠近,它立即抖擞一下身子,箭一般地飞去,消失在茫茫的天宇中,只留给我一缕惆怅,一缕忧虑。难道它不贪恋眼前这美丽的景象而做稍长的停留吗?难道它打湿了翅膀也能翱翔高空吗?猛然间,我醒悟了,这种境界又怎能是"微雨燕双飞"这几个字所能表达的呢?

呵,春雨!我之所以爱它,是因为它不像夏雨那样摧花折柳地狂暴,让人多少有点痛惜;它不像秋雨那样绵绵无绝期,伴着飘零的红花与黄叶,总使人平添几许惆怅。而春雨的可爱就是它有温情,有神韵。

春雨能适时滋润干渴的土地,浸入万物之根端,润绿了大地,润放了百花争艳,润泽了世间百科之心灵。春雨给人们带来了欢乐,带了希望,带来了幸福。

春雨惠泽万物却不让你感到她的施恩,滋润人间却让你感到这是她的应该,"随风潜入夜,润物细无声"是对春雨的最好写照,也是给像春雨一样的人的最好赞歌。

飘雪的日子

张宝泉

雪天，看雪花缓缓地飘着，就有一种别样的心境，像是在品味一种舒缓的音乐。细细捉摸一番，抑、扬、顿、挫在雪花飘落的过程中表现得淋漓尽致。

飘雪的日子，更多地给人一种冷静，或许还有几丝悲凉，抑或是别的什么，都不一定，因人因时而异。它给我最深的却是一种说不透的感觉。有时，人就是这样，诸多感慨无从说起，也说不清楚，就像雪花……

看着雪花自由自在地飘舞，没有意识，没有感觉，随风而乐，随遇而安，真的好羡慕。片片雪花，吞没了整个世界，覆盖了苍茫大地，包裹了杂七杂八的树木、花草，点缀了错落有致的高楼大厦、农家小院。就是这片片自由的雪花，将眼前的世界银装素裹，就像诗人笔下优美而富有哲理的诗句，毋庸置疑，意境就在其中。没有规矩，却成方圆；没有生命，却绘出了一幅毫无雕刻之痕的美妙风景图，让人不得不感叹自然的鬼斧神工！若闭上眼睛去细细地体味，去揣摩，人们一定会感叹这雪花是多么妙不可言。

我倚在窗前，凝视着飘舞的雪花，浮想联翩。雪花，不甘天庭的寂寞，它是云端的使者降临人间。飘飘洒洒，悠悠漾漾，极尽刚烈，又极其妩媚。雪花，以天地作纸风为笔，迢迢天涯，飘飘万里，它尽情地挥洒自己的豪情。雪花，远连天际，上接苍穹，它竭力渲染自己的辉煌。雪花纷纷扬扬的话语，叩问着大地，传递着真诚的祝福和虔诚的问候。飘飘洒洒的音符，敲击着窗棂，洋溢着恬静的歌声和温馨的絮语。在这种境界里，窗前的雪花飞舞了一千次，我迷惘的心祈盼了一千次。

感悟雪花，觉得它们不简单，雪花的启示就是自然的一种理念，有其深厚的蕴意，迸发着生命的意义。自然而然何尝不是一种人生态度，何必自缚手脚，困于自设的“围城”之中呢？谁又能摆脱得了本不希望却只能如此得无奈呢？而雪花不然，它旋飘而下，静静地倚在同伴的身边，没有奢求，没有埋怨。它们来自同一朵云彩,落在同一片土壤上,也许曾经是互相包容的一粒水珠,也许是握手言和的一团团水泡、尘埃,谈不上什么缘分或是少量的强搓硬和。

我喜欢飘雪的日子,它给了我生命的启迪。我很想为雪花唱一首赞歌,雪花,自由地飘吧,风为你伴奏!

秋　韵

张宝泉

一年四季当中,最令人感动的就是秋天了,秋景如画,秋色怡人。秋天的美,美在一份脱俗和高雅,美在一份悠远和宁静,美在一份洒脱和飘逸,美在一份诗情画意。

在农民的眼里,秋是一个收获的季节,带来的是一片金黄的喜悦!土地把一年的湿润用双手酿给我们成熟的金黄。这成熟的黄难道不胜过任何斑斓的色彩吗?农人的脸也被这熟黄染上了笑纹,秋收冬藏,将一年的收获细盘点,个中滋味岂是个“美”字可以言尽。

在诗人的眼里,秋是一个多情的季节,带来无穷无尽的诗词歌赋!秋天的金黄是一抹生命的庄重,当你走过青春的单纯,奉献了夏天般的热情,在秋的微凉中牵起老伴的手,漫步在黄叶铺地的林间,侧看夕阳无限的时候,回眸审视自己走过的路,重尝一下你苦过的苦,甜中的甜,你能够顿然喟叹:不枉此生!那就是最丰富的收获。

在画家的眼里,秋天是一个美丽的季节,带来的是色彩缤纷的画卷!秋高气爽,天空瓦蓝瓦蓝的,像是水洗过一般洁净,几缕白云被风一吹,犹如天女抖开的裙裾,颇有动感地浮荡于天幕之上。远处的田野上是一望无垠的金黄。哦!天高云淡宜放眼,水浅鱼跳好淘思,真如一幅美丽的风景画。

秋天的那份明净、那份高远、那份洒脱,令人陶醉、令人神往,使人淡泊,使人优雅。古时候,那些隐居山林的文人雅士,兴许就是为了追寻这份秋、享受这份秋才弃官归田的吧?农忙时入田耕作,体验劳动的艰辛和生活的乐趣。闲暇时吟诗作画,抒发他们浪漫的情怀。正如唐代诗人刘禹锡《陋室铭》中所云“可以调素琴,阅金经。无丝竹之乱耳,无案牍之劳形。”远离官场,过这种无拘无束、逍遥自在的田园生活正是他们淡泊名利、回归自然的本色,他们是真正拥有这份秋了。拥有这份秋的人,是最可爱的人,气质脱俗、飘逸不凡的人。因为秋天是一个收获的季节,它的黄是一种智慧的厚实,它不为春风的撩拨而旁顾,也不为夏日的熏蒸而汗颜,它一直为秋色这个心仪已久的期待而坚贞着,用尽所有的心智。

其实,秋的黄,是自然赋予人类的恩赐,然而,超越自然的大自然主人,凭仗执着的信念,更能创造出人间迹迹。无论是谁,都会感慨秋天的美。

秋的风姿就像天宇中那淡淡的浮云悠远飘逸;秋的神韵就像枫林里那逍遥的野鹤般优雅。画出了秋的神采,点出了秋的韵味。

秋天的美就是美在那份清纯,那份自然和那份纤尘不染。李白诗云:“清水出芙蓉,天然去雕饰。”这就是秋的本色,秋的特色。也许,只有深刻感悟了秋的人,才能发现秋的内涵和美丽吧。

偎雪煎茄

李丹崖

冬日渐渐走向深处的时候，人见到食物会格外亲切，尤其是被盈盈一碗热汤煨着的食物，譬如，煎茄子。深冬的茄子在菜市场里，显得格外新鲜，室外的白雪、臃肿的冬衣、卖菜人赤红的脸膛，与紫色的茄子映衬在一起，画面分外温暖。

茄子这种时蔬，在皖北的冬天是很少能见到的。秋末，茄子已垂垂老矣，吃起来涩苦难耐，皖北人冬日吃到的茄子，多是从南方运来的，外面敷上厚厚的棉毡。也恰恰是因为少，加之冬日本来可以吃到的时蔬寥寥无几，才显得尤为珍贵。

茄子若依人来比，应该算是蔬菜界的扈三娘了。紫褐色的茄荚是它的铠甲，圆润的身躯，略略带一些肉感，这又和扈三娘是何其相似，有一些刁蛮，有一些俏皮，食色俱佳，秀色可餐，深得食客们的喜爱。

北风吹得紧时，人喜欢吃一些油脂较重的食物。油煎茄子无疑是最好的吃食。茄子洗净后，切成薄片，放在案板上醒着，用面粉和鸡蛋和成面糊，加少许的盐巴，面糊制作完毕后，案板上的茄片已微微渗出些水分，把切好的茄子放到面糊里浸润，直到裹上一层“糊衣”，这时候，茄子就煎好了。

煎茄子最好用菜籽油，茄子清爽，菜籽油有一股浓郁的香氛，这气息可以一度让人想起春天。菜籽油的油温达到六十度左右，把包裹了糊衣的茄片放到锅内，油的多少以微微漫过茄子为宜，茄子与菜籽油在锅灶中用温度热恋一番，翻到另一面，再一次温情脉脉，待茄子外的面糊煎到金黄色，用筷子扎一下，有热气冒出，看到茄子微微泛青，有清香溢出，就煎好了。

煎好的茄子，用白瓷盘装起来，极其好看，瓷白如雪，茄子是雪地上行走的美人，还穿着貂皮，雍容富贵。的确，一切煎炒类的食物都是有着一种雍容饱满之香的，因此，也可以佐以甜酱来吃，或是大葱丝，别有一番味道。

清代李渔在《闲情偶寄》的“瓜茄瓠芋山药”一节中这样记述：

“瓜茄瓠芋诸物,菜之结而为实者也。实则不止当菜,兼作饭矣。增一簋菜,可省数合粮者,诸物是也。”

按照李渔的说法,瓜、茄、瓠、芋都属于蔬菜中的果实类,还可以当作主食。增加一簋菜,可以省下很多主粮。因此,煎茄子当成主食吃,甚为妥当。

到了宋代,就有人开始在雪天煎茄子了。宋代尚无大棚蔬菜,但是,他们聪明,懂得制作茄干。

宋代的《浦江吴氏中馈录·谈茄干方》这样描述茄干的制作方法:“用大茄洗净,锅内煮过,不要见水,掰开,用石压干,趁日色晴,先把瓦晒热,摊茄子于瓦上,以干为度,藏至正二月内,和物匀,食其味如新茄味。”据传,当年,欧阳修在亳州任知州时,曾用自己私藏的茄干,煎来宴请士人,深得人们喜爱。

冬日落雪,呈皑皑之势,这时候,偎雪啖茄,把煎好的茄子和青菜叶、粉丝一起来煨,也不失为一道美味。两碗下肚,吃得汗津津的,格外温暖。出门去,无边的寒冷都退避三舍了。

风物染人

李丹崖

一开始,本想以“风物惹人”开端的,后来一想,“惹”字多不好,有点做作,有“霸王硬上弓”之势,我还是喜欢“水到渠成”的东西。譬如,到一个地方久了,学会了那里的方言,爱上了那里的吃食,喜欢了那里的人,惯了那里的作息。这种习惯,是不知不觉,润物细无声,好像颜料浸润了布匹,染上了花纹,后来,再洗,也不会走样。

因此,还是“染”字好。

《西厢记》里的这句“晓来谁染霜林醉?总是离人泪。”多好呀,看一片林子久了,眉眼之中,也被满目的苍翠与玛瑙红给“灌醉”,回眸处,泪湿衣襟。为什么会挥泪,只因爱的深沉。是的,爱一个地方,与爱一个人是一样的,会上瘾,习惯了,就戒不掉。

犹记得考上大学的那个暑期,我去开封一家餐馆打了三个月的工,回到安徽故乡的时候,竟然满嘴的河南话,这是不知不觉的习惯。

方言会侵入我们的语言习惯,美食也会“侵略”我们的生活习惯。有一段时间,常去成都出差,回家来吃饭的时候,总要多放几勺辣子,饮食习惯不知不觉被成都改变了。

这几年,我在书房写作的时候,喜欢坐一只藤椅,后来,年久失修,藤椅垮塌,爱人看我写作辛苦,不惜斥资给我换了一只真皮沙发,我坐在高档的沙发上,思路却一度卡壳,伸手摸满是包浆的藤椅背时,已被冰凉的沙发取代,说不出的别扭,后来,只得换了一只和原来那只差不多的藤椅,才重新接通灵感的电路。

如果说,以上仅仅是习惯的话,那么,在千百年的风霜雨雪侵蚀下,许多东西改变了,“遗风”却依然在呼啦啦地吹拂着我们的心性。

《儒林外史》里有这样俏皮的一段对话,杜慎卿等人到雨花台,坐了半日,日色已经西斜,只见两个挑粪桶的,挑了两担空桶,歇在山上。这一个拍那一个肩头道:“兄弟,今日的货已经卖完了,我和你到永宁泉吃一壶水,回来再到雨花台看看落照!”杜慎卿笑道:“真乃菜佣酒保都有六朝烟水气,一点也不差!”

是的,菜佣酒保都有六朝烟水气,这是金陵不泯的文化磁场,也是六朝遗风,这样一种遗风,摒弃了时光的隔断、阶层的差别、职业的迥异,一直沿袭下来,雷打不动。

中国有句古话叫“入乡随俗”,有时候,这种“随”,是在不知不觉间形成的一种习惯,非主动,非被动,是自然。

自然,其实就是生命中不易被人关注的第三条路。

做故乡深处一株安详的稻麦

李丹崖

去拜访一位老作家,在他的书房里看到一幅书法作品:稻香茶暖。

这位以写批评杂文而著称的作家,怎会在自己的书房里悬挂如此温婉的横幅?我心里直犯嘀咕,通过与他聊天才知道,原来老作家是“笔头老辣、心肠极热”之人,面对社会的不良风气,他针砭时弊,但是,生活中的他却极其喜欢两种光阴。一是故乡的稻子熟了,万里金黄;二是新泡的红茶在盏,香气莹然。

真是一想起故乡,心头总会滤过汩汩温泉;一念及故乡的草木,心底就盛放出了一整个春天。

前不久,在附近的农家乐田园餐厅旁见到一处梨田书屋,原以为它是作为农家乐的配套产品。走进去才发现,古风悠悠,所陈展之书,全部是古版竖排线装书,书架和堆头也都是由原木和根雕制作而成。书屋坐落在村口一棵大梨树下,与周遭整个环境融合在一起,浑然天成。出于好奇心,我去问这位书屋的主人,得到的回答却是一位“无名氏”。三年前,村委会收到了一笔莫名的巨额汇款:五十万元。

随着巨款,还有一封信,大意是,二十年前,汇款人南北闯荡,落魄到此地,身无分文,心灰意冷,想起对家人的信誓旦旦,再看看如今一事无成,在一棵梨树下,他抽掉了自己的腰带,几欲轻生。后来,一位老人跑过来,笑容可掬地递给他两颗梨子,笑着说,看你刚才松动皮带,一定饥渴难耐,吃下它吧,甜着呢!

年轻人无法拒绝,一口气吃下了两颗梨子,那梨子真甜,甜到足以让他看到了生活的全部希望。他吃下梨子后,老人又给了他一篮子梨子说,你提着这篮子梨子上路吧,别饿着。后来,年轻人靠着这篮梨子充饥到了省城,终有建树。他不知道当年那位老人的姓名,投资这个书屋,算是报答这片土地对他的恩情。

我想,这位匿名的年轻人虽不在此地出生,却把这片梨园当成了他灵魂的原乡。

古人多智慧呀！在造字时候，把“乡”和“香”同音，这是多么美妙的祝福。

多年前，在一个画册上见到苏州博物馆为明代画家沈周举办的一次画展的名字，非常美妙：“石田大穰——吴门画派之沈周特展”。一个展会，足以概括沈周的风骨，以及他高贵的心性。

首先，石田是沈周的号，沈周出生在阳澄湖附近的一座镇子上，那里，水草丰茂，自然机巧，一派天成。应该说，这是一块人文荟萃的风水宝地。穰，意味五谷丰登，当然，也寓意沈周诗书画样样精通，另外，大穰，更像是在故乡大地上一株茁壮成长的稻麦，安享着故乡母体的恩赐，然后慢慢在岁月深处颗粒饱满，修成正果。

老作家也罢，年轻人也罢，沈周画展的策展人也罢，都把心灵深处最隐秘的美好交付给了故乡的一片土地、一根草木、一方水土。他们，应该都算是故乡大地上一株安详的稻麦。

人从草木寄文章

李丹崖

自古文人与官宦以退为进,甚至是以退为乐的比比皆是。

江苏同里古镇,有一座“退思园”,是光绪年间原安徽兵备道但任兰生所建的园林。当时,内阁学士周德润弹劾任兰生盘踞利津、营私肥己。结果查无所实,任兰生仍因为这场政治风波被革去官职。回到同里后任兰生反倒豁然开朗,花十万两银子建造宅园,取名“退思”。自此以后,春花秋月,闲云野鹤,自在后半生。任兰生的弟弟任艾生替他哥哥鸣不平,写下了这样的诗句“题取退思期补过,平泉草木漫同看”,退思园再美,多少也有些心不甘、情不愿的寥落感。

与任兰生相比,明正德年间的薛蕙就洒脱多了。

薛蕙在明正德九年(1514)就中了进士,后被委以刑部主事,再后来,改授吏部考功郎中。吏部考功郎中是个什么官职呢?这一官职始于唐朝,唐代尚书省所辖吏部,下置四司,各以郎中主其政。考功郎中一人,从五品上。官级不大,却是实权派,他总掌百官功过善恶之考法及其行状,并详加簿录。有些史官的意思,但却可掌握一个人的功名声誉。

然而,就是这样一位可以左右别人声名的人,却没能左右自己的命运。薛蕙这个人,过于耿直,敢于直谏,因谏武宗皇帝南巡,皇帝哪里听他的,后来,被迁权夺俸。薛蕙一看,既然不听我的诤言,索性归去,于是,他打点行囊,以疾病为借口,回到了故乡亳州。

薛蕙回来以后,当然没有闲着,在亳州城的南郊二里左右建造了一座园林,先开始,他也没有想开,给这座园子取名“退乐园”。后来,他想了想,既然园子还言及“退”字,就证明自己与前事仍有瓜葛,多少还是放不下,于是更名“常乐园”,名字一改,心境也一下子豁然开朗了。观人睹物,自然豁达澄明了许多。

薛蕙的这座园子,虽然今天已经无迹可寻,但至今留存在故乡人的记忆里。

园子的情形到底如何？幸亏有其孙薛凤翔所著《亳州牡丹史》，据说“亳之有牡丹，自兹园始。”他在说起这座园子所种植牡丹的同时，记述了园子里的美景——

小径逶迤，灌木交荫，径穷得园。园内文石玲班，桀然玉立。石后茅屋数椽，不事雕饰，颜曰大宁斋。斋后有亭。亭西有轩，轩在丛篁间，多集名人题咏。斋东过荆扉，有亭曰莹心，乔太宰白岩小篆也。凿池环亭，荷香断续，游鱼上下，公时啸傲其间。郡志云：公自吏部归，绝意仕进，营园自适，暇则曳履陇畔，荫树临流。与渔父田翁相问答，泊如也。晚年潜心性命，检藏注经，为诗书乐地。

通过这段文字，园中美景，可见一斑。常乐园是一座园中园，里面还分了“似漆园”“西园”“浮华园”三个园区；园中各色元素，极富情调，亭、台、楼、阁、轩、榭布局浑然天成，个中牡丹，芳菲四溢，似仍能透过薛凤翔的文字嗅其一二。

明代著名画家、“明四家”之一沈周看到薛蕙园中的牡丹，欣赏了常乐园和园中牡丹，欣然写下：“天放清高补富贵，人从草木寄文章。”尤其是后一句“人从草木寄文章”，最能体现薛蕙的性情。

一座园林，让我们察觉到薛蕙的雅怀。古人就是雅致，得意时候，建功立业，登楼高歌；失意之时，也不泯诗意，回到故乡，择一处良田，不必近市井，可以在远郊，建园养心，托物言志，美景抒怀，失意而不失落。薛蕙不就是这样潇洒的人吗？

读罢薛凤翔关于常乐园的文字，我曾写下这样一首小诗，名为《常乐园》——

我带上一本史志去寻你
寻一位名叫薛蕙的男子
他形容枯槁
用章草写下“退乐园”三字
写毕，面朝秋风
风太大，吹得他偏头疼
有时候，痛亦是醒
伤疤亦是新生
他饱蘸笔墨，三下两下
勾去“退思”二字
在画线处上方
纵笔加上“常乐”二字
彼刻，一园子的牡丹
正开得姹紫嫣红

段谋南

杨　勇

一

我去看了。

有赖朋友的指点，我寻迹到北关外，涡河大地桥以北、风华中学以东，在一块被河道、马路、各类建筑逼仄的小小三角地面，从坑洼不平、长满半人高的杂草间寻找着下脚处，小心穿越随处堆放的瓦砾和粪便“地雷”，一座不起眼的残破石券便简简单单地显露在我的面前。这石券呈拱形，两米来高，三米来宽，东侧已被挖开，券里倒满了垃圾——简直就像一个专门修建的怪异垃圾场。我将信将疑，打电话向朋友确认，这就是段老谋的墓室？

“排场得像段老谋一样。”这是老亳州人耳熟能详的一句老话。段老谋本名谋南，又或谟南，是清光绪年间亳州州衙的六班都头。我们读《水浒传》知道，那些梁山好汉最多有两个来处：在军队，如提辖鲁达、杨志便是；在地方，如都头武松、朱仝便是。提辖好歹算是低级军官，都头甚至就不算官，只是吏。但都头这个职务却小觑不得，根深地方，上至官员、乡绅、名流，下至平民、匠商、绿林，都得能打得来交道。做都头的，必须八面玲珑，又能八面威风。段老谋遮奢敞亮，仁义光棍，扶危济困，有胆有谋，因此在民众间威望极高，名声极好。皖北人重义，评价他是秦叔宝、武二郎一般的人物。

亳州人说的“排场”，有两层意思，一是大方，二是有面子。至今流传有这么一个小故事。有一天段老谋上街，迎面看见有两个人在路面上厮打。呵止。两人立直在街头回话。问为何打架？某欠了我五块钱不还。那你为何欠钱不还呢？给娘治病，病还没治好。段老谋点点头，说，也是个孝子，不要打了，钱我来替他还上。可一摸口袋，坏了，带的钱不够。

按《水浒传》，彼时在酒楼上，鲁提辖要帮助金翠莲，也没带够钱，扭头向史进借来十两,打虎将李忠卖艺人艰,小气,摸出二两,鲁达嫌少丢还不要。江湖救急,多有类似的情形。此时,段老谋四下一看,有两家店面掌柜的正袖手站当街看热闹呢,无非是王五、赵六。段老谋一招手,王掌柜可有五块钱借我?那人拱手一笑,谋爷吩咐,敢不从命,小跑进后柜拿钱去了。可谁知这头刚一进去,那边赵掌柜已经捧着钱来到当街啦。谋爷,您使我的,我现成的。好,明个儿我还你。看您说的,谋爷使俩钱,还能叫您还?段老谋随手将钱交给那债主,嘱咐一句:不得再打架。四面一揖,走了。这边刚刚走远,进里面拿钱的掌柜出来了。人呢?谋爷呢?一问伙计?赵六把面子挣了。一时怒从心头起,遥指着那边跳脚大骂,赵六,谋爷找你借钱了吗?你多什么事哩?好家伙,那边俩人才好了,这边俩人又打起来了。

这就是面子,这就是排场。人对知州大老爷能这样吗?

二

正所谓,时势造英雄。如果没有闹教堂那件事,段老谋再有排场,也就是一时一地的豪杰罢了。

那时天下,朝廷已垮了脊梁,屈辱又脆弱。眼睁睁看着主权一寸一寸沦丧,朝野官民,谁不憋着一口闷气?吼出来便是:这是个什么世道!中土上邦,万国来朝,怎么转眼间就人尽欺凌了呢?

那一天,亳州城里来了一群洋人。亳州是商业集萃之地,来几个洋人并不稀奇,可一打听,说洋鬼子要在药都建教堂啦!那时人们并不明白教堂是什么东西,但四下谣言很多,诸如征地挖人祖坟炼尸气啦、教人念洋经数典忘祖啦、用糕点拐骗小孩子煎心下酒啦。谁不惶恐?谁能看清呢?可谁又敢跟洋人作对呢?亳州人有这血性,但还缺少个敢于任事的人,于是四城乡绅民众公推段老谋出头。段老谋此时已是年届花甲,然而性情刚强不亚于当年,慨然任事。身为都头,他能明里暗里给洋人下绊子,教堂难建!洋人得知是他作梗,便告到衙门,知州张树建要办他。段老谋义愤填膺,走上街头,振臂高呼:“有敢打洋鬼子的跟我来!以后有事,我一人承担。”一时间全城轰动,竟聚集了数万人在段谋南身后示威呐喊。张树建出来弹压,被众人打碎了绿呢暖轿,和洋人一起狼狈逃出亳州城。

现代人考据历史,有种说法是:外国传教士们推动了中国的进步,作为载体——教堂,在中国内地办教育、开医院,也做了不少好事。因此可以推论,类似段老谋这样鼓动“群氓”拒建教堂的做法是愚昧的。这是没有脊梁的话啊!面对侵略,大是大非唯在气节,能锱铢相较利益得失吗?一个简单的类比是:对于以暴力私闯民宅的不速之客，主人家有先行分辨来人是好是坏的义务吗？区别只是，懦弱者任由摆布，且寄希望是"圣诞老人"，而刚强者则先奋而驱逐。不该吗？

段老谋闹出的这件事，震动全国，洋人不可能罢休，参照其他地方的排洋事件，官府是一定要砍上几个辫子头，以此交差的。想当年，一代名臣曾国藩在天津不就是这么干的吗？有人写挽联还骂他：百战余生真福将，三年早死是完人。活在那样的时代，做人真是耻辱。

果不其然，事件奏报上去，级级畏洋如虎，清政府牒令捉拿"匪人"段谋南，竟要押至安庆府洋人领馆前正法！一城哗然，老百姓再次聚集，包围州衙将他救出。段老谋愤然道：我决不在此地了结此事。一辆马车北京去了。道不孤，必有邻。这样的义士，真有人愿意帮他。毅军都统——从亳州走出去的老将宋庆原是段老谋的故友，他此时是从一品衔的提督大员，于是亲自进宫面见慈禧为段老谋分说始末，辩白冤情。那时的慈禧刚刚垂帘听政，要收拾人心，还没到说"量中华之物力，结与国之欢心"的混账话的时候。毅军是朝廷顶尖儿的战斗力，宋庆的面子要给，慈禧妇道人家，也稀罕民间竟有这样的义烈之士，便懿旨召见，可老谋南白身不能面圣，宋庆于是好事做到底，给他捐了个七品顶戴。出得宫来，段老谋名传天下。

三

人生一世，总有一死。段老谋又好好活了十几年，死时七十五岁，善终。这一年是一八九五年，死前一年，是旧历甲午，大清朝被撮尔小国日本击败，海战，邓世昌、丁汝昌先后自尽殉国，北洋水师殆尽；陆战，宋庆饮恨太平山，坐骑被炮弹击毙，所辖各部多败阵失地。段老谋死时，丧权辱国的《马关条约》墨迹未干，正是举国若狂，"四万万人同一哭"的时候，老人又有什么样的感慨呢？世事如过眼烟云，随处都可撒手，更何况作生死别？段老谋死时，家无余财，为他送葬的竟多达数千人。这种场面，我从太史公著作的《游侠列传》中看到过，仿佛名动天下的大侠剧孟，令人悠然思之。

段老谋所葬的涡河北岸，正在一个河湾处，上风上水，如今早就是市区了，附近的土地开发殆尽，却唯独遗落着这小小的一角，相隔百年，还能让我寻到他的墓室，真是异数。这个墓室内部中空，高出地面。朋友的说法，中空的墓室里原来摆放着夫妻合葬的棺木，棺木上不见青天，下不入黄土，竟是一具悬棺。依照皖北的葬俗，入土才为安，悬棺的葬法是不可思议的，又是为何？段老谋啊段老谋，您是豪杰，您死犹有恨，抑或有待吗？悬棺在"文革"时毁坏无存，让我们只能费尽猜测，却已无从考证。

毙马石与神农坊

杨　勇

记得知名学者胡小伟曾来亳州演讲,他是研究关公的,请来是给历史文化名城的旅游业出出主意。果然三句话不离本行,胡先生提的新思路是:亳州已然有了大关帝庙,为什么不再朝这方面深化一下,把本地曹操、华佗等的遗迹、遗存与关公联系在一起呢?至于如何联系,还需台下的各位同志开拓思路了。

胡先生在台上姑妄言之,我在台下也姑妄思之。这有何难呢?找一根破的好看的石柱子,立到华祖庵的门口,铁链子一围,立块牌子叫“毙马石”,就依着“刮骨疗骨”来讲故事。想当年关公中了徐晃的毒箭,天下间只有神医华佗能治,于是派快马来请,一日夜狂奔两千里,白马口喷鲜血倒毙在华佗家的大门口,拴马石沾了马血,洗都洗不干净,历千年而流传至今就叫“毙马石”。亳州人认定这是真的,谁还能敲下来一块去验炭14吗?

转念一想,此石立在华祖庵不妥,离大关帝庙太远了,效果要生发得尽意,石头还是紧靠着大关帝庙为宜。大关帝庙朝东的那条巷子,是亳州老街的精华,青石街面完整而古旧,背河的一座宅门高高大大,两根门柱腐而不朽,在历史风雨的盘剥下,愈显得檐上青瓦嶙峋,青兽骨瘦,黑漆大门边的青石鼓积年墨色,却于人手常抚弄处绽着老银子似的白光。探幽访古,最宜步行穿过北关一条条老街,曲径通幽,来到这里时,被称为中原宝藏的花戏楼、大关帝庙已然在望,可大高潮来临之前,情绪又怎能少得了这最后一叠的推动呢?细腻的心上已经不停地惊喜了,就再来一次撞击吧!真是太好了!“毙马石”就该立在这里。

然而,这不过是我的白日梦罢了,在我这么一边听着讲座,一边做梦的时候,还不知那条最好的老街,那处最好的宅门已经拆掉,在原址上建了一所粮坊会馆。有着恋旧癖的我,后来抚摸着“会馆”的新砖墙壁,情不自禁地伤感着,无可奈何下只好尽量去欣赏,发现这所房子的唯一好处是,由于建材质量的缘故,它真的会很快破旧下去,如果有新的需要时,大可以再拆一次,不至于痛惜。

这样的房子充当古迹,怕是见不得人吧,果然,不久改作饭店使用了。花戏楼、大关帝庙的正门改在了临大路的西面,又改为南面。直接插入核心景区的方式,是在替游客着想吗?为了节约他们宝贵的时间?访景如访美,未免有了径闯深闺的唐突,好有一比,美人原在天上,却把她拉到了天上人间。

伪造古迹不觉可耻,拆毁古迹不觉可惜,新建古迹不觉可笑,这也许就是当下中国古迹保护工作的“大势”。在文化搭台,经济唱戏的大潮里,古城亳州的小小变迁不过是大地的微尘,大河里小小浪花而已。对于我这样一个认定无关的,伪历史人文主义者而言,自然逆来顺受。世象径入人心,我也能在意念中随意造出个“毙马石”来,亦属诛心之“共犯”。说起来,以上不过是两三年前的一些闲话罢了。后来我有了一部好一些的相机,偶尔学人背着三脚架走街串巷,却再也捕捉不到中意的老街角落了,为此,心上总有着淡淡的伤感,但要让我因此而为何事大声鼓与呼,却实在找不到这样的力量和支撑。心上或有棱角,虽然微不足道,但已恐不合时宜。这也是我迟迟没有回复君子狐先生的原因。

君子狐先生是我市知名的网友,针砭时弊的勇敢言论多获肯定,他这种有担当、有勇气的人被认为是社会的良心。在今年春节之前的几天,我很荣幸被他邀约,一起去看了正在拆除的永安街,这里是要依托华祖庵来修建华佗广场以及楼盘的,此时已经是一片瓦砾场了。紧靠着华祖庵西侧的那片废墟曾是老画家颜语先生的宅院,记得先生有华祖庵角门的钥匙,每当午后作画完毕,家人会打开角门,推轮椅进去,先生会在回廊和花径间徜徉思索。如今先生搬到哪里去了呢?少了闹市间的花香鸟语,先生还住得惯么?

这条街上原来有间酒吧,记得喝多啤酒时,我曾惊奇地发现,牛啊!连厕所的门都是百年前的旧物。现在拆散了,看得见裸露出来的独木横梁,是不知名的散着香气的深纹巨木。这条街的故事很多啊!但君子狐担忧的是尚未拆及的两个事物。

永安街的东头,是火神庙街,我所不知道的,在这密密麻麻的居民窝子里,真的藏着一间火神庙。我们穿过窄窄的巷子,仿佛在寻访一位深隐的老人,突然在一间窄小的屋门上仰见镌着“火神庙”三个大字的木匾,有大惊疑!别有洞天啊,跨进屋门,仰着的头被迫再次抬高,塞满眼的是一座五彩绚烂的神祇,三头九目七足八臂,手持八宝,端坐高堂,金身两丈,威严无比。有大惊奇,枉为亳人,竟不知身边有这么个所在!

据看庙的老人介绍,这里原来有一处牌坊,但新中国成立前就不复存在了,这尊火神像,是二十世纪九十年代民间的一位善士捐资募请合肥名匠所塑。然而,火神塑像的工艺虽然相当高超,但在拆迁的大局下,我忖度并不具有作为文物保存下来的价值。

我不为所动,君子狐又带我去看了偏院的一棵树。深冬季节,三角形的叶子全凋落了,地上还有些黑色圆珠状的果实。君子狐说,你手上拿的是菩提子,这棵就是菩提树啊,整个皖北就这一株菩提树。但我依然将信将疑,据我所知,源自印度的这种圣树是长青不落叶的,翁同龢曾书“心经”二字在菩提叶上,我看到,那是心形的、人心般大小的叶子,眼前的落叶虽然也是心形,但明显要小得多。我猜想,也许是黄桷树,在当代中国大量从印度引入菩提树作为园林树种之前,人们常常把土生稀有的黄桷树当作菩提树。如果是的,这种树反而比真正的菩提树更加珍贵。

在这棵“菩提树”下,我忍不住说了不中听的话:我们没能赶上保护榴花馆,没能赶上保护老街,又有什么立场去保护这一座新造的火神像、一棵可疑的菩提树呢?君子狐沉默不语,只是用眼睛亮晶晶地看着我。我能感受他对老城深沉的爱,因为心痛失去太多,所以试图抓住所能抓住的一切东西,但我以为,我们什么也抓不住。

可是在这棵“菩提树”下,君子狐开始向我讲了一些我所不了解的亳州的历史,据唐朝杜佑的《通典》:“武王克殷封神农之后于焦”,焦即谯(今亳州),另有史书载:西周时期,从神农氏后裔把神农氏衣冠冢设在亳州,“华佗傍神农氏衣冠冢而居”。清光绪年间,在冢南还能看到有一座古代建筑,叫神农坊。

君子狐说,神农是中华文明的始祖,也是中医药的始祖,华佗又是中医药的圣贤,亳州为什么会被称为中华药都?从神农到华佗,中国医药史上这么一段重要的承继关系就在我们的身边,难道不正是我们城市历史中最为核心的价值吗?如果将把历史全部拆迁,我们的后人又从哪里来寻觅祖先的精神呢?你的眼里,新造的火神庙当然不足挂齿,可神农就是炎帝,炎帝尚火德,建在神农祠遗址上的火神庙,不正是古老历史不绝如缕延续的蛛丝马迹吗?我之所以刻意要抓住些东西,之所以希望能在城市钢筋水泥的阵营中保留一个小小的古朴院落,让神农和华佗长久地住在一起,为的是什么呢?我心不安啊!作为三千年历史传承的后人,一方面在高谈历史作为荣耀,搭台历史作为资源,却在我们的手上不能保有祖先神农氏的精神,我们不怕被子孙唾弃吗?

在菩提树下久久徘徊。我拣了一颗最好的黑色“菩提子”放入皮夹,与我当年在云南偶得的一颗红色“相思豆”做伴,人有相思的情感牵挂,还需菩提的智慧解决问题。但民间身份的君子狐,越清醒,或者将会越痛苦。

那天下午,我们还就近寻觅了高世读的遗迹和梁巘的故居,但寻寻觅觅,一直找到天色黑沉,什么也没有找到。在寻觅时,我们说起了一个冷笑话:一次亳州访问团到山西平遥考察旅游业,赞叹他们的老街竟然会保存如此之好。当地接待的负责人却说,当年我们也想搞开发啊,可那时我们没钱啊。

由于邻近年关,都忙,当晚我也没约他在一起喝两杯酒。闷酒不喝倒也罢了。君子狐是想让我写一篇文章的,可是我迟迟没有动笔,蒙他错爱,但我又何德何能呢?那处神农坊的遗址所在,是要建高层的,面对这么大的利害关系,个人的言谈不过是自取其辱罢了。在灰心和酸楚中,我只能以梁思成先生在《中国建筑史》上所说的话来略开解自己:中国之建筑,素有"不求原物常存之观念","且既安于新陈代谢之理,以自然生灭为定律。"如此罢了。然而,能开解的是道理,解不开的是情怀,但作为我这样的庸常之人,也是无可奈何之事。

当我再次遇到君子狐时,转眼半年过去了,我心里想,他所担心的两个事物,也许已经拆毕了。然而他却告诉我,还没有拆!一个变数是,作为网民的代表,他破格成为这一届的政协委员,而他提案的题目就是《复建神农氏衣冠冢及神农坊》。我问进展如何呢?他只说了两个字:很难。但毕竟他发出了声音,有声音便有希望,不是吗?

我们都害怕有那么一天,当落得个白茫茫大地真干净时,我们忽然幡然悔悟,想要重建历史,那时恐怕也只能挖空心思来立"毙马石"了。

月停谁的花园

杨 勇

铁门两扇,静日常关。

有朋友引我这三二人拜访,邓先生应门,邓先生三十来岁模样,有着一副通俗的外貌,胖胖的体态,以及随意而着宽大的冬式睡衣,这是符合乡镇日常生活的,又因他的年轻,实在和我的预期相左。这一照面,我以为他只是这间私人博物馆的管理者而已。

来之前,听到对这间博物馆的介绍,有格局,有情怀,有法度,着实不易。做起这件事的,该是何种姿态的一个人呢?该有名儒姿、学究态?或该有道者姿,仙人态?方见之忘俗。或就是清清爽爽一长者,也能让人生出钦敬。我们来看文物,也是来看人的。由于误会了邓先生只是一名管理者,因此,并没在院子里聊上几句,我们就请他开门去看文物了。

认人,最难,还好,但能聊起来,就不晚。逐一看去这一屋又一屋的藏品,看一件,说一件,娓娓而谈时,邓先生便展现出他的神采来。慢声细语,眼神清亮亮的。事实上,他的声音一慢下来,我的耳朵便竖起来了。博物馆里的交流,实际考验的是参观者。问者浅浅,答者也就泛泛。如果我们说,请馆长讲一讲这些文物吧,回答会是:都是本地的出土,随意看看吧。或说,这个铜镜好。回答会是:某某年代的,它的特点在哪儿,花纹好在哪儿。但这样的交谈是没有意义的。事实上,每一件器物,从历史的长河流存下来,不免时代的印痕和残缺,每一物的经历又都是不同的,经历附在物上,物就成了活物,这就是物件的精灵之美。比如说,迟至一只晚清的盘子,你从上色的深浅,手绘,款式字体的正欹,产地,在哪儿用过,留存至今的缘故,以及到我这里来的缘法,你问到了,邓先生便渐次给你说清楚,你一言,我一语,有所认同,又各有看法,像在谈论一件耆老的旧事。一只箱子,几个字在上面,涉及一条街,一个旧商号,一个古地名,总耐费尽心思追寻它的故事。一件唐三彩，雍容相貌，我们有质疑它的年代的，邓先生便给你讲当时的技法，工艺，造型之美，独有之韵，古人之精妙，往往在我等臆想之外。真是激赏。讲铜镜，讲玉璧，讲陶币，讲青铜剑和铁剑，讲他镇馆的那块的砂礓石——砂礓唯独本地出产。此石甚硬，因而甚大，呈龙形，径近三尺，回味起本地关于砂礓的传说，真是稀奇极了。快谈半日，我们从第三间藏室走出来，回到院子里，这个小院子似乎和主人一起变得不一样起来。

就乡镇普遍的院落而言，邓先生的小院不大，并不足以构建腾拿，移山布水，但匠心独运的主人，以盆景为主题，错落安排以藤蔓，上悬各色鸟架，边凿小池，草色山石，蓄着游鱼和大龟，便处处大有意趣。架上有鸟，鸟架十几个，密密札札叫着好听。我不懂鸟，只见居中一只黑鸟甚有神采，俯视小院一干人，时而一叫，似乎它才是指令的王者；池中有鱼，我不懂鱼，看不出稀奇来，只见池中的两只大龟久矣不动，依着池中山根养气，一只背上已修出绿毛了。稍小的那一只半天一走，旁若无人，并不和我们打个招呼。

我们谈得更多的，是邓先生这一院子的盆景。看得出，邓先生用心在这些盆景上面，并不比他的那些文物少。所有的盆景都是邓先生手种和修整的。独特之处，是盆景所用的植物、石头，都是他亲自从野地里挖的、拣的。最招眼的，当然是那几盆枸杞，有高有低，有疏有密，都已经挂满红果了，鲜红如滴，错落栉比，热热闹闹，仿佛古秦淮上的灯笼盏。这几年，我常在野地里走，多见这些奇异的红果，是红豆？是枸杞？我总存疑。听邓先生讲来，橘生淮北则为枳，本地野地的枸杞，难以长成药用那般肥壮，又因像玫瑰般多刺，故称之为枸棘。但邓先生的枸杞并没有刺。枸杞是灌木，径宽一寸，得长十年，邓先生的枸杞，有几棵竟长得如小树一般粗壮，怕有好几十年的高寿了，大野芳草，真不知道他是从哪里寻来的。我不明白邓先生的本地枸杞为什么没有刺，然而物老仿佛人老，就是人老了，也许是能褪了脾气的。植物的刺，也就是人的脾气。

同行的张先生拜托邓先生为他寻一株紫藤，要种在自家的院子里。我想起，张先生家的院子里有一株很好的梅花树，梅树的影子里确乎是少了些葳蕤，紫藤想来是合适的。我现在已经住在商品楼里了，窗头的一盆小绿植还没养好，没有什么可以拜托他。贪爱看眼前的小院，心上就想起二十世纪八十年代我姥爷经营的那个小小花园。

我的记忆里，我的姥爷，性格古怪，很爱和家里人生气，家人不解他，他也不理，除了教书的时间，全在写字，或钟情在花花草草上，醉心打理他的小小花园。

姥爷的花园以月季、菊花为主，菊花要年年新植，一季开败了，要分根、嫁植，不然会越开越小，偶尔得到新的品种，他总视若珍宝，得意洋洋；月季要时时修剪，但不妨越老越好，太老了，便成了精。成了精的月季在园东一株，园西一株，一株深红，一株粉红，打理得那么好，一年四季都盛开如春日的圣诞树。清凉傍晚，一壶茶水，姥爷总坐在两株月季树下静谧，时而一声叹息。转眼间，姥爷去世已有二十五年，一个顽童当年不懂得陪他聊天，当年的顽童现也已多有白发了。

如今月亮已停在邓先生的花园上了。我们都没有那样的一个院子了。我并没有心力如同我姥爷那样去经营一些物事。我书房的那一棵小小绿植，已经多日未为它浇水了。这是一株“小肉”，现在，我坐在它的对面写东西，“小肉”的外面就是林立的楼房，楼房的外面依然是城市，最不缺的是灯火。今晚许是阴天，月未来我的窗前，也曾来时，总怕难以驻足吧。事情都有个缘起，我忽起的这一片思念，清凉如水，仿佛绿枝上挂满沉甸甸红红的枸棘。

因有所感，寄调《临江仙》一首，兼怀念我的姥爷。

性僻零余名儒，多歆古怪神仙。红尘行尽已天寒。倚来三隐者，共话九还丹。

雪满君家宝剑，月停谁的花园。疏疏落落是吾山。一花登玉树，万朵幻云烟。

城父镇之行，同游者，前辈张超凡先生，吾友李丹崖。是为记。

冬夜。据报，下周有雪。

时光交错古地道

杨　勇

这是我国现存最古老、保存最完整的地下大型军事设施……它远远超过了地面上保留的一座完整古老城池的价值。

——引自导游解说词

女儿，你听我说。

我的姥爷家曾有个栽满鲜花的小院，天下闻名的“曹操地下运兵道”就在这个小院的地底下，地道的出口就在小院门前的空地上。二十世纪八十年代初，我刚上小学，运兵道就好像是咱们家的另一个花园子。

有一次家里来了外地的客人，姥爷陪他喝茶看花。园子里有两株月季，都长到一人多高，通身缀满上百朵大花，一株深红，一株水红，客人赞不绝口。姥爷很高兴，喊我来，让我领客人下地道看看。那时，我刚读了李绍义先生的《亳州传说故事》，有得卖弄。地下道里，客人在后面走，我在前头走，便说起关于地下道的这一段儿，客人感到非常惊奇。

故事说，东汉末年天下大乱，亳州出了个大英雄曹操，回到家乡招兵买马。曹操刚起兵时还很弱小，结果被敌人给包围了。打也打不过，逃又逃不出，于是曹操使了诈术。曹操只有一千兵，却让人连夜制作了五千套衣服，色分青、黄、赤、白、黑。天光刚亮，敌人看见曹操有一队黑衣兵开出城池，驻入城外兵营，不一会儿，又开出一队青衣兵……一队兵约摸千人，敌人一算，一共开出来五队，就是五千人啊！兵强马壮，哪里打的赢呢？连夜就撤退了。原来，曹操城外的兵营与城内是有地道相连的，从地面上出城，又从地底下进来，循环往复，别说五千兵，五万兵也变得出来呀。

客人哈哈笑，说，这是唱筹量沙之计呀。

夕阳照在地道出口,我的姥爷正微笑着站在家门前等候着。他的背有点驼,想念着夕阳下他的笑颜,他离开这个世界已经二十五年了。女儿,你没有福气见到他。

门票是一口电闸

我的姥爷是二中的语文教师。关于地下道,他还说起过二中的教导主任抓学生的事。那时,地下道不上锁也没栏杆,入口大门里常坐着一位大妈,管理的是一口电闸。如果有外地客人自己来参观,她就会给客人打开地下道的灯,但会收一个票钱;我这样的小熟人要下,也开灯,但不收钱。附近的学生来,虽不收票钱,但也不开灯。学生们下地下道都是自备着大手电的。夏日炎炎,地底下清凉避暑是个好去处,却总有学生聚在地底下偷吸烟,留下一地烟头。有一次,姥爷进门说,我看见主任又下去捉学生了。我忙跑出门看,不一会,就见几个垂头丧气的学生从地下道里鱼贯而出,教导主任则得意洋洋地走在最后面。教导主任可真神啊!一抓一个准。现在再想,定然是看门大妈提供的线索了。

我小时候要去姥爷家,若从东面过来,有时候会从地下抄近道。每次下去,看门的大妈总会叮嘱一声,在下面别贪玩,一直走过去,不然,十分钟我就关灯了。有一次,我躲在下面偏不出去,就等那灯灭。地下一丈,我想,那该是一种完全的黑暗,该比停电时黑得多,我想体验一下那是什么?

在没有电脑、智能手机的时代,孩子们有可能去想一些特别的问题,做一些离谱的事。比如,我会想,当用手推门,从极微观的视野观看,手和门究竟有没有接触?大概是没有接触的吧。但我用自制的弓箭,将箭射在了木门上,微观的层面上又是怎样作用的?比如说,我一个人在家听音乐,会把声音开得极低,而人离得很远,这时会知道,人对声音的发现并非只靠耳朵。比如说,我会用我有限的历史知识进行猜测,檀道济唱筹量沙,晚了曹操一百年,为何千百年来古地道却籍籍无名?曹操在亳州打的这一仗,他的对手是谁?运兵道的真相究竟是什么?

光亮突然间熄灭了。地下道里,完全的黑暗包围了我,黑色,仿佛是有重量的;完全的寂静包围着我,寂静,也是有重量的。那一刻,我是沉静的,这个沉静蛮好,我想,就这样待着吧,待着吧,默默地体验这种沉静,真好。然后,等到下一位客人来时,灯会亮。这样待着,不知过了多久,也许只是几分钟,我忽然感到很寂寞。这也许,是我人生中第一次感到寂寞。

我终究没有等待灯亮,按着记忆中的路线,带着两袖子的湿泥,摸索着走了出来。当看到天光,当回到地面上时,我才发觉身上凉凉的。原来,我的后背已经湿透了。

进水的“事故”慢慢少了

运兵道始建于东汉末年，后在唐代、宋代有过重修，都作为军事设施使用，挖掘中发现的砖石和遗物表现了这三个年代的特征。保留下来的运兵道据说全长八千米，考古学家称之为地下长城，画出来，是一张怀抱亳州老城区的罗网。但实际开发出来的区域并不大，直线不过二三百米，加上并行道、辅道，不过三四百米，进入二十一世纪以后政府又组织过一次发掘，原计划将地道开拓至一千米，可最终只开到了六百米左右，只新增加了一二百米。也许这次的施工很不成功，因为只要一下雨，地下道就会进水。经过运兵道的出口——这里早已没有我姥爷家的小院了——常会听到“突突突”的声音，那是用抽水机在排水呢。下一次淹一次，淹一次要排半个月，你说，一年里面有多少好时候？

女儿，我带你去看运兵道，前两次都没看成，就是因为下面进了水。你真正下去看一眼，已经是你小学四年级的时候了。那时，运兵道早有人卖票了，一张门票要十五块钱，我给售票员三十块钱，她把灯打开，我们下去。

三十多年过去，运兵道的名气越来越大了，但走起来和我小时候并没有太大的区别。地道里，你在前面走，我在后面说。你那天穿着一件粉红色的连衣裙，上面有水红色的花，你走得很快。

女儿，你知道什么是唱筹量沙吗？

地道还是那么短，不过五分钟也就走完了。出来后一片天光。

地底下是古代，出来以后就回到现代了。

私房酒和私房菜

杨　勇

诗协的聚会,常安排在南门口的路大姐特色菜馆。所谓聚会,无非吃吃喝喝,顺便把一些事情说一说,议一议。自家议的什么事,不足为外人道也;吃喝事大,不得不说。

《后赤壁赋》上,苏东坡与友相聚,叹息道“有客无酒,有酒无肴,月白风清,如此良夜何?”客人是好客人,说:“今者薄暮,举网得鱼,巨口细鳞,状如松江之鲈。顾安所得酒乎”?回家问夫人,夫人是好妇人,说:“我有斗酒,藏之久矣,以待子不时之需。”人生在世,有友如此,有妇如此,夫复何求呢?

朋友之间小聚,喝点什么比较随意,但也要对口。五粮液是对口的,茅台以前不对口,多喝几次也就对口了,高年份的古井原浆当然对口。以上种种,于小聚而言,其实是喝不起的。

现在的酒真是太贵了。但是呢,男人总要对自己好一点,不可以喝得太差。我最近和朋友们谋划一个事儿,要请信得过的师傅,烧一池子粮食酒,若每人能分个三五百斤,私房贮了,后半辈子无忧矣。为什么会生出这个想法呢?亳州是酒乡,酒厂遍布,正宗的酿酒秘技,或许并非一家掌握,而是流于民间。地道的饮者,年深日久,总能赢得一两个有情怀的酿酒师傅的友谊。九酿春心生寂静,一耽热血化悠长。师傅会说,我能打一个出好酒的胶泥池子,选粮食有诀窍,下料要循时节,一池酒须用多少粮食,温度和气息,多长时间出酒,需要计划,也需要等待;我们知道,同一池子烧出来的酒也是分优劣的,酒头、酒身子、酒尾巴,口味判然不同,要分,须得按级均分,亲兄弟明算账,断不许经手人暗室操刀,敷衍马虎;分好了的是原酒,原酒还需调制,是现调装瓶,还是大缸封存,各人皆有不同打算。总之,好操心的。这件事,如同天上的雁,我还没来得及射呢。

诗协喝的酒,就是这种订制的酒,诗协同仁有福,有个操心的会长。看这酒,也成瓶成箱,酒瓶用的标贴是“某某洞藏”,很精致。但我想,既然私人订制了,何必再“套牌”呢?不妨自印标签,径书“亳州诗协的酒”,拿出来也体面。或者就不印标签,每瓶都用红宣纸手书,这叫手工之美。协会有书法家,得给机会让他施展技艺。

言归正传,在路大姐特色菜馆的聚会要开席了。自家的酒倒入各自的分酒器里,慢举杯,慢举杯,还要等一等。秘书长喊,“路大姐,好了没?”“好咧,端蒸菜就上来。”诗协的聚会,座位,是有路大姐一个的;酒杯,是有路大姐一个的;路大姐不坐好,咱们不开席。

路大姐是诗协的人。但大家更喜欢她唱的京戏。有人喝醉了,说,路大姐来一段,她绝不推辞,椅子朝后一拉,站起来就唱,唱的是老旦,咿咿呀呀,大家听着听着,无酒的三分醉,醉了的更醉了。随着路大姐的演唱,聚会自然而然进入高潮,有本事的也都开始各逞手段了,笑话讲得好,便一个又一个,逗得大家哈哈笑;男人一发表政论,女人就厌,头碰头自顾话起家长里短;有人兴发,念起新近的诗作,鼓掌的有,但大半会挑起毛病,争执得脸红脖粗而往往有之。好了好了,有人劝解,好,好,却像在撺掇呢。一杯酒总能解尽烦愁,又能化尽干戈。要是化不尽呢?

唉,人生得意须尽欢,莫使金樽空对月。

这一晚路大姐没唱戏,三杯酒下,她显得有点发愁。说,房租又涨了,饭店快干不下去了。路大姐今年六十多了,大家知道,要不是舍不得一帮朋友,她早就窝家里过舒坦日子了。大家赶紧劝,不能啊,路大姐,你要关张了咱们到哪儿吃这蒸菜啊。路大姐说,那是,你们在别处吃不到。

一盘蒸菜,怎么别处就吃不到呢?主要是别的饭店实在费不起这功夫钱。蒸的是野菜,俗称羊蹄子棵,学名叫面条菜。一小筐面条菜,能蒸两盘,叶小零碎,杂质多,要做得干净,得择一个下午。一个工人半天的手工划多少钱?素菜一盘才能卖多少钱?路大姐还不放心,有点空她还自己择。好任性哦。其他不说,单就从这道菜来看,很有些私房菜的意思了。什么叫私房菜?用心做,做给自己人的菜才能这么下功夫啊。

其实,我和路大姐并不太熟。我爱欢聚,但最近两年我都较少参加各种聚会,包括作协、诗协的聚会。聚会多在周末,但每逢周末,我要赶到合肥去,为老婆孩子做饭。孩子在合肥上学,老婆在合肥上班,两地分居,只有周末,三口之家才能稍稍团聚。

做菜少油、少盐,不用味精、鸡精,还要可口,这是很难的,因此每一道菜必寄以巧思。调和五味的同时,更须以一味特出而刺激味蕾。炒饼宜多放醋;调黄瓜若是用拍的,需放蚝油,若细刀薄片,则需加放一点白糖;四川茂县的花椒不寄来,我断不会调苔子的;而昨天烧牛肉,我试着放了半个橙子,果然被点赞了。

就像路大姐的那盘蒸菜,有些菜是必须要费功夫的。一味"枣香核桃酪",来自于梁实秋的《雅舍食谱》,须得用一碗核桃,一斤红枣;核桃仁要用开水烫了,细细剥去紫皮,只留白嫩的果肉,泡半个小时,我手笨,剥皮要用两个小时;红枣要煮熟了,去皮、去核,取纯枣泥,要用一个小时;米浆要现捣,纱布现滤,半个小时,但大米要在头天晚上泡上。若用市场上现成的清水杏仁代替核桃,会省事很多,但毕竟味道不好。

团聚和欢聚是不同的。在家吃饭时,菜再多,再好,我也不会喝酒。十年以后呢?女儿会允许她的老父在家里喝上一杯吗?那时,我存的酒也快有十年了,她会明白岁月的美好已沉淀为酒香了吗?

丑 树

许发夫

丑树生活在寂寞里。

丑树的丑名副其实。树木以挺拔耸立为美,丑树却先天不足,不但不挺拔,甚至连耸立都不能。“S”的身材使它成为众树中的丑小鸭。别人都在“欲与天公试比高”时,它却在横向发展。丑陋,让它自尊心大挫。

在丑树很幼小的时候,一天,丑树的主人来到它身边,举起了斧头,准备让丑树变成家中烧火的柴禾。丑树最终逃过此劫,得益于主人儿子的一句话,“这么丑的树,本来就很可怜,不要再伤害它了。”主人举在半空的斧头停下来,看着因肢残拄着拐杖的儿子,最终放下了斧头。

怜悯让丑树死里逃生。

然而厄运并没到此结束。

大约过了十年。丑树的主人再次来到树林里,这次主人手里拿的不是斧头,而是锯。主人的儿子要结婚了,需要盖新房娶媳妇。主人是来寻找盖房用的檩木的。

在锯掉几棵挺拔的檩木后,主人来到丑树跟前,上下打量着丑树,对因肢残躲过兵役而侥幸活下来的儿子说,这树白长这么多年,什么用没有,不如锯掉。这时主人儿子的一句话再次让丑树逃过一劫:“这树每年结不少榆钱呢,很好吃。”

对了,忘了告诉你,这丑树是棵榆树。

果实让它躲过灭顶之灾。

之后,在每年春季吃榆钱时,人们才会想到它,平时它都是孤独地立在那儿,没人理会。

又十年过去了。又无数个十年过去了。丑树依然活着。而最初的主人,包括主人的儿子也早已不在人世了。

一天,已经长得十人都无法合抱的丑树旁,突然来了几个人。他们拿着尺子开始丈量丑树的腰围、树冠的面积,揣测这棵榆树的年纪。

不久丑树身边树了一个石碑。上写着"唐朝榆树""全国重点保护野生植物"等字样。

从那以后,丑树身边就热闹了。不时有人前来围观,还有很多靓男倩妹争相与它合影。人们见到它,除惊诧它的年老外,更多的是赞美它的身材,"多好看的造型,S形,真是巧夺天工"。起初听到人们这么赞美它,丑树以为是在讽刺它。当得知人们是发自内心地对自己赞美时,丑树陷入了沉思。

它想起了自己的一生,知道自己能从遥远的唐朝一路走到现在,不是源于它的美,而是它的丑,因为它知道,和它一起长大的美丽的伙伴早被主人伐掉,用作盖房和做家具的木料了,而自己就是因为丑陋百无一用,才逃过一个个生死劫。

一时,它不知道要感谢自己的丑,还是要怨恨自己的丑了。

等　待

许发夫

出生时他便显得急不可耐。可偏偏遇到难产,在母亲的子宫里,他分明听到了母亲撕心裂肺的嚎。他很急,不仅想帮母亲早点摆脱难产带来的疼,更是基于自己对外边世界的向往。就在他觉得永远走不出母亲身体时,一缕光亮射入了他的眼帘,他立即大哭起来。别人以为他因不适应外边的世界才哭,其实只有他清楚,那是他对漫长的等待发出的抗议。

母亲的乳汁润泽了他那焦灼的心,他很快就睡着了。当再次睁开眼,他的心又不平静起来,他发现身边的人都是来去自由,无拘无束,只有他被一个棉被紧紧包裹着。尽管被包裹着的感觉很温暖、很舒适、很美好,但他还是感到一丝不公。为什么我要被束缚住,而别人却能到处走动呢?于是他开始挣扎,继而大哭起来。不知这个让自己获得解放的等待还要多久。

终于在一个阳光明媚的春日,他从紧紧包裹的棉被中解放出来,并在母亲的搀扶下,开始蹒跚学步。然而在他看来别人很轻松的走路,他却费了不少周折。就在快要丧失信心的时候,他突然发现自己能走路了,更主要的是,之前他说不成句的话,也能顺畅地表达了。那一刻他哭了,激动地哭了。然而泪水未干,这个等待刚结束,又有一个等待等着他。

一天,他发现和他一起玩耍的小朋友,一个个不见了,原来他们没时间陪他,上学去了。看到伙伴们一个个神气地挎着书包,他很羡慕,第一次向父母提出一个明确要求:我要上学。但他得到的答复是:你还小,还不到入学年龄。在无尽等待的煎熬中,一天早上,母亲把一个书包挎在他的胸前,告诉他,明天你就能上学了。

之后就是漫长的求学阶段。小学、初中、高中……就是在一次次等待中,他终于如愿考上了一所理想的大学,毕业后分到了政府部门工作。这时他已经二十四岁。

工作后他发现，身边的同龄人，都谈了对象。他也渴望找到一个心上人，一起相亲相爱，白头偕老。选择合适的对象不亚于一场马拉松比赛。别人谈对象都是很浪漫很轻松，他却一直很焦躁，一直处在以为交不到女友惶遽的等待中。后来终于遇到一个双双都满意的对象，他开始了正式的恋爱。这时他已经二十六岁了。

别人谈对象花前月下卿卿我我，他呢，却渴望早点结婚。终于结婚。一年后，他们的孩子出生了。看着襁褓里的孩子，他就焦急地想，这么大的孩子什么时候能长大呀。他多么渴望孩子能在一夜间长大成人，好让自己摆脱养育孩子之苦。

尽管在单位混得不错，但他不快乐。和其他刚参加工作的人一样，他也是从小兵干起。当小兵时，他渴望能成为一个小领导，当了小领导，他想成为大领导。当他的这一等待成为现实时，他已经五十二岁了。但他没感到轻松，因为在官场摸爬滚打多年，自己早已身疲力竭。他不习惯人们之间的勾心斗角，不习惯“逢人只说三分话”的虚伪。尽管当上了主要领导，他还是渴望能早点退休以便早日颐享天年。

六十岁那年，他终于平安着陆退休了。自己多年等待的时刻终于到了，他顿时一身轻松。他觉得自己终于可以无忧无虑地安度晚年了。然而在一次体检中，他发现自己患了一种难治的病。他知道自己的人生快走到尽头了，这时反而平静了。回想自己的一生，他突然发现自己一生都在等待，并把等待当作一种煎熬、一种负担，而因此错过享受人生的快乐。

他本该在襁褓中好好体会母亲怀抱的温暖时，却在痛苦中等待着离开母亲的怀抱独立行走；本该好好享受上学求知带来的快乐，却时刻在对升学的漫长等待中备受煎熬；本该好好享受花前月下初恋的美好，却因急着走进婚姻围墙弄得一地鸡毛……而自己的一生就在这一个个焦灼的等待中过去了。想到这些，一滴浑浊的老泪滑落在枕边。他终于明白一位哲人的话：“人生就像一场旅行，到达终点不是目的，重要的是要会欣赏沿途的风景。”但一切都晚了。

母亲的麻叶

许发夫

在乡下居住的母亲突然打电话来，说今天是初一，欲进城烧香。母亲是地道的农家妇女，不识字，这却不影响她对佛的虔诚。

城市离母亲所住的乡村有二十多里，年轻时，母亲常步行到县城唯一的寺庙里烧香，随着年岁渐长，母亲很少专程进城烧香了。这次母亲来，果然还有其他事儿。

烧罢香，我把母亲接到家里。母亲说，“今年你买了房子，要花不少钱。今年钱就不要给了，我够花的。”母亲说的钱，是指我每月给的赡养费。母亲一直生活在乡下，升学进城工作的我，曾多次接母亲来住，可是每次住了几天后，母亲总要找理由回去，说住不惯楼房，说住楼上接不到地气，容易生病。我知道这都是母亲的借口。母亲是不想增加我的负担。

“我既然买房，就有钱，也不会缺那几个钱，怎能占用您老的养老钱呢?”我安慰着母亲。

这时母亲从包裹里，瑟抖抖地拿出一包东西，说:“我知道你喜欢吃麻叶，这是昨个连夜给你做的，你这么孝敬，我还没咋疼过你呢?”

母亲带来的麻叶，是一种油炸食品，一般过年时才做，是我小时最爱吃的。但这种食品做法很难，要经过抟、擀、烤、切、炸等多个工序，费时费力费料。因此每年春节做的都不多，多用来招待客人。只有等年后来完了客人，我们才能贪婪地吃上一些剩的。

母亲说的没咋疼过我，其实也不能怪她。母亲生养了七个孩子，父亲平日不虑事，又不到五十岁就过世了。家里家外全靠母亲操持，收庄稼、上河工、洗衣、做饭……男的活她干，女的活她也干，忙完外边忙家里，在那个物质十分匮乏的年代，能让一家人吃饱穿暖已经很不易了，哪有更多的精力专“疼”孩子。

父亲过世时，我刚参加工作，我和两个弟弟尚未成家，母亲肩上的担子很重。作为家中唯一"出息"的孩子，我自然要多为母亲分忧。这些年，我对母亲总是报喜不报忧，怕她老人家担心。一个人在陌生的城市里打拼，没有住房，一度面临失业，除为自己生计奔波外，还要设法照顾母亲和随时需要我"支援"的弟弟。自己有了委屈，无人倾诉，就把泪流在心里；有了难处，没想到会有人帮助，都是自己想法克服。我几乎忘了自己也是一个需要被疼的人、一个需要被呵护的人。在我心里，母亲是我要用一生来报答、要好好爱的人，更没奢想让没劳动能力、没收入的年迈的母亲来"疼"。

现在母亲的话，挑动了我内心隐秘的脆弱的神经，突然觉得自己还是个孩子，一个需要被人疼的孩子，一个还可在母亲面前有了委屈想哭就哭的孩子。或许是我买房的经济压力让母亲突然意识到，她还有一个很爱她却一直独自在外漂泊奋斗没被她专"疼"的孩子，或许是在几个孩子的"资助"下"富裕"后，母亲感觉有能力疼孩子了，要用行动——"豁免"我的赡养费，并连夜费时费力地做了我喜欢吃的麻叶送来——"疼"我。

吃着母亲带来的麻叶，想象着母亲佝偻着腰艰难地为我做麻叶的情景，感受着母亲的"疼"，多年奔波劳苦的一幕幕一下子涌现在眼前，心里一酸，不由得泪夺眼眶。

五分钟的温暖

许发夫

一朋友向我讲了这样一件事。

那是一个大年三十的下午，朋友去买蜡烛。电灯虽经普及，现在很少有人使用蜡烛了，但每年除夕守夜时，按照习俗，还是要点燃一对火红的蜡烛。

那天很冷，无风。朋友遍寻街头，才在偏僻的一隅找到一个卖蜡烛的摊点。

摊主是对小夫妻。小夫妻俩依偎着互相取暖，见朋友前来，显得很振奋。

我这朋友是记者。出于职业敏感，好奇地问，快过除夕了，你们怎么还不收摊？

这对小夫妻苦笑笑，说，我们第一次做生意，因不谙行情，货进多了。今年若卖不掉，只有等明年了。

原来这对小夫妻新婚不久，都没工作，想通过卖蜡烛掘到第一桶金。

朋友挑选了一对火红的蜡烛，询问价钱。小夫妻说，给十五元吧。

朋友习惯性地讨价道，十四元可以吗？小夫妻俩又苦笑笑，说，我们十四元进的，这样就白干了。也许意识到倘若现在不卖，要放一年，后又无奈地说，够本也卖给你吧。

这时朋友掏出十五元钱递了过去。小夫妻中的妻子从兜里摸出一元钱找朋友。朋友却坚持不要了，说，这冷的天又大过年的，怎么也不能让你们白干。小夫妻俩很感动，连连致谢。

朋友给我说起这事，是这样解释自己动机的：一元钱对谁来说都不算什么，甚至掉在地上人都懒得拾。而对小夫妻而言，一元钱却是他们这笔生意的全部利润。“也许就是这很少的一元钱，却能让小夫妻俩感受到五分钟的温暖。”

听了朋友的故事，我陷入了沉思。其实在生活中，能给别人带来“五分钟的温暖”的事很多。这些事有的不经意就可为之，有的仅仅是举手之劳。就是这点“善举”,对受助者来说,却似旱逢甘霖。比如,看到街头没有生意孤独守望的摊主,我们花几元钱买些他的东西,就能让他领会短暂的“开张之喜”;再比如,当看到一个拉重物的人力车艰难地爬坡,我们主动上前推一把,会让车主发自内心的感觉这世界上还是好人多。

授人玫瑰,手留余香。当我们用一点善举帮别人渡过时艰,或用一点爱心驱走别人内心的孤苦,让别人感到“五分钟的温暖”时,我们自己内心不也被一种奉献的快乐所充溢吗?更主要的,如果大家都能尽力为别人营造“五分钟的温暖”,我们这个世界就会远离寒冬,永远温暖如春。

像花儿一样安静

张秀礼

家有小院，院中有花木若干，修竹几竿。每日晨起，隔窗即可看花；黄昏归家，进门便能闻香。春至，墙角内外，花开次第如云霞；小院一隅，绿茵渐浓若伞盖。看一会儿花草，写一段文字，晒几张小照，或自娱一把，或与友同乐，不亦快哉！

其实，春来百花绽，是花都好看。几株小花木，本不足挂齿。但看着看着，就觉得这些花儿不简单。无论何处的花儿，都是一样的个性：慢慢地生长，静静地开放，默默地零落，静守一方天空。

昨天看过的花儿，一夜骤雨过后，便躺卧在积水中。这厢里含苞待放，那边上蕊残红退；刚才还在枝头，转瞬就在地上。在花草短暂的岁月中，红不为争春，春自艳；开不为引蝶，蝶自来。风雨中，它们优雅地来过。春来竞相开，春去渐入尘。由春而夏，一生短暂，安度一季岁月。守时绽放，曾经美丽过，生命便不枉。无意于得，便无所谓失。人生也如此，美丽在于静守，守住底线；岁月流转，不负春光，不负生命，不亏于人，不愧于己。不存纠结，不筑块垒，不结罗网，心中自安适。这是花儿们给我留下的启示。

花开花落，从不为讨好谁，有人赏也罢，无人来也罢，沟旁也罢，路边也罢，都为春天献上一缕香、一抹绿。像花儿一样，做个安静的人。每次扫除地上的落英时，常心怀敬意，乃小心翼翼。由此便想起杨绛先生的话："我和谁都不争，和谁争我都不屑；我爱大自然，其次就是艺术；我双手烤着生命之火取暖；火萎了，我也准备走了。"先生美丽如花、温润如花，这从容不迫的至高境界，让人只能敬佩。是我的跑不掉，不是我的抢不来，只管做好自己该做的事。做人，要简单些好，内心自由，才不会患得患失。

一群人在喧闹，我只负责微笑。喧嚣有喧嚣的好，独处有独处的妙。人生的乐趣，在于走自己的路，看自己的景。外面世界大，纷扰也不少。从从容容，不受外界干扰,按自己的节奏生活,把喜欢的事情做成习惯。每个季节都有花开,每一天都有花落。无大喜,也无大悲,平静安好。用自己的方式做事,思考自己的生活,安静地生活,安静地守候。能欣赏他人,也不菲薄自己。

你有大世界,我有小生活。听花开有声,看落英缤纷,从容而行,微笑着,生活。

如此甚好!

腊月里有道风景叫回家

张秀礼

进入腊月,家的影像便夜夜走入游子的梦乡;进入腊月,便有一种心情叫归心似箭;进入腊月,便有一道风景叫回家。走遍千山万水,拂去风尘发现,回家的风景最美;阅尽人间百态,咂摸五味才知,回家的感觉最暖。

无论离家有多远,无论在外有多久,总有一种情不变,那就是游子对家人的思念,对故乡的眷恋,在腊月里浓烈地氤氲着,肆意地渲染着。

进入腊月,年的脚步就一天天近了,游子回家的心也一天天急迫起来,每逢佳节倍思亲哪!一年三百六十五天,团圆就在这几天,回去,回去!家里有年迈苍苍的父母、有望眼欲穿的妻儿,有久违的亲情,还有见了面就嘘寒问暖的老少爷们儿。

无论回家的路途有多远,哪怕山一程、水一程,都止不住回家的脚步;无论回家时的寒夜有多长,纵然风一更、雪一更,都挡不住回家的热情。有钱没钱,回家过年,家里总有亲人盼,家里总有年夜饭。辛苦了一年,图的就是与家人团圆的那份热闹。

进入腊月,游子们就像候鸟一样,离开辛苦打拼谋生的城市,千万里,千万里奔向生养自己的故土。那是倦鸟暮归林的召唤,那是叶落终归根的回报。家是游子梦里的原乡,回家好啊!经历了异乡的独处孤寂,尝遍了他乡的酸辣苦甜,与老爹娘拉拉呱,和妻儿们乐哈哈,化解了在外的委屈,消弭了打拼的辛劳,尤觉亲情珍贵、乡音悦耳。

无论身心有多累,无论工作有多忙,都暂且放一放、缓一缓,毫不迟疑地背上行囊,回家去!家是温暖的港湾,回到家,心就稳妥了;回到家,心就放松了。

进入腊月,亲人的面庞在游子的脑中愈加清晰,思念的潮水一次次打湿心坎儿。又是一年,心底一遍遍试问:家乡是否又变了样?父母额头的皱纹是否又深了些？妻子的秀发是否又添了几根银丝？孩子的个头儿是否赶上了自己？近乡情怯啊！早就知道，厨房里，母亲已做好了鱼肉，妻子已包好了饺子，父亲已备好了老酒，孩子已挂起了灯笼。家人在电波中，一遍遍催问行程，爱有多深，牵挂就有多长；自己在车站里，一次次抬腕看表，想念有多真，心就有多迫切。都是一样的心、一样的情、一样的期盼啊！

无论是腰缠万贯满载归，还是一无所获两手空，只要平安到家，就比什么都重要，亲人绝不嫌弃，老父母的笑颜暖心，孩子们的天真暖心，结发妻的温存暖心。游子回家，就是带给亲人的最好礼物。谁不想事业有成？谁不想衣锦还乡？然而，世事无常，时运多舛，外面的世界很精彩，精彩中也有几多无奈。

进入腊月，游子们就忽地有累了、倦了的感觉。回家去，回家休整，整理一下疲惫的心，梳理一下来年的打算。让亲人的唠叨抚平在外时内心的伤痛，让亲情的温暖给自己充一下电，然后又是一个顶天立地的男儿。

团聚是短暂的，匆匆，太匆匆，吃了年夜饭又是新一年，岁月还在继续，生命还在延伸。闪过年，为了生活还要远行，为了梦想还需离乡。好日子要打拼，好生活要奋斗。于是，带上亲人的嘱托和不舍，怀揣对未来的坚持和期盼，再次踏上新的征程……

印象凤凰

张秀礼

凤凰古城在湘西,在沈从文朴实的文字中,也在我久远的梦中。

知道凤凰是从读《边城》开始的,沈先生笔下如诗如画般的古城山水、醇厚古朴的湘西民风让我憧憬不已。无论是靠摆渡为生的老爷爷和翠翠,掌管水码头的顺顺和傩送,还是过渡的商客、大兵与水手,都一样善良质朴、热诚公道。后来读《沈从文传》,读沈从文的其他文章,对凤凰更加充满了神往之情。从那时到近日终于踏上这片充满神秘色彩的土地,我一梦就是二十年。

午餐是在张家界用的,然后乘坐旅游大巴,目的地是凤凰古城,心中充满了期待。车在绵延的大山里盘旋着奔向凤凰,这哪里是山路十八弯啊,我看八十弯都不止。沿途不时可见散落于山坳里的具有湘西特色的民居——木质吊脚楼,也有成片的村寨,房屋上一律覆盖着黑色的方块片瓦。我坐在车上,看着莽莽苍苍的大山,想象着古城的模样。路沿山溪延展,景随峰回变换,乍看一样,细看不同,每转一个弯都如同掀开了一页水墨山水画卷,原始的气息扑面而来,自然的本色接踵而至,真个是应接不暇了。

数小时山路的颠簸,丝毫不影响我的兴致。凤凰,我来了。神交已久的古城啊,我看你来了。

八点半,车在沱江边停下,我一脚踏上了这片多年来魂牵梦萦的土地。在导游的带领下,我们穿过一座设有亭廊的桥,沿着岸边一条弯弯曲曲的石板路,迈过一些高高低低的石台阶,转过几条细细窄窄的小巷子,前往下榻的旅馆。那些巷子逼仄局促,让人担心一不留意就会闯入寻常百姓家。其实根本不用担心,巷子两侧的人家,几乎每家都开着店铺或家庭旅馆,随时欢迎着远道而来的客人。

匆匆用过晚饭,我便一头扎进凤凰的怀抱,顺着水流的方向,沿着江边的石条路,欣赏古城的夜景。沱江两岸,红灯笼一排排、一串串地悬在吊脚楼飞翘的壁檐下，错落有致，倒映在水面上，波光粼粼，如同撒落的珍珠。沱江幽幽，见证古城的春秋；灯光莹莹，穿越千年的神秘；流水汤汤，带走昨日的故事。

沱江两岸，游客如织，喧嚣如潮；吊脚楼上，酒吧欢歌，霓虹绚丽；大小街巷，商铺林立，货品琳琅。卖各类小吃的，售地方特产的，担挑的，推车的，租衣拍照的，站路吆喝的，太热闹了，分明是一座不夜城，美则美矣，但一切都和我想象中的不一样，总感觉少了什么。还有一些七八岁的孩子，手中捧着由植物叶茎编就的花环，向游客兜售，熟练的神情和动作，和他们的年龄很不相称。心下不禁疑惑起来，这是我千里迢迢要来看的凤凰古城吗？

次日晨五点不到，一贯黎明即起的我步出旅馆，穿过悠长的街巷，来到沱江边，一个人站在昨晚下车后经过的廊桥中间，于淡淡的晨霭中远眺悠悠远去的江水，亲切感忽然就涌上来。两岸的灯笼和霓虹不知何时已熄灭，热闹不见了，全没了昨夜的熙攘。古城在沉睡，静谧而又安详。四周静悄悄的，只有缓缓流淌的水声，草丛中蟋蟀的鸣声，还有偶尔从旅馆出来踏上远路的背包客。

下了廊桥，沿着江岸缓步前行，感受着那种来自远古的凝重和幽远。我很小心，唯恐惊醒了小城的梦。一天天迎送南来北往的客人，古城也累啊，这个时候就让它多睡一会儿吧。晨曦中的沱江，水汽氤氲，不招摇，不热烈，温婉如玉，碧水浅流，水草曼舞，让我感觉到了凤凰古城那与生俱来的韵味。弯下腰，掬一捧水在手，凉凉的感觉便沁入心脾。是的，因为有了这一江生生不息的水，凤凰的山有了十足的灵性，凤凰的吊脚楼有了温润的气息。千百年来，有多少美丽与哀愁被它带走？又有多少痴爱与梦想从这里放飞？昨日不可留。

一阵江风吹来，略有些凉意。我独自品味着凤凰的优雅气质——清幽、古老、宁静、柔美、灵秀，似真似幻，风情万种。我用脚步与它对话，用心和它交流，久久不愿离去。依我梦中感觉，古城就应该是这个样子，就是这样一种深刻的宁静。这感觉从《边城》中走来，从沈从文的目光中走来。

天色渐渐亮起来，我继续前行，听到了啪啪的捶打声，一拐弯，就看到了一个早起的凤凰女人，正在江边浣衣，宁静平和的表情，让我一下子想到了沈从文笔下的翠翠……

纵然没有后来半天急行军一般的游览，只有这个早晨，我也算没有白来一次……

共与桃花笑春风

张秀礼

今年的春天来得迟了些，在阴冷多雨的日子里，各种花儿也开得晚，但我心中的一个念想却早早就发了芽——试问五马镇桃花何时开？猜想着，打听着，期待着……

阳春三月，草长莺飞，去五马赏桃花当是绝好的选择。这几年，每到春天，一说"到五马看桃花"，肯定会有人积极响应。或挈妇将雏，或呼朋引伴，徜徉在桃林间，置身于大自然，春阳和煦，微风拂面，满目粉红，蝶舞蜂飞，闹而不喧，让人心旷神怡，惬意无比。因此，我年年都和春天有一个约定——再到五马看桃花。

一天接着一天，一周连着一周，终于等来了春和景明。清明小长假未到，早有作协文友召唤：清明当天去踏青，共与桃花笑春风。自然是一呼百应，正是求之不得的美事！孟子曰："独乐乐，不如与人乐乐；与少乐乐，不如与众乐乐！"然也。

早上八点，文友们陆续来到约定地点汤王陵公园门口汇合，少长咸集，既有须眉男儿，更有美女娇娥，一人一单车，骑行去五马赏桃花。

"暖暖的春风迎面吹，桃花朵朵开……"一路欢歌笑语；"去年今日桃园中，人面桃花相映红。同侪今日再相聚，共与桃花笑春风。"一路诗情画意。未到桃园，未见桃花，但美女们的笑脸早就灿若桃花了。

心情欢快，车轮飞转，一行人很快就到了五马镇。五马有万亩桃园，花团锦簇般一片连着一片，散布在镇子四周。在超凡主席的建议下，大家选择了武家河北岸河畔的那片桃园。去年国庆节期间，我们徒步武家河时，就经过这片桃园，万棵桃树沿河岸铺开，一条农人踩出的土径伸向桃园深处，自成情趣。

进得桃园，果然蔚为壮观，大不同于去年秋日情景，真正是画里乡村。桃花虽还未全部盛开，但登高而望，揽尽桃园春色，风景分外迷人。近处，老树吐新芽，桃枝绽花苞，一片云蒸霞蔚；远处，麦浪如碧潭，村落似水墨，一轴春之画卷。"东风着意,先上小枝头”。桃花一朵朵,一串串,一簇簇,压满枝头,染红树身,无论含苞,还是怒放,无论妩媚,还是娇艳,每一朵都那么热情、率真、优雅、烂漫,真是“桃之夭夭,灼灼其华”啊!这美丽的桃花不愧是五马镇的一张靓丽名片,原生态的田园风光吸引着周边无数踏青者来此观赏,“年年春天花相似,今年更是人不同”。

文友们禁不住娇艳桃花的诱惑,四散开去,踏着春天的气息,尽情欣赏这满树春色,欢快的笑声不绝于耳。爱美的女士在花海中让镜头定格笑脸,留住美好瞬间,陶醉的表情映红了桃花。就连矜持的男士也按捺不住了,摆出各种 pose 拍照。玩累了,大伙席地而坐,你一句我一句地开起了赛诗会,抒发内心感慨,好一幅清明游春图。彼时彼刻,“无丝竹之乱耳,无案牍之劳形”,人回归了本真,心就是自由的。

桃花年年开,一岁一枯荣。或许正因为一年只能选择一次,桃花才把默默积蓄了一个冬日的能量以最热烈的方式和最鲜艳的色彩呈献给人们。

桃树知道,只有在春季绽放争艳,才能换来秋日硕果飘香。这是桃花的梦想,也是花丛中锄草的桃农的希冀。

当父母老去，我们是如此无能为力

阿　辞

前天晚上，想到父亲的状况，失眠。

自从远嫁，基本上是一年回去一次。

去年回去时，父亲还能扶着轮椅走几步，还能自己吃饭。

今年，完全不能走了，吃饭需要人喂了。他的腿完全没有力气，不听使唤，需要用手用力抓着别的东西，才能勉强站住。

坐也坐不住，需要用两只手撑着。

每天基本上是在床上躺着，而且只能向右侧躺，不能平躺，也不能左侧。

舌头僵硬，不听使唤，说话不清楚，吃东西困难，所以他不吃米饭了，只吃面条和饺子。

我到家时，父亲睡着了，等他醒来，看到我，哭了。

多亏母亲细心照顾，父亲常年卧床，没长褥疮，身上也无异味。

母亲说，现在最麻烦的是，父亲尿频，楼下诊所的医生说，可能是前列腺炎，加上肾不好。找医生来家里打了几天吊水，也不起作用。她这几天晚上都几乎没睡了，父亲一会儿要起来一会儿要起来，有时候起来了根本没有尿，有时候又把裤子尿湿了。这样折腾下去，根本受不了。

我说，那还是去住院吧，想站起来走路，这是没指望了，但尿频这个应该能治吧。医院会做各种检查，可以有针对地用药，应该能治好。

第二天一早，母亲说，父亲昨晚折腾了一夜，说难受。

于是清早打120，叫来了救护车，冒雨把父亲送到了医院。父亲个头大，虽然医院就在马路对面，但我们弄不动他，只能让120用担架把他抬下楼。

因为父亲曾经发过两次脑溢血，第一次是十四年前，第二次是五六年前，最近也摔倒过几次，所以到了医院后，医生让先做个脑部CT。

CT 结果显示,脑干有少量出血。这是最危险的出血部位,一般来说,这个部位出血,要么人立即没了,要么瘫痪,父亲还能动,这算非常幸运了。一是出血量少,二是脑萎缩压迫小。

医生说,尿频可能是脑出血大脑控制不了引起的。后来的检查结果,证明尿道确实没有炎症,肾脏也没有问题。但是针对脑部的用药,也没有解决尿频问题,只是饭量正常了。

直到出院,这个问题也没有解决。医生说,是年纪大了,前列腺增生,没有办法。

买了接尿器,没有用。

我买了纸尿裤、棉尿布、布尿裤,父亲都用不习惯,他说穿着尿不湿感觉尿不出来,可是他起床,穿脱裤子,都要人帮忙,有时候几分钟就要起来一次,这样弄得母亲根本睡不好。母亲自己的身体也不好。

真的是没有办法。

当一个人生活不能自理时,真的是好可怜,家人也很累。

照顾不能自理的老人,比照顾婴儿更辛苦。

婴儿是越来越好玩。

老人是越来越不行。

那种心情是完全不一样的。

当我要回亳州,到房间和父亲告别时,父亲又哭了。

去年我回家时,他看到我时还不哭。今年完全不一样了。他知道他身体状况是越来越不行了,见一面少一面,不知哪一面就是永别,很可能他离开这个世界时,我不在他身边。

写到这里,忍不住泪流满面,写不下去。

想起小时候,有一年,父亲去外面做工,到过年时才回来,带回来一麻袋花生。

问我有没有想他。

我说想。

他问哪里想,是口里想,还是心里想。

我说是心里想。

父亲笑了,说肯定是想吃的。

还清楚地记得,父亲经常逗我们,问长大了会挣钱了给他买什么烟。

我们说,买飞马的。

父亲便高兴地笑。

母亲便在一旁故意说,买八分半的。

那时飞马是好烟,八分半是最差的烟,顾名思义,八分半一包。而父亲平常抽的烟是海鸟,好像是一毛三一包。

记得上高中,我考上了重点,父亲骑自行车送我报名,报了名陪我买盆桶这些生活用品,因为是住校。那时,对于从没离开过家的我来说,感觉父亲就是靠山,感觉走在他身边很安全,什么都不用怕。

可是一转眼,父亲就老了。不能走,不能坐,躺着不能翻身,不会自己吃饭,不能自己上厕所,想喝口水都需要人帮忙……

看着至亲的人老去,这种感觉特别难受。

当父母老去,我们是如此无能为力。

很多年轻人不理解,为什么人到中年以后,就注重养生和锻炼了。

很多东西,不亲身经历,真的很难感同身受。每个年龄的心境都会不一样。

人到中年以后,会经历一个恐惧死亡到正视死亡的过程。

这个年龄的人,父母都老了,有的甚至不在了。自己的身体也开始走下坡路了,所以特别注重健康了。

人老了,健康成了最重要的事。

如果等老了再来注重健康,就晚了。

应该在年轻的时候就打好基础,等老了身体好,不仅提高自己的生命质量,也减少家人的负担。

人的一生,其实很短暂。

所以,想吃什么就吃吧,趁现在还吃得动。

想去什么地方就去吧,趁现在还走得动。

想爱一个人就去爱吧,趁现在还爱得动。

想做什么就去做吧,趁现在还做得了。

放下手机多锻炼吧,趁现在还健康。

有时间多陪陪父母吧,趁父母还在。

努力挣钱吧,争取给亲人好一点的生活。

生命只有一次,我们没有前生,也没有来世。

度人容易度己难

阿　辞

一个做记者的小妹妹打来电话，“姐姐，某某某不接我的电话，不回我的短信，我该怎么办哪？”这位小妹妹嘴特甜，人前背后都叫我是姐姐，比我亲妹妹叫得还多。

她说的是本地方言，我这个外地人听起来有些吃力，没听清某某某是谁。小妹妹说：“就是某某某啊，我们电视台的记者，我和你说过的。”这回我听清了，也想起来了，前些日子小妹妹和我说过，她喜欢台里的一个同事，问我该怎么办。我的建议是喜欢一个人就直接告诉他。小妹妹觉得不好意思。我说，如果不好意思，那就多和他接近，让他自己明白。小妹妹说，还是算了，就放在心里吧。没想到她还是采取了行动，主动给那个某某某打电话。

小妹妹烦恼地说，现在他不接我的电话了。我安慰她说，可能他正在忙吧，比如正在采访，不方便接电话。小妹妹说，可我后来又给他发短信了，他到现在也没回啊。以前我的电话他都接，我的短信他都很快回的。可能现在他知道了我对他有意思，就不接我的电话，也不回我的短信了。

既然这样，那就算了呗。那个某某某长得又不好，在我眼里，他根本配不上水灵灵的小妹妹。所以我轻描淡写地说，他不喜欢你就算了，以后你也别理他了。小妹妹说，不行啊，我喜欢他，他长得虽然不好看，可他真的是很有才华。

我说，你就别想他怎么有才华了，你应该只想他的缺点，这样你就会不喜欢他了。小妹妹说，不行，我就是喜欢他，昨晚做梦我都梦见他了。姐姐，你快帮我想个办法啊，怎么样才能让他喜欢我，你写了那么多故事，应该有办法的。什么爱情三十六计，总有一计能有用吧。

我晕，写故事都是纸上谈兵，实战我也不行啊。再说啦，对方又不是秀色可餐的帅哥，值得这样绞尽脑汁吗？他不来电拉倒，天涯何处无芳草啊。我金玉良言说了一堆,小妹妹就是不听,一定要我帮她想办法。

我答是答应了,想也想了,可是,有什么办法呢?一个人如果爱上一个人,别人若想劝他放弃,那可是真难。一个人如果不爱一个人,别人若想要他接受,那也是真难。爱情这回事,在局外人看来,是多么简单明了,喜欢他就告诉他,他接受皆大欢喜,他不接受,那就拉倒。可在当事人心里,又怎么简单的了,终难免是剪不断理还乱,把自己弄得一团糟,不到伤透了心不肯放手。

由这位小妹妹,又想到我的表妹,她也正为情所烦,她的男友不思上进,整天只知道玩。每当她向我诉苦,说不想结婚,我就劝她,既然不合适,还是趁早分手算了,或者,有合适的再找一个,找好了再和这个分手。表妹就笑,说,你说起来容易,就像我当初说我大姐一样,老是和姐夫吵,我就叫她干脆离婚,她又不肯离,我都觉得他们吵得烦,不明白她为什么能忍受那样的生活。现在我能理解她了,吵归吵,真要分手却又舍不得。一份感情怎么可能说断就断呢。

想到这里,我不禁哑然失笑,现在我劝起别人来这么理智,想当初的自己,难道就不糊涂,明知道不会有结果,明知道高考在即应该学业为重,可他长得那么好看,我就是要喜欢他呀,有什么办法。多少人劝都没用,那些大道理我都懂,可我就是做不到。

人都是这样的,劝起别人来,多么容易,道理一套一套的,真正轮到自己,又有谁能做到说放弃就放弃,说忘记就忘记。放弃一份感情是多么的难,一次次暗下决心,要忘记那个人,可是又一次次忍不住回头,只恨自己不争气,还爱着那个人,就这样千回百转地折磨自己。

这就是佛说的度人容易度己难吧!只要是真的爱过,怎么可能进退自如呢。有多少聪明的人,在别人看来是错误的感情里反反复复地纠缠,伤了,痛了,心也灰了,最后才疲惫不堪地放手。

最典型的例子,莫过于张爱玲了,度了那么多读者,却度不了她自己。那样的旷世才女,在她的文字里,把爱情看得多么透,可她自己的爱情,却让人伤感不平。胡兰成,那样一个不值得爱的男人,张爱玲却为了他,把自己低到尘埃里,让多少人为她不值。

放手,说起来就是两个字,做起来却无异于一场战争,那满心的创伤,是任何金玉良言都医不好的,真正能度自己的,唯有时间,爱到不能爱,痛到不再痛,一切让时间化成云烟,最后烟消云散。

穷人家的孩子,更要好好上学

阿　辞

曾经看过一篇流传很广的文章,认为穷人家的孩子不应该上大学。文章中细细算了一笔账,上四年大学要花好几万,毕业了又不分配工作,还是要去打工。

而如果不上大学,这四年用来打工,不但不用花那些钱,还能赚几万。

一正一反一比较,文章的结论就是,穷人家的孩子不应该上大学。

对这个观点,我是不赞同的。

我认为,家里越穷的孩子,越是要用功读书,越是要努力考上一所好大学。上大学才是改变命运的最佳途径。

我们经常抨击高考不公平,但相对于别的来说,高考其实是对穷人家孩子最公平的。

同一个省的,无论贫富,起点是一样的,评分标准也是一样的。

只要你努力了,你就有希望,你能通过自己的努力改变命运。

而别的方面,穷人家的孩子和富人家的孩子是没法比的。如果你穷,可能你努力一辈子,也到不了人家的起点。

比如创业。穷人家的孩子,再努力也创不出什么业来。

而家庭条件好的孩子就不一样,人家有人脉,有资源,随随便便就能创个业。

所以说,越是家里穷,越是要努力读书。

不明白为什么越来越多的人,认为上大学没用。

很多鸡汤文,总喜欢举这类例子,中小学毕业的当老板,高学历的上班,给中小学毕业的老板打工。

乍一听好有道理,现实生活中确实也有这种现象。

可是,如果看大数据,还是高学历的人整体收入更高,生活更好。

二十世纪八九十年代,特别是八十年代,是有不少低学历的人创业成功。可如今这个社会,学历低,家里又穷的,想创业真的是好难。

以前为什么更容易成功呢?

因为那时候大学都是包分配的,城市户口还能参加招工。

创业的往往是农村的那些思想活跃的人。那时候竞争不是很强烈,所以容易成功。

现在百花齐放,学历高的,家庭条件好的,都一起竞争,穷人家的孩子,几乎是连竞争的资格都没有。

就拿我熟悉的中药这个行业举例。

药商的孩子长大了,想进入这个行业是很容易的,家里有人脉、有资源、有经验,他只要跟着学就行了。然后再和一个同样做药材生意的家庭联姻,路子更宽了,小两口单独立户,不用付出代价,就能把生意做起来。

而一个普通的穷人家的孩子想做药材生意,可以说是比蜀道还难。

没有本钱,没有人脉,没有资源,没有经验,根本连这个行业的门槛都踏不进来。

有的人会说,只要他有地,可以种药材啊。

对不起,我得泼冷水。

种粮食的人多了,种了几亩水稻,就能成为粮商吗?

同样,种药材的,只能称为药农,而不是药商。

种药材就和种粮食、种蔬菜一样,是挣不了多少钱的。没有种植经验,很可能还会亏本。

一年就能收成的药材,都是很便宜的。

价格稍贵一点的,都要好几年才有收成,平摊到每年,就不多了。

有不少人找过我们,说想种药材,他们参考的价格都是药店的零售价。

服装店的零售价,和服装厂的出厂价能相比吗?那是相差多少倍的关系。

中药材也一样,地产收购价和药店零售价能比吗?

种药材赚不了多少钱的,真正赚钱的是药商,药厂和医院。

你种个几亩药材,只能成为药农,既成不了药商,也赚不了多少钱。

和你种几亩菜没有太大的区别。

现实就是这么残酷。

仔细想一想,家庭条件不好的,特别是偏远农村的孩子,如果不上大学,他能干什么?

要创业没条件。

最大的可能,就是到外面打工。学历低,又没有一技之长,能找到什么好工作,最通常的就是流水线上的工人。

所以,对于穷人家的孩子来说,努力读书,考上个好大学,依然是改变命运的最佳途径。

至少有个文凭,找工作更好找。

上了大学,文化程度更高,眼光也会更高。

上了大学,会结识很多同学,这些同学,将来可能会给你带来机会。

请注意,我说的是努力考个好大学。

对于那些家里连学费都交不起的,自己成绩又不好的,只能上个不入流的专科学校的,我觉得还是不要上吧,不如去学个手艺,或早点打工挣钱。

再黑的夜，也会迎来黎明

阿　辞

1. 第一个她

她是一个普通的女孩，和大多数普通人一样，到了该结婚的年龄，结婚生子。

婆家条件还不错，老公是公职人员，只是她自己没有工作。她原本是在广东一家外资企业上班，收入还可以，只因家人不舍得她远嫁，生怕她嫁给外地人，所以要她回了家乡。

回到家乡后，认识了现在的老公，婚事顺利，很快生了个儿子，儿子长得极其可爱，人见人爱，花见花开。

孩子上了幼儿园，她想出来工作。可家乡是个三线小城，工资待遇和沿海外企没法比，很难找到满意的工作。

她的哥哥在广东开工厂，打算回家乡也开个工厂，拉她入伙。

厂开起来了，不断的需要资金投入，婆家的两套房子都抵押贷款了，老公还帮忙借了不少钱。

无奈，实体经济不景气。

这两年制造业尤其艰难，中小企业纷纷倒闭，订单突然锐减，没有活儿干，工人工资还得发，一个月工资就要二十万。

亏损越来越多，终于撑不下去，工厂关门。

车卖了，两套房子押在银行，还欠了一身的债。

关键是，房子不是她自己赚来的，是婆家的房子，这让她抬不起头。

老公帮她借了不少钱，人家找她老公要钱，弄得她老公都没法上班。

整个生活像掉进了沼泽地、烂泥坑，越陷越深。

如果不开工厂，随便找份工作，其实她的日子会很舒服。

就算不工作，家里的日子也不会差。

可是,世上没有后悔药。

2. 第二个她

她从小顽皮,身体健康,是个乐观的女汉子。

二十五岁那年,她意外地一炮而红。

真的,真的是意外,她根本没想到自己会走红。

那时,天涯上有部漫画很火,叫《小老爷们那点事儿》,她很喜欢,于是模仿着,画了《熟女养成日志》,也在天涯上贴。结果很快就火了。

于是,就出了漫画书。

有了名气,接下来就更顺利了,书出了一部又一部。

二十九岁时,某天早上起床后,她突然晕倒在地,被室友送去医院,检查出患了非霍奇金淋巴瘤。

她是个乐观的人,勇敢地与病魔作斗争。治病期间,她画了一部漫画《滚蛋吧！肿瘤君》,在网上连载很火,实体书也卖得很好。

可是,她的乐观终究没有战胜恶性肿瘤。

离开这个世界时,她才三十岁。

她是她父母唯一的孩子。

3. 第三个她

她原本家境平常,和老公白手起家,创下了几辈子花不完的财富。

生意顺利,生活却不顺利。

她生的第一个孩子是女儿,几岁了才会说话,而且智力低下,是个傻子。

她生的第二个孩子是儿子,智力正常,但身体残疾。

她不敢再生第三个了。

她失眠,抑郁,每天寝食难安,总是担心老公会和她离婚,担心老公会在外面找别的女人生孩子。

不到四十岁,头发都白了。

4. 姐姐说

第一个她给自己的一个姐姐打电话,说这样的日子真的很难过下去。

姐姐给她讲了第二个她和第三个她的故事。

然后,姐姐说:

你看,那个得癌症的女孩,她肯定愿意拿出自己所有的财产,换取生命和健康,可是她换不到。

女孩的父母肯定也愿意拿出所有的一切,换取女儿的生命,可是他们换不到。

这世上有多少人,得了重病,他们愿意用所有的财富换取健康,可是他们换不到。和他们比起来,你多么富有。

你拥有健康,这是最大的财富。

那个连生两个不正常小孩的女人,她肯定愿意用所有的财富去交换,让孩子变得正常,可是她换不到。

我的熟人里,随了她,还有好几家孩子有问题,有脑瘫的,有得白血病的,有智力低下的。

我认识的都有那么多,那全世界该有多少啊!

我相信,他们绝大多数人,愿意用自己所有的一切去换取孩子的正常和健康,可是他们换不到。

你和他们比起来,多幸福啊,你有个那么可爱的儿子,健康,聪明,长得那么好看。

关键是,自从你们没钱后,他变得越来越懂事了。见外婆担心你的事情睡不着,他安慰外婆说,走一步算一步,你就别想那么多了,你担心也没有用,我给你讲故事吧。他讲故事哄外婆睡觉。

这哪里像是一个孩子说的话。

不到十岁的孩子能这么懂事,也是被生活磨砺出来的。

为了让你少花钱,他努力地考上奥数班。

生活给了你磨难,也给了你一个优秀的儿子。

也许是老天知道亏欠了你,所以用另一种方式偿还。

当你觉得过不下去时,想想你的儿子,他那么可爱,你要好好地陪他长大。

当你觉得过不下去时,想想那些不幸的人,你比他们幸福多了,你的问题只是钱的问题,而他们的问题,连钱都解决不了。

再黑的夜,也会迎来黎明。

也许,突然天就亮了。

秋末海棠

杜　健

盆栽的一株海棠开了,开在秋末临冬的天气里,虽然她来得有点不是时候,但是“花开二度”的海棠,还是给我带来了意外的惊喜,如果不是掉落的和还在枝头黏糊着的败叶,以及那一嘟嘟相互簇拥的果实,乍一看,还会误以为春天又到了呢!

“花开二度”的海棠,枝干上挺着嫩绿的绽放在枝头的几片傲人的叶片,独望着那一个枝头粉嫩的花朵烂漫地绽放,明媚动人,楚楚有致,恬淡而不扭捏,清丽而不羞涩,姣美而不招摇,从容地吐着醉人的宁静和愉悦的清香,俯下身子嗅一嗅,味蕾都能感觉到海棠的甜蜜。

我想,在这临冬的秋末里,降临我家的是海棠仙子吧,和花儿一样的玲珑,一样的纯洁。在这样一个即将肃杀的季节里,她又走下凡尘,送我一抹典雅的春色,送我一个病日里的惊喜,送我一个酝酿着的美好故事!这使我不由得想,你的花期本在春天,在这秋末的天气里,你本炫耀着累累的果实,完全“脱光”,准备休眠,为来年春天做好充足的储备,“闹春风”的你怎么到深秋还如此精神饱满?

也许是室内温暖的气候,抑或是我给予了你充足的营养,使得你以为又遇到了春天,成就了你的“花开二度”,来答谢我对你的关爱和培育。可是,我的内心,却希望你在这秋末里,好好地、积聚养分“修身养性”,待到来年“天时地利人和”时,好好地茂茂地盛开它一回。我不知道,“二次开花”,会消耗你多少营养,会不会影响你来年的花期。

你花开孤单,但于我内心深处却花开似锦。自古以来你就是雅俗共赏的名花,素有“花中神仙”“花贵妃”“花尊贵”之称,栽在皇家园林中常与玉兰、牡丹、桂花相配植,形成“玉棠富贵”的意境。但在我家,你却是别人送我的一株盆栽,在这陋室里,陪着我这粗鄙之人,会不会屈就你“花中神仙”“花贵妃”“花尊贵”的名号和“国艳”的美誉。

你不知道，最惊喜的是你在这秋末的惊鸿一放，使本已“心静如水，宠辱不惊”的我，重又拾起放下已久的文学才思，搜肠刮肚拼凑些文字，书写自己向好向美的自然之态，用以安定自己，用以疗治俗世中渐至粗粝的身心！只可惜我不是画家，因为在画家的笔下，海棠花可是吉祥的象征！

“只恐夜深花睡去，故烧高烛照红妆。”北宋苏轼的那首七言绝句，本写春天的你，用在这里并不恰当，但我还是拿来一用，因为我感谢你，你送给了我“整个春天”，让我不忍懈怠！

响沙湾纪行

杜　健

人是一种奇怪的动物,奇怪之处就是因为人有思想。就像这记忆,虽然历经岁月的淘洗,有些事早已忘记,有些事却时时忆起,挥之而不去,就如鲁迅笔下的“子曰诗曰”一般,虽然记不上半句了,有些却总是萦绕脑际,时时串起无限的联想和回味,多年前的那次响沙湾之行就是这样。

成行响沙湾,还要感谢亳州电力公司,我们一帮“阳光电力杯”征文获奖的文友,凭着瘸子里选将军的粗鄙文字,挣得了那次前往内蒙古的机会,有幸亲近响沙湾。

记得那天,我们早早地从呼和浩特市出发,沿途看了哪些景点,任凭多次启动大脑的“百度”搜索引擎,也找不着丁点记忆,唯独想起响沙湾。

到达响沙湾,正是正午时分。虽然太阳当头照,由于是秋天,风刮过来,还是凉丝丝的。我们简单吃点自助餐,便急不可耐地要到有骆驼的地方去,大漠就这样呈现在眼前:黄漫漫的一片,那么柔润,那么透亮,正午的阳光下,这个世界显得特别的明丽、幽静和空旷。远远的,我们看到骆驼的身影,还听到从远处飘来的歌声。

走进响沙湾,需要翻过一道深深的沙沟。为防沙粒钻进鞋内,游人大都穿鞋套。鞋套长近膝盖,像是蒙古人的长靴,红、黄、蓝、绿,给这黄的世界里又增加了动感的色彩,沙漠立时变得丰富起来。我们则一律赤脚,挽起裤腿儿。细软的沙粒立时埋了双脚,舒畅得让你不想走动。游人中立即就有人发现我们是内行,高声叫喊:“看,他们光脚好。”随即解带脱鞋,和我们一样狂滑着,疯爬着,叫喊着,身后留下一串新的脚印。有的一气呵成,爬到沟顶,有些身体弱的,还没有爬到半沟腰,就已累得满脸淌汗,气喘吁吁。

最有意思、最为惬意的还是滑沙,坐在沙沟顶,双腿前伸,用力下滑,虽然耳畔没有响起“嗡嗡”的轰鸣，随着下滑速度的加快，还是令人惊异不已。

翻过一道沙塬，便见一块用木头桩围了的空地，数十峰骆驼或站或卧，像是沙漠里的客栈。交了钱、付了账，十个、八个的游人便组成一支驼队。牵驼人一声“哨”的呼叫，那骆驼便慢慢地屈腿跪地，姿态甚是优雅。游人骑上去，驼队便缓缓地行走，走出一道别致的风景。归来与出行的游人兴奋地相互招呼，相互拍照，像是熟人，完全没有了陌生感。

沙海中，耸着一杆两杆的彩旗。风不大，彩旗舒缓地飘动。彩旗的下方，是造型奇特的亭子，红极红极的顶，像是镶在沙漠中的红宝石。亭子里坐着蒙古族的少女。有游人来，便问“照相不？做个留念。”不带相机的游人如今已经很少见到了。

明丽的蓝天、白云、黄沙悠远无边，让人有一种超然物外之感。在沙漠中前行，蓦地出现了巨大的沙雕群！我们便想，平日里只说是一盘散沙，怎么到了艺术家的手下，竟能神奇般地幻化为宫殿与巨大的人物？特别是在我们一帮舞文弄墨的游人看来，更是那么的神奇。因为我们一帮人聚到一块儿，可以忘却了身份，更可以忘却了顾忌。

仔细想想，人就是这样，总是生活在不同的圈子之中，这圈子有大有小，这也许就是我们常说的“人以类聚，物以群分”吧，圈外人永远读不懂圈内人的喜悦和快乐，圈内人也很少能悟透圈外人的忧愁和烦恼。所以，有些人从不要提及，有些人从不需忆起。虽然说“世事洞明皆学问，人情练达即文章”，但是也许只有我们这些不时冒着傻气和酸腐气味的文人聚在一起，才能找到别人无法理解的愉悦和快乐。朋友，您说呢？

太阳就要落山了，整个沙海一片金黄。一个下午的沙漠之旅游兴未尽。我遗憾着没有听到响沙湾的鸣唱，没有能够享受到夜晚在沙漠里架起篝火。

响沙湾啊，你融汇了雄浑的大漠文化和深厚的蒙古底蕴，荟萃了激情的沙漠活动与独特的民族风情。呵！响沙湾，我多么想再一次聆听你动情的鸣唱！

月　夜

杜　健

夜，清澈如水，静怡柔美。

月，高挂天际，播洒银辉。

独坐窗前，披一袭月光，沏一壶清茶，独酌情愫。在这银盘高挂、清辉泻地的月圆之夜，月色清朗而柔软着心情，舒缓着艰辛劳作的悸动，唯有一腔温暖和向往存留心间。

夜，独喜宁静；月，钟爱平和。钟表的指针嘀嗒作响，轻轻眯上双眼，慢慢翻阅记忆画册，沐着祥和的月光，一幕幕浮现眼前……

一路匆匆走来，浑然不觉地迈向了中年的门槛。虽没有耀眼的辉煌，却处处可见努力的痕迹。青春年少早已逝去，懵懂无知渐变成熟世故，岁月的刻痕虽正在一天天爬满眉梢，但心灵深处依然独守着那份最原生态的纯洁。

此时，独处月下，月光柔柔，心态平和，审视过往，儿时顽劣，少年老成，追逐着人生路上一道道别致的风景，一路艰辛，一路欢歌，一路坎坷，一路笑语，享受着无尽的快乐与温馨，感悟着无言的失去和郁闷。

夜，漫漫；月，灿灿。眺窗而望，朔满之月，盈盈耀耀，对月遥想，我们应抛弃脆弱，拥有顽强，少些激进，多些平和，舍得放弃，敢于求索……世间总有小风雨，阳光总在风雨后！

独坐窗前思，畅聊心中月。夜深人静，遥望苍穹，皓月凉凉，露重风轻，轻轻地捧起一缕月光，让她静静地躺在手中，把心中最美好的期盼与祝福，托付于这凉凉的月色吧，让她近些更近些、远些更远些！

这夜，更加清澈如水，静怡柔美。

这月，愈发远挂天际，播撒银辉。

读山记

杜　健

我爱品水，更爱读山。

品水，天性使然，羊水中泡大，娘胎里带来，是人概莫能外，因为上善若水，水利万物而不争；读山，后天作为，总梦着长大，一览众山小，剑胆琴心如此，因为虚怀若谷，谷藏锦绣而不渲。

看水是水，望山是山，提示我们还年轻浅薄，还仅仅纵情于景观的自然。看山不是山，望水不是水，昭示我们已经成熟丰富，品读出了山水的奇妙和深奥，悟透了山水背后的哲理和启迪。

一路走来，虽不能说品水万千阅山无数，但也品过若干水，读过很多山，虽品过读过，但就像鲁迅笔下的“子云诗曰一般，记不上半句了”，但山水留予的遐思和感悟却时时萦绕心间，挥之而不去，绵延而不绝。

山是一道威严风景，四季清晰透明；水是一道柔美流动，变化莫测无形。山美美在深沉凝重，雾霭缭绕其中；水美美在静水深流，烟雾迷茫幻景。山不言自高，水不言自深。山无语巍峨，水无声凝重。山沉沉得稳，水深深得重。山在静中动，水在动中静。静中静出人品，动中动出人生。

事事想来，人生就似戏水攀山。凝神伫立，静静的山水间，缓缓地书写着春与夏的苍翠欲滴，慢慢地描摹着秋与冬的丰腴静谧，分明的岁月便随着这清晰的山水静静地流逝。也许，有时醉情于山水，忘记了来时的路，或身陷重山，山重水复分明疑已无路，但勇敢前行，却柳暗花明又见一村。就像路一样，世上本无路，走的人多了，也便有了路。

仔细思来，人生就像一场旅途，就如品水读山，不必在乎目的地，而在乎沿途风景，以及看风景的心情。静观山水，细品人生，人生处处皆风景。暮暮朝朝，众人皆是匆匆行者；岁岁年年，我们尽是恍惚过客，与其背负尘俗世累，不如从容欣赏沿途风景。那就打开心灵之窗,静品流水,品出水之髓,留得一香;细读众山,读出山之魅,嗅得一味。

得乎山,知乎水,这也许就是人生的最高境界!

两只暖袖

金素侠

这是半个多世纪前的事,当时全国还没解放,我们这个十口之家仅靠父亲的一间杂货铺维持生计。当时社会动荡不安,货也不好进,慢慢地店里已无物可卖,我家确实到了吃上顿无下顿的境地。

为了糊口,父亲只得在每晚的掌灯时分肩挑洋油挑,沿街叫卖来补贴生活。

记得一年的隆冬,大雪下了一天。傍晚风更大了,呼啸着,拥着棉团般大的雪扑向大地。这时父亲已戴好斗笠,批好蓑衣准备去卖油,我拎起已点燃好的马灯跑到门外要跟父亲一起去,父亲怎能让一个才六七岁的女孩跟自己一块儿受这样的罪呢?当时我很犟,父亲无奈,只得由我去。于是他把蓑衣取下披在我身上,又找来一块羊肚子毛巾给我系好头,随后自己披上一件破上衣,我们就出门了。

风很大,担子在寒风中打着转。他一手扶着挑担,一手牵着我,不时还要吆喝叫卖,我把马灯提到自己的胸前,生怕被风吹灭了,就这样我们爷俩深一脚、浅一脚,一步一步,在呵气成霜的夜晚,踏着半尺多厚的雪,溜达了四条街,当时也有十来个买主。我们蹒蹒跚跚回到家里,我看到父亲的斗笠上落有寸多厚的雪,他把我手中的马灯接过去,解开我头上的毛巾,脱掉蓑衣。我的手冻僵了,已失去知觉,不麻、不木、不能伸蜷,只有冰凉。父亲一看这样,慌忙解开自己的上衣,把我的双手放在他的前胸,这样过了一个时辰,我的手才算恢复了知觉。

第二天,我闹着要姐姐做一大一小两只暖袖(不分手指,用棉花缝成的套在袖口的直筒),我们翻箱倒柜找了点布,但无棉絮,还是不行啊!姐姐就把我俩仅有的一床小薄被拆开了剪下两块棉絮,这时父亲看见了,他瞪大双眼,举起巴掌向姐姐打去,嘴里骂道:"你这个败家子……"我被当时父亲的举动惊呆了,这时姐姐被打得倒在床上,没有了动静。父亲一看,慌忙去掐她的人中。我抽泣着说:"俺大,姐不是败家子,是我要她缝的暖袖。"父亲听到这里,两颗泪珠滚落下来,掉在他粗糙的手上,又滑向姐姐的腮边。我仰头望着父亲斑白的头发、深陷的眼窝。为了养活我们兄妹八个,他消瘦多了。

姐姐缓过气来,我们全家才放了心,这事虽然已过去六十年了,但它在我脑海中的记忆却一丝也没有减退,仍然像刚发生过一样。那个年代,父母养育我们确实不易。

自那以后,在河北岸的几条街上,每当夜幕降临的时候,人们总能看到一位老人,一手扶洋油挑,一手牵着一个手提马灯的小女孩在寒风中蹒跚步行的身影。“打洋油买——洋火!”的叫卖声,在寒风中袅袅飘忽。

那一大一小所谓的暖袖,也陪伴了我和父亲三个寒冬。

两串蚂蚱

金素侠

虽说往事不堪回首，但我却由不得自己。因为它给我留下了刻骨铭心的记忆。

五岁那年，父亲被划为右派，家人也因此受到牵连。一纸调令便把母亲调离城关下乡执教，我和弟弟也跟着母亲到了古城一所偏远的小学。记得当时学校是一座寺庙，大殿是办公室，东西厢房是教室。学校四周被寨沟包围着，仅南面留有一个大门跟外界相连，寨沟里的水有四五尺深，里边长满莲藕、蒲草，岸上垂柳拂水，景色美极了。

当年豆子破土时节，当地很多人都患了一种传染病，上吐下泻，我也未能幸免。母亲工作很忙，白天上课，夜晚备课，批改作业。因当时有"麦茬烂，大人孩娃拉一遍"的说法，所以母亲对我生病也没在意。但一连三天不止，我拉肚子拉得抬不起头，母亲只得从伙房买回一两白面做碗疙瘩汤给我补肚子。肚子是补住了，但我嘴里却寡淡无味。

有一天，弟弟从菜地里回来，手里拿着两只大蚂蚱，晚饭后他便用大针扎起蚂蚱放在煤油灯上烧，随着"哧哧"的响声，阵阵香味散发出来，惹得我直流口水。"真香！"我情不自禁地说。第二天，母亲家访回来手里便拎着几串用茅草串起来的大小不等的蚂蚱。晚饭后她便把蚂蚱放在铁锅里慢慢用文火烘烤，我和弟弟便围在锅台旁，一动不动地瞪着眼睛看母亲用锅铲子不停地翻动着，直至它们被烤焦，什么作料也没有，母亲只撒了点盐，出锅后我和弟弟便一替一口分着吃。

一个星期天，母亲照例去家访，她走后不久便下起了瓢泼大雨，雷在头上炸响，弟弟吓得躲在我怀里。雨幕中我看见一簇人向我家走来，我正诧异间，他们已进了门。只见一个身材较高的学生背着母亲，左右两边两个搀着母亲。原来母亲掉进寨沟里了，幸被学生们发现。母亲浑身上下湿透了，面无血色，哆嗦成一团。

我抽泣着找来干衣服给母亲换上，母亲虽然浑身发抖，但手里却紧紧地攥着两串用细草串的大蚂蚱。我看她嘴唇翕动着，便俯下身子去听，"快，快把蚂蚱交给伙房里的柴伯伯，让他帮忙烘给你们吃。不然蚂蚱会跑掉的……"为了给我解馋，以后的日子里，母亲总在工作之余去逮蚂蚱，直到庄稼收割完毕，场光地净。

回忆当年，母亲不但要做好工作，还要照顾好两个不谙世事的孩子，同时又要承受着人们对"右派"家属的白眼和生活的艰辛，真是不容易啊！怪不得亲友邻居都说母亲是位了不起的女性。

老子、庄子和陈抟的“非常道”

苏　标

《老子》以“道”解释宇宙万物的演变，宣扬“道生一，一生二，二生三，三生万物”。翻阅厚重的史典，可以发现，在一脉相承的道教文化中，有三位亳州人功不可没，他们就是老子、庄子和陈抟。三国时的诸葛亮在草庐曾经高歌“大梦谁先觉，平生我自知”。而对于中华五千年的文化来说，如果有那么一场梦，一定是大梦“道”先觉。

青牛驮负的一个梦

在西出函谷关的青牛背上，老子打了一个盹儿。

回头望去，函谷关的轮廓在风沙弥漫中变得更加模糊，老子淡然一笑，他知道，这次自己是真的远离了。西行的前方，是漫无边际的沙漠，更是道法自然的真境界，红尘所有的牵绊对于他而言，已是过眼云烟。

“道可道非常道，名可名非常名……”念着刚才给关尹写下的文字，老子忍不住感叹，如果不是关尹这后生孺子可教，自己或许就不会留下这五千言的《道德经》了，不过这样也好，就算过关买的门票好了。既然过关了，总要给后人留下点什么，虽然自己一直主张清静无为，但是，在自己真正要过清静无为的生活时，给后人留些东西纪念一下也未尝不是一件好事。“无为而无不为，不知道今后是哪位后生能参透我的真含义。”想到这儿，老子露出顽童般得意的笑容。

主要是关尹出关迎接老子时所说的话、所做的事很让老子受用。当周王室发生内乱时，王子朝率兵攻下刘公之邑后却在晋国的压力下，被迫与旧僚携周王室典籍逃亡楚国。老子蒙受失职之责，受牵连而辞职。

“这国家图书馆的馆长确实不好当！”离宫归隐的老子，骑一青牛，欲出函谷关，西游秦国。

据说那是七月十二日午后，夕阳西斜，光华东射。关尹忽见关下稀落行人中有一老者，倒骑青牛而来。老者白发如雪，其眉垂鬓，其耳垂肩，其须垂膝，红颜素袍，简朴洁净。关尹仰天而叹道："我生有幸，得见圣人!"遂三步并作两步，奔上前去，跪于青牛前拜道："关尹叩见圣人。"

老子见叩拜之人方脸、厚唇、浓眉、端鼻，威严而不冷酷，柔慈而无媚态，早知非一般常人，故意试探道："关令大人叩拜贫贱老翁，非常之礼也！老夫不敢承当，不知有何见教?"关尹道："老丈，圣人也！务求留宿关舍以指修行之途。"老子道："老夫有何神圣之处，受你如此厚爱？惭愧惭愧，羞煞老夫矣!"关尹道："关尹不才，好观天文，略知变化。见紫气东来，知有圣人西行，见紫气浩荡，滚滚如龙，其长三万里。知来者至圣至尊，非通常之圣也；见紫气之首白云缭绕，知圣人白发，是老翁之状；见紫气之前有青牛星相牵，知圣人乘青牛而来也。"

老子听罢，哈哈大笑。之后，关尹引老子至官舍，请老子上坐，焚香而行弟子之礼，恳求道："先生乃当今大圣人也！圣人者，不以一己之智窃为己有，必以天下人智为己任也。今汝将隐居而不仁，求教者必难寻矣！何不将汝之圣智著为书?关尹虽浅陋，愿代先生传于后世，流芳千古，造福万代。"

老子不得不答应，以王朝兴衰成败、百姓安危祸福为鉴，溯其源，著上、下两篇，共五千言。上篇起首为"上德不德，是以有德；下德不失德，是以无德"，故人称为《德经》，合称《道德经》。上篇《道经》，言宇宙本根，含天地变化之机，蕴阴阳变化之妙；下篇《德经》，言处世之方，含人事进退之术，蕴长生久视之道。关尹得后，遂放老子出关。

出关之后的老子是否驾牛仙去化身"道教至尊"太上老君，我们无从考证，但是，这五千言的《道德经》却成为我们中华民族的瑰宝。

漆园幻化的一个梦

宁静夏日的午后，庄子在漆园的凉席上做了一个梦。

庄子梦见自己变成一只蝴蝶，飘飘然，十分轻松惬意。这时他全然忘记了自己是庄子。一会儿醒来，对自己还是庄子十分惊奇疑惑。认真想一想，不知是庄子做梦变成蝴蝶呢，还是蝴蝶做梦变成庄子?

当时庄子喜欢白天睡觉，梦见自己变成蝴蝶在园林花草之中飞舞，醒来就感觉自己的两只胳膊好像翅膀一样可以飞动，觉得奇怪。一天他又梦到老子讲《易》的时候，他把梦蝶的事告诉了老子，老子认为庄子的前生就是一只白蝴蝶。自此，庄子旷达人生，大彻大悟，把一切世事看作行云流水。

其实当初庄子僵卧草席，梦见自己化为蝴蝶，进而对梦与觉的界限提出怪异的“不知周之梦为蝴蝶与，蝴蝶之梦为周与?”疑问的时候，就深深道出了自己博大精深的人生观。他师承老子，道心坚固，所以在认识上和佛门涅槃学说有着异曲同工之妙。他想，万事万物平等齐同，而认知上的是或非、然或否都是相对的，是人的私心成见所致；梦就是醒，醒就是梦，万物始于一，复归于一。所以庄与蝶、梦与觉相互转化，彼此渗透，最后浑然一体，庄子是借庄、蝶交会贯通；物、我消解融合的美感经验，让人们去领略“物化”的佳境。

其实，虽然是漆园吏，但是庄子过得并不富足舒坦。

因为生逢乱世，乱世中有各种各样的人，如想趁火打劫者，想拯救天下者，还有想养生全形者。想拯救天下的人，不外乎以伦理教化治世和以暴易乱两条途径。前者抵不过浑水摸鱼、暗渡陈仓的人，后者为瞒天过海和借刀杀人者提供了借口。窃钩者诛，窃国者为诸侯。昏上乱相，或荒淫或暴虐，或逐鹿中原争城夺地，或杀人盈野抢夺财货，于是社会大舞台频繁上演着无数悲剧、闹剧、惨剧。

在这样一种背景下，庄子感觉无力回天，他不想变成悲剧中的牺牲者，更不想成为闹剧中插科打诨的小丑。于是，在发生螳螂捕蝉、黄雀在后，自己手拿石子准备打黄雀一幕的时候，庄子顿悟了：“挂印封金”(当然，漆园吏的官印不重，薪酬也不多)，选择回避现实矛盾，以出世的形式表示自己与统治者不合作的态度。但出世后的庄子并未忘怀尘世，为了寻求精神寄托，他勤于笔耕，写作成了他不可或缺的精神食粮。司马迁曰：“其言光泽自恣以适己。”准确地揭示了庄子的创作是出于审美的游戏冲动。入世与出世，愤俗与超脱，二者水乳交融，渗透于庄子一生，难以截然分清。不过，从本质上而言，庄子始终关心人的命运和社会的发展，他与当权者彻底决裂，与儒学分道扬镳，并以如椽大笔寄寓自我的孤愤，批评扼杀人性的政治制度。

“北冥有鱼，其名为鲲。鲲之大，不知其几千里也。化而为鸟，其名为鹏……”庄子借变了形的鲲鹏以突破物质世界中种种形象的范限，将它们从经验世界中抽离出来，并运用文学的想象力，展开一个广漠无穷的宇宙。在这个崭新开始的广大宇宙中，赋予你绝对的自由，可纵横驰骋于其间，而不加以任何限制。这，就是所谓的《逍遥游》。

华山缔造的一个梦

在华山的九龙岩上，陈抟伸了个懒腰，这一觉又睡了三年。

自从在武当山隐居时遇到了五龙老叟，在传授给他们周易八卦大义的时候，五龙老叟也把蛰伏法传给了他。这蛰伏法就是模仿龟蛇一类动物入冬即蛰伏不食的方法。陈抟得了这种方法,就能辟谷了,有时一睡就几个月不起。转眼二十多年过去了,一天,五老对陈抟说:“我们是日月池中的五条龙,受先生讲诲之益,愿送先生一个好地方。”于是令陈抟闭上眼睛,将他夹在翼下,飞升而行。陈抟只觉得两脚腾空,耳边风声呼呼,顷刻间脚跟着地,睁眼一看,不见了五老,自己落在西岳华山的九石岩上。陈抟就此隐居下来,而且睡觉的时间日愈延长。

“不知道现在的天子是不是当年和我下棋的少年军官。”陈抟骑上毛驴决定下山走一走。当来到华阴县时,听说发生陈桥兵变,赵匡胤披上黄袍,登上了帝位,他在驴背上拍掌大笑以至于从驴身上摔了下来。旁人忙扶起他问道:“先生笑什么?”陈抟道:“你们这些百姓的福运来了!天下终于太平了。”而此时,更让陈抟高兴的是,他与当今皇帝的约定终于实现了。

在还只是一名普通的军卒时,特别喜欢弈棋的赵匡胤勇谋双备,棋艺进展得较快,很多棋坛能手都不是他的对手,自称“天下第一高手”的他常发出难逢敌手之感慨。有一次赵匡胤随军至陕西,过华山时闻知山上有一道士,就是陈抟,棋下得极好,远近闻名。赵匡胤不觉技痒,登上华山就去找陈抟下棋。陈抟见他只不过是个军卒,不愿与之对弈。赵匡胤一听急了,便说要以整座华山为赌——岂料棋至残局时,他因操之过急而漏杀一子,被陈抟反败为胜。从此,陈抟便开始呼呼大睡,每当醒来便问:“现在谁是皇帝啊?”当回答不是赵匡胤时,便又倒下大睡。

一等就是五十年,宋太宗登基后,便把华山赐给了陈抟。

得到华山的陈抟依然与世不争,不贪富贵,不求仕禄,不仅受到社会人士的普遍尊重,而且受到朝廷多次召见。其实,他曾谏过多次治国之道,均得皇帝恩准。唐僖宗赐他为“清虚处士”,周世宗赐他为“白云先生”,宋太宗赐他为“希夷先生”。陈抟“集道德文章已系于一身”,成为中华民族古代史、政治史、文化史上的一代楷模。元代学者虞集在《题陈希夷先生画像赞》中评价他为“图书之传,百世之师”。

在陈抟之前未见有“太极图”,亦未形成太极文化形态及其理论体系。自陈抟创绘出“太极图”“先天方圆图”“八卦生变图”等一系列《易》图,并发表《太极阴阳说》,之后才出现了宋代大儒周敦颐的《太极图说》、张载的《太阳论》、邵雍的《皇极经世》,程颢、程颐、朱熹等的《易传》,从而才有中华民族独有的太极文化形态和一系列理论的形成,尤其是宋代理学的形成,推动了宋代历史的进步。不难看出,陈抟应是当之无愧的中华太极文化的创始人,宋代理学的奠基人。

一梦千年!从中国文明发展的历程来看,道家文化和儒家文化一起,构建成庞大的汉文化大厦。儒家要入世,轰轰烈烈,建功立业为民请命;道家要出世,清静无为,超脱自然寻求真我,两者相辅相成。虽然主张无为,可道家依然“红尘不忘,尘缘不了”,也许,穷则独善其身,达则兼济天下,是所有中国人的愿景。于是,我们看到,老子在出关之时,“顺水推舟”写下了《道德经》,奔跑的青牛驮负着老子的小国寡民梦;庄子写出《逍遥游》,虽名为“逍遥”,却依然背负了许多沉重的哲理,漆园幻化的彩蝶飞舞着庄子的自由梦;陈抟在华山酣然入睡,可每每醒来,总要问现在天下谁主沉浮,他期待为天下苍生缔造一个幸福生活的梦。

“菩提本无树,明镜亦非台。本来无一物,何处惹尘埃”。也许,这首佛教的诗句是参悟道家“大梦”的最好注脚。

该出手时就出手

苏　标

五月十二日，四川汶川因地震而在瞬间成了全世界的焦点。这是近年来中国发生的最大一起地震，震感波及半个中国，余震此起彼伏，伤亡人数不断攀升至过万，成为无数人的噩梦，也是一场名副其实的灾难。

但中华民族历来有不屈不挠的民族凝聚力和向心力，尤其是在灾难面前，这种力量会以更加惊人的速度迸发。地震发生后，我们看到胡锦涛主席在第一时间作出重要指示，要求尽快抢救伤员，保证灾区人民生命安全；我们看到国务院总理温家宝在第一时间赶赴灾区指导救灾工作，为灾区各界吃了一颗定心丸；我们看到新华社、央视等新闻媒体以诚信负责、及时准确为本，第一时间用翔实直接的信息稳定了公众的情绪；我们看到人民子弟兵启动多种紧急预案，第一时间开赴现场展开营救……

该出手时就出手，都是在第一时间，涌现出很多感人至深、可歌可泣的场面：我们看到救灾现场的人们不顾自己的生命危险去援手他人；我们看到远在千里之外的莘莘学子为灾区纷纷挽臂献血，我们看到炎黄儿女为灾区救援和家园重建解囊相助……这一幕幕感人的画面映入我们的眼帘，记入我们的脑海，植入我们的内心，我们无法不为中国动容！

诚然，灾难给我们带来了痛苦，但是，也让我们看到了民族的精神与中国的力量。以前的鸦片战争、抗日战争，我们也同样看到中华民族力量的集中爆发，也许，我们国人都期待着在沧海横流的时刻去展现英雄本色，可在平时，却懒得用简单的言行去伸张民族的大义。

就是在地震前几天，重庆十一岁的小学生彭飞乘坐公交车时，因高喊了一声“抓小偷！”而被两个恼羞成怒的小偷卡住脖子连打四个耳光。可全车三十多名大人竟无一人伸出援手，任由小偷下车扬长而去。事后，彭飞的母亲说，家里和学校都教育他要勇敢,要做个好人。没想到却遭遇这样的事情,“现在我们都不晓得怎么教育他了。”虽然江津区委书记王银峰专程前往彭飞的家看望了他,称赞了他的见义勇为行为,并当面向小彭飞道歉,同时,江津区教委、团区委还为彭飞共同颁发了“见义勇为好学生”证书,并奖励五千元。可这些难道就足以抹去孩子心中的阴影了吗?毕竟,“路见不平一声吼”之后,面对的是冷漠人群的无动于衷,无论小孩还是大人,心底都会冰凉。英雄敢于流滚烫的血,却不愿流酸楚的泪。

“勿以善小而不为,勿以恶小而为之!”这是三国时期刘备争雄一生最后的感悟,也值得我们每个人借鉴。遇大事,出手豪迈;逢小事,出手利落。不管在什么时候,该出手时就出手。

那些不愿被束缚的灵魂

水　竹

一

表姐的女儿，正在读高三，一向听话懂事的她，在关键时刻，居然频繁逃课，听说还跟一名校外男生联系密切。这让表姐忧心不已，她让我与外甥女谈谈，劝她以学业为重。

拨通电话后，我天南地北地跟她扯了一通，最后悄悄地问，心中可有喜欢的男孩，是否约定一起考哪所大学？那边沉默一会儿，说，又是来说服教育的，你是第五个了。我说，不，绝对不是。我是给你传授心得来了，人不疯狂枉少年，大好的青春年华，如果不做点与之匹配的美好的事，经年之后，想想也会觉得有所遗憾。

松懈她的心理防线后，她道出了实情：逃课是故意让班主任跟她妈妈说的。也根本没有什么校外男生。那只是她对被安排生活的一种反抗方式，从小到大，她受够了，这次高考，她不想再接受被安排：考艺术类学校，毕业后，回来当个音乐教师，那是她妈妈的梦，不是她的。

每个人想要的生活只有自己最清楚，任何人都不应该为其作决定，哪怕是父母，以爱孩子的名义，为他们决定一切。因为，甲之蜜糖，乙之砒霜。

二

前几天，一个朋友开着新买的车，带着妻儿去看电影。把车泊在影城门口后，一家三口高高兴兴地进了放映厅。

当他们看完电影走出影城门口时。笑容迅速冻结在脸上，爱车四周密密麻麻停满了别人的爱车，根本无法开出。一家三口在乍暖还寒的春风里无奈地等了一会儿后，孩子困得睡着了，俩人又抱着孩子折回影城售票大厅避风。

漫长的一个多小时之后，才有一个车主从附近的饭店走出来，把车开走。

第二天，朋友打电话告诉我，准备把车卖了。我说再卖就是二手车的价格了，得多亏啊！

他说，不卖才亏，买车本来是想方便出行，提高生活质量的，不是用来添堵的，不光停车难，在路上走的时间没有堵的时间长，小城本来不大，不如电动车方便，自行车环保。

那一刻。朋友的这个决定，给了我不小的震撼，得与失之间，很多时候，失才是得。

三

今天中午，从饭局上听回来这样一个婆媳之间的故事。

婆婆退休在家，喜研美食，力求把家人都照顾得无微不至。尤其是媳妇怀孕后，一日三餐，甚至四餐、五餐，餐餐可口，不重样。

周末，媳妇爱睡懒觉，一般情况下，婆婆就守在家里，哪儿也不去，以防媳妇随时起床，能迅速地把热饭摆上桌。偶尔，碰到有事必须外出时，婆婆就写张便条轻轻地从门缝里塞到媳妇房间，上面写着：锅里有煮好的粥，菜炒好了放在微波炉里，热一下就能吃。

结婚三年来，媳妇不知道洗衣粉、牙膏，包括青菜、水果的价格。婆婆从没有让媳妇买过一根葱，洗过一次碗，拖过一次地。在他们眼中，媳妇像古时帝王家的公主般过着衣来伸手、饭来张口的生活。

可是媳妇天天与老公闹，吵着要与婆婆分开住。为此，她老公不解，亲戚朋友都不能理解，真是身在福中不知福。

她说，她只想过属于自己的生活，再苦再累她也愿意。婆婆买什么她吃什么，买什么她用什么，从来都没有不吃或不用的权利。在这个可以让人身心放松的家里，吃喝拉撒都由别人做主并奉上，这不是享受，而是受苦——被剥夺生活乐趣的痛苦。

所以很多时候，一个人的好心未必是对别人的成全。

那些寂寞的树

水　竹

幼时的玩伴来我居住的城市玩，让我陪她走走，游览小城的景致，我欣然应答。自己也很想出去走走，匆忙的生活，快捷发达的交通工具，甚至忘记步行的滋味了。

可刚走出家门没多久，便发现没法再继续走下去，每走一段便会出现一个半成品的庞大建筑，机器轰隆声中根本听不到彼此说什么。我苦笑，没办法，开发中的小城，都忙着向大城市靠拢，盖高楼大厦呢。于是提议，想去哪儿玩，坐车吧！

朋友跟着苦笑，又坐车，在自己居住的大城市坐车坐厌了，才想到小城来散散心，只是想随便走走，欣赏一下自然风景。没想到，连小城也无自然风景可看，都给人工成豪华的大楼了，自然绿越来越少……

朋友还在感慨，我说你是指那些寂寞的树吗？她笑，你真是个文人啊。把树也说成寂寞的！我说你别笑，是真的呢，树越来越少，没了伴，也没了曾经与它们玩耍的小伙伴，稀疏地夹在没有生命的高大建筑里，能不寂寞吗？

树肯定很寂寞。记得孩提时，树的身上常托着一帮爱闹的孩子，而它像极了一位慈善开明的家长，让孩子们肆无忌惮地在它身上爬来攀去，孩子们高兴就好！那时，小伙伴们喜欢偷偷从家里溜出来，背着大人们去爬树，捉不知疲倦地叫着的蝉、摘白的或红的甜桑椹……胆大的孩子还用外套把头包起来露俩眼睛去招惹马蜂窝，被叮得熊猫眼一样，疼得哇哇大叫，也不掉一滴眼泪，而是咧着嘴装作很无辜的样子，对着家长保证再也不敢了。等家长一转身，又吐了吐舌头，和小伙伴们爬谁家的树摘果子吃去了。

其中，有一个能爬到最高枝，摘到最大最甜的果子的王大庆，我们都叫他美猴王，因为他长得瘦，爬树和猴一样快。在那时，我们幼小的心里便有了偶像崇拜，称他为美猴王，包括我在内，好几个小女孩都想着长大了，要嫁给美猴王，做威风八面的猴王夫人。

后来稍大一点,在父母千万遍的说教中,知晓爬树的危险,同时也知道树是有生命的,也会疼,便开始和小伙伴在两棵树中间系根绳,你推我,我推你的荡秋千玩。说到这里时,朋友说,你还说呢?那一次你把我推得太高摔下来,屁股都疼了好几天呢!我说,后来我的屁股被我妈打开了花,也一样疼了好几天,算是扯平了。

那时,树一定和我们一样很疼很快乐!

再后来,我们怕树疼,更怕摔疼自己,都改在树底下玩踢毽子、跳皮筋、丢沙包,甚至看蚂蚁搬家……累了就靠在树上歇会儿,有树遮阳挡雨,不管玩什么,我们都能玩得很尽兴。树和永远不会批评责骂我们的小伙伴们一样可爱。

现在呢?树很少,也很寂寞。孩子们没空陪它们了,放了学都被送去各种各样的培训班里了,安全,卫生,还能学到知识,一举几得多好啊。可是,他们天真烂漫的童年呢?等他们长大后,说起童年,能说些什么呢?

想到这儿,我对朋友说,我们是多么的庆幸,生长在那个可以与树为伴的年代。那些树上,系着我们童年时代无数的快乐,拴着我和小伙伴们童年珍贵的记忆。而这些,是现在的孩子无论如何也体味不到,也无法明白的。当然,他们记忆里也不会有一个叫王大庆的美猴王值得去怀念。

如何才能睡个安稳觉

水　竹

如今失眠的人越来越多,身边就有很多。比如朋友L,老公上班,业余开了饭店,全交给别人不放心,她帮忙照看着。而她自己爱画画,约稿一堆,画吧,没时间,不画吧,怕一放手,再难提起笔,整天纠结在生意与爱好的两难间患得患失,夜夜噩梦缠身,不是会计卷款走人,就是下笔不成画。

比如朋友Y,女儿的吃穿用度全是名牌。给了女儿最好的,她又担忧,在她百年之后,女儿消费水平不会随之降低,若女儿自己没有能力满足,就会痛苦,就算嫁个有钱人都不行,婚姻也不是金饭碗。因此,必须从现在培养女儿的综合能力。于是,给女儿报了钢琴班、英语班、舞蹈班、作文班……女儿的各项成绩稍有回落,她便吃不下、睡不着。

再比如我自己,最近突然发现老了很多,拼命地用穿衣打扮来拽住青春的尾巴,在买了一件心仪的大衣后,晚上躺在床上就开始琢磨配条什么裤子好看,在找到符合的裤子后,又想着,脚上的鞋是否不搭,要不要再买个新包包、换个新发型……如此循环下去,很久没睡过一个好觉。

那天,刚下班,我又照例冲出单位上街买衣服。当时正值下班高峰,又是出租车白夜班交接车的时候,车非常难打,二十分钟后,才等到一辆空车。因为堵车,路上就跟司机拉着家常。他说自己正要回家,因为是顺路,所以捎上我。我问他,这时候生意这么好,就收工了,为啥不请个司机开夜班?他笑了,钱是永远挣不完的,以前请过,但车在外面跑,总睡不安稳,现在好了,少挣点,可以睡个安稳觉。

我忽然找到了我们失眠的原因。

有个声就行

水　竹

前几天,因回老家迁户口,陪父亲小住了几日。

发现父亲的听力大不如从前,和他说什么,都得冲他大声嚷才行。我在想,去年秋天的时候,父亲听力还蛮好的,这才半年多,怎么会下降得这么快。

没两天,我便发现问题所在。父亲一进家门,第一件事是把电视机打开,声音开得大大的。然后转身该干啥干啥,我嫌吵,附在父亲耳边大声说,如果不看,就关了,这样子吵得心慌,长期在噪音下生活,会损害听力的。

父亲走过去啪的一声把电视关掉。之后,父亲在屋里转了几圈,好像在找什么,终于找到了一个东西,是收音机,他扭开后,声音同样开到最大,里面在放流行歌曲。

我笑着问,爸,你还喜欢听流行歌曲啊?父亲说,啥喜欢不喜欢的,有个声就行。

我愣了一下,鼻子一酸:父亲是太孤独了。自从过完年,母亲到城里帮我带小孩,他和母亲相依相伴的晚年生活,硬生生地被我拆分两地,是我太自私了,只想到自己,不曾想过父亲的感受。转念又想,母亲何尝会习惯没有父亲的生活呢,他们在一起生活了四多十年,在此之前从未分开过。

我拿过父亲手里的收音机,关掉,对他说,爸,我不在家,你可以看看电视听听收音机,我回来了,咱聊会儿天吧!

他像个孩子般的兴奋,连说,好啊好啊!然后和我说同村谁去世了,谁结婚了,谁家添了小孩,谁家的孩子考上了大学。

过了一会儿,又满脸悲伤地对我说,丫头,你知道吗?那个以前卖糖葫芦的老头儿,我不记得姓什么了,他去世了,唉,我们差不多年岁,说走就走了……我这把老骨头估计也撑不了多久了。

原来父亲不只是听力不如从前,记性也日渐衰退。父亲真的老了,他和所有的老人一样,害怕看到同年龄段的人,一个接一个地离去。

我原本是想,等经济能力好一些,换个大点的房子,就把父亲也接过来。可是,看着一天天老去的父亲,我知道我不能等了。

忍住心里的难过,我对他说,爸,你别胡思乱想,你健康着呢,这两天你收拾一下,等我办妥这件事,就和我一道回去,跟我们一起住吧,省得一个人在家胡思乱想。

父亲摇了摇头说,我就在家,你们刚生了小孩,负担很重,多个人就多张嘴,再说,你们工作这么忙,还得侍候我,那怎么行。我自己在家挺好的,不用担心。

临时走,拗不过父亲的坚持,我独自踏上返程的车。

此后,每次想到父亲说的,啥喜欢不喜欢,有个声就行,心里都针扎似的疼,眼前就浮现出父亲一个人在屋子里孤零零转悠的身影。只好拿起电话,听听父亲的声音,这是减轻我心里疼痛的唯一良药了。

灯·书·梦

杨芳民

倘若你的人生不曾有一个好梦，那么，你的人生将是徒劳的人生；倘若一个民族不胸怀一个美梦，那么，这个民族将是穷弱的民族……

娘亲说，我是从乱死岗子捡回的孩子，微弱的生命在奄奄一息中抗争着维持喘息！在榆树皮拌蒌蒌芽和茅根掺荠荠菜的营养中把生命延续，我度过了“六〇年”的非常时期，在饥馑的岁月里步入了童年时代。那是一个物质匮乏的时代，没有电视，也没有音乐，更谈不上丰富的文化生活。唯一让我珍惜的就是在姨妈家“偷”来的一本夹鞋样子的老画报，我把它当作宝贝珍藏在抽屉肚里，碰上最知心的伙伴，才舍得拿出来叫他欣赏一刻，后来翻成了铺陈卷子，真正验证了“韦编三绝”这个成语。我当时并不懂得“读书足以怡情；可以明智；可以养气；可以明理”的哲言，但我喜欢上了读书，由于我得不到书，因此，不管什么样的书我都去涉猎，看不懂也看，大概是饥不择食吧。无意间我借到了一本“炼钢”的书，虽然我未曾想当一名炼钢工人，但是，我还是把这本书读下去，我在书中没有学到炼钢的技术，却认识了一个伟大的人——保尔·柯察金，他的左手和双脚都残废了，失明的痛苦也在折磨着他，就在他于病魔死神之间徘徊的时刻，写出了世界闻名的小说。他的英雄壮举，就像一盏闪耀熠熠光芒的灯，照亮我奋进的道路，于是，我把他的“人最宝贵的是生命……”这段名言当作座右铭抄录在笔记本的扉页上，用以时时激励我战胜困难的信念！当时我并不知道“书中自有千锺粟，书中自有黄金屋”的理喻，但从此，能在明亮的灯光下读到很多的书，便成了我最美的梦想！

那时学习的困难是难以想象的，五毛钱的学费是娘亲攒了一瓢鸡蛋，偷偷地拿到集市上换来的。用的笔是夹板笔（就是拾别人扔下的铅笔头，把里面的铅剥出来，再拿两个小板夹住用麻线缠起来），纸是烟盒纸。最叫人头疼的事是晚间点灯的问题，别说像现在有明亮的电灯，即使把鼻子熏得黢黑的柴油灯也是限量版，父亲一星期只给一小墨水瓶柴油。有时夜里没有灯照明看书,只有傻坐在三条腿的板凳上天马行空地胡想,此刻,我才懵懂地体会到古人“萤囊映雪、凿壁偷光”的良苦用心。灯啊!灯,成了我心中的期盼。终于,我在奶奶纺棉花时得到启发。奶奶纺棉花从来不用灯,她点燃一根麻秸秆插在纺车旁边,一摇纺车,带动的风就把火吹旺了,奶奶趁机就把刚纺的这抽线绕在锭子上。我也试着点着一根麻秸秆看书,但是不行,这是死火,亮度达不到足以看清文字的程度。真是苍天不负苦心人,我在苦苦的求索中,找到了很多的灯!最美的是蓖麻灯,我和小伙伴踏遍田头河边,把长黑的蓖麻子捋下来,再轻轻地剥去外壳,露出白亮亮的蓖麻仁,用细竹签穿起来,就像一串串美丽的珍珠,一点即着,不仅能供我看书,而且还散发出幽幽的芳香;最惬意的是猪蹄甲灯,每到过年,村里都有杀猪的,我们就拾碎猪油(有时候也偷偷从肉上抠一点),把猪油放在猪蹄甲里点燃,我们擎着它看书,舒心极了,就好像高举着一个火炬,在进行一次伟大的人生接力;最方便的是盒灯,大年初一,母亲总是逼迫我去客串诸家拜年,这是我极其不情愿的,到了别人家堂屋必须要先给牌位磕四个头,说是先敬这家成神的先人,然后再拉着被称作长辈的活人拜年,一般还得不到奖赏,碰到迂腐的老人,还要给他(她)磕一个头。现在我却乐意去了,不是因为我生出了卑骨,而是在搞侦察,顺便看看谁家的蜡烛淋油,瞅机会再把蜡油抠回来,放在一个香脂盒盖里,加进一段棉绳,就是一个能点燃很长时间的灯;最富有科学含量的灯是发电灯,说是发电,其实就是拾废电池,在废电池的负极打三分之二的洞,把碳铵和盐加进去,然后塞住洞,这样把几节电池捆绑在一起,就能带动一个 2.5V 的电灯泡。

解决了灯的问题,书的问题又在困扰着我,平时很难找到一本书看,闲时我就看《红宝书》,在这些各式灯的陪伴下,我背会了毛主席公开发表的所有诗词;《老三篇》我可以倒背如流。如梭的时光并没有剥蚀我渴望读书的梦想,当初我想自己拥有很多书。

有一次星期天,我随从父亲去周边的集市卖菜,看到了新华书店里刚进了一本《红岩》,当时,我激动地跳起来。我知道这是歌颂江姐、陈然、许云峰等一批革命仁人志士在囚笼里同国民党英勇斗争事迹的一本书,还有带塑料皮的《新华字典》《汉语成语小词典》。于是我急忙跑到菜车前哀求道:“俺大(父亲)!给我买本书吧”。其实这些书一本才一块多钱,不过在当时一车白菜才卖几块钱,父亲翻了翻布袋里一把零碎的小毛票,一张张铺平,够一块钱就叠成一沓。他把钱数了三遍,最后紧紧地攥在手里说:“看书也挡不了饱,我寻思等攒够钱买一头小猪崽。”说罢递给我二十分钱,叫我买私馍吃。我随即跑到书店,几乎是乞求地说:

"阿姨！你给我留一本新华字典吧，下星期天我一定来买。"那个营业员淡然一笑，算是回答。我没舍得花这二十个钢币，我父子俩就这样饿着肚子回家，走了十五里的路程。一回到家，我就把攒钱罐摔了，一摞一摞地码好，数一数，总共才有七毛三分钱，离买一本书的资金还有很大缺口，正在我苦思冥想弄钱的时候，我家的老母鸡突然"咯哒、咯哒"地叫起来，这下使我茅塞顿开。我瞅瞅屋里娘亲不在，就立马从鸡窝里掏出鸡蛋藏起来，心里暗自高兴，买一本书的梦想即将实现了！可是，等我步行十几里来到书店，一切都晚了，我想买一本书的梦想也破灭了。

进入中学以后，我发现每个老师都有几本藏书，就逐渐学会了借书，运用的方法大多是：作业做得工整一点，发言踊跃一点，劳动积极一点。老师大都喜欢学习认真的学生。我看过以后随时归还，碰到有破损的页面，还小心地粘贴好，所以许多老师都愿意把书借给我。也有个别吝啬鬼，家里明明藏有图书，就是不愿意朝外借。这样的老师一般喜欢占一点小便宜，我只有从家里拿一些土特产，像红薯、花生、青菜之类的送给他们，他们才舍得借给我一本书，就这我还要感恩戴德。

我班里有一个长得漂亮的女同学，听说是公社文革主任的千金，新买来一本封面烫金字的《毛泽东诗词》。可她从来不看，只是拿来在学校里显摆。我试着请班里很体面的同学去借，都没有成功。我实在太喜欢这本书了，可是，买也没处买，借也没处借，那只有——偷！刚开始我心里惴惴不安，为了能看到这本书，口里念着毛主席语录"下定决心，不怕牺牲……"趁人不注意的时候，我窃走了这本书。我回到家，熬了一夜把这本书全部抄写下来。熬尽了一大瓶柴油不说，鼻子里还熏满了黑漆一样的油灰。我佩服鲁迅语言的绝妙："窃书，读书人的事，能算偷吗？"我认为这句话用在我身上是再恰当不过的了，窃书，不能算偷，但是，用在孔乙己身上就不太合适，因为他是偷书卖钱喝酒，而我窃书是为了阅读。

随着改革开放，祖国的富强，如今我终于实现了自己的梦想！不仅有了各种明亮的电灯，而且还拥有很多的图书，还有电子图书，使我徜徉在知识的海洋里浏览了世界旖旎的风光！我赏阅了唐诗宋词的优美，深知卖火柴小女孩的苦难根源，看清了葛朗台狡黠的嘴脸，认识了人丑心善的卡西莫多，熟悉了高尚的妓女羊脂球，领略了"留取丹心照汗青"的悲壮！

可是，我现在心里很纠结，据第九次全国国民阅读调查显示，中国人均读书4.3本，可怜呀！韩国十一本，法国二十多本，日本四十多本。中国人读书量属世界最少，而犹太人以六十四本位居世界第一，中国人大部分的时间都在麻将、烟酒、闲聊、影视、手机中流失！我们几千年来灿烂的文化还有人问津吗？中华的强国之梦怎样去实现？

我想,党就是指示我们前进的明灯,为我们创造了优越的外部条件;读书就是使人内心不断增加不竭能量的源泉!只有这样,才能实现我们国家富强的伟大梦想!问渠哪得清如许,为有源头活水来……是啊!苗以泉水灌,心以礼义养。朋友!请牢记“开卷有益”吧,读书能鼓舞我们的智慧和心灵,只有读书才能使人生有色彩,行动有方向,事业有成就,工作有热情,生活富有质量!无论何时,只要我们心中有了正能量,就一定能实现我们的梦想!

圆梦,就在中国!

豆田小香瓜

杨芳民

看到现在市场里摆放的五颜六色、琳琅满目的各种各样的水果，我总是感到一种陌生，怎么也提不起兴趣，都比不上我们豆田里的小香瓜。小香瓜带着我那遥远而亲近的梦乡走进那碧绿无垠豆田的悠长……

暑假里，农村的孩子大都在小河里消暑，逮鱼抓虾摸鸭蛋，可是我们村不靠小河，却有一口大塘，其色碧蓝剔透，水深不知处，人们都叫它“杨家窝子”，传说这里面有一个老鳖精，一年要吃一个小孩。我也曾经看见淹死我伙伴的惨象，所以，在故乡，大人对小孩下塘洗澡是不赦之事，知道了都要毒打一顿，即使最护短的母亲也不会劝阻的。于是，我们只有对大塘敬而远之，而到豆田里去找小香瓜便成了我的最爱。

说是小香瓜，其实就是豆地里长成的一种野生瓜，我们都叫它“腚眼子瓜”，这种瓜是人们拉出来的甜瓜籽，然后被当作大粪上到地里长出来的。可是在那物资匮乏的年代，我们从不管它的来历，却是情有独钟。也许是瓜籽经过了人的消化系统发生了变异，这种甜瓜长不大，一般只有拳头大小，但是落了花就管吃，没有苦味，因此又叫“落花甜”。

在豆田找落花甜的快乐却属于猴子、老膏明、香秀我们几个小伙伴。猴子叫高胖，因他长得很精瘦，又是爬树的高手，所以我们叫他猴子。老膏明更有意思，他长得傻乎乎的，不管什么时候，总是不断两筒鼻涕，别人一说，他就用衣袖膏一下，况且是两面开弓，把两个袖口膏得明光光的，因此人们都爱叫他老膏明。说他傻乎乎的也不过分，有一次猴子上树掏鸟蛋，让他张嘴接住，他就张开嘴，被猴子吐了一嘴唾沫。我们问他鸟蛋是啥滋味，他还说鸟蛋有点咸味，引得众伙伴哈哈大笑。

香秀是我的远房姐姐，长我三岁，是我伯父收养的闺女。人家都夸她长得像仙女,我却不知道仙女长啥样,只知道她皮肤非常白,扎着两条大辫子,两只大大的眼睛像一口清潭熠熠闪光,我梦里都喜欢看她,可是我又怕看见她那双明亮的眼睛。她带给我朦胧性爱的甜蜜与遥远,也带给我一生情感的失落与悲怆。难忘的是一个阴天,我们把找的香瓜吃过以后,猴子提议捉迷藏,我自然和香秀分一班,等他们两个闭住眼后,我使眼色爬上了路旁的树,他两个睁开眼就向一块高粱地跑去,并且从两头夹攻,我俩还暗自好笑他们的假聪明,下了树就和香秀顺着路沟跑到了广林叔的看瓜棚里,睡在软床上享受着胜利的快乐。广林的名字还是我起的。因为他经常叫我顶裤兜,露出了最隐秘的三大件,在众多的老嫂子面前丢脸。叫他麻子他忌讳,我就叫他广林叔,由于我叫得亲切,他欣然接受了,后来有人向他解释,广林两个字合起来还是麻子,结果他把我骂了一顿,又被拧住胳膊顶一次裤兜。

香秀得意地说:“叫他们找一天吧!”她坐在床边上,说着笑着,两条辫子似两只鸽子在她身后飞来飞去,不时地撩在我的脸上。我失神地看着她乌黑的辫子说:“你的辫子放亮光,搽油了吧?”她问我:“你喜欢不?”我竟然说出喜欢她的脸。香秀似是恼怒地仰面挺在我的身上,咯咯地笑着说:“我压死你,叫你坏”。我两手不停地抓,不知怎的,竟然摸到了她前胸那少女最敏感的部位——还不太丰腴的乳房,觉得很坚挺,她已经趋向于女人的成熟,软软的润脂般的滑腻,使我感到一阵微微的颤栗,同时使我的七窍也产生一种从来没有过的燥热与亢奋。她半推半就地拉我的手,可是我抓住这美好的瞬间任死也不愿失去,就这样摸着,我竟然恬不知耻地问:“这是啥?”

“是你最爱吃的小香瓜。”

顿然我似乎嗅到了她格子褂里渗出的奇异香味,比小香瓜还香,浑身升起一股朦胧而带有麻酥酥的冲动,我说:“好姐姐,就叫我吃一口吧。”她拒绝说:“不行,小香瓜还没有长熟,等长熟了是她的男人才管吃。”

我说:“等长大了我就吃,我当你的男人!”她用食指戳了一下我的脑门说:“看你那傻样。”不知什么时候,外面下起了大雨,唯独我俩徜徉在一个神秘的世界里……

在豆田里找小香瓜,我们都是一字形排开同时并进,就像游弋在绿色海洋里的鱼儿,自由自在。每人把找到的小香瓜都用汗衫包起来,放在路边的大树下堆成小山似的,然后再一起享用。我们实行的是共产主义的“各尽所能按需分配”原则。吃着那酥脆香甜的小香瓜,此时我们已经完全忘记刺伤肚皮的疼痛,也忘记了被太阳晒焦胳膊的红肿,只是沉浸在无比的快乐里,好像有一种超脱自我的感觉,世间的一切烦琐都不再记忆。按照我们的规则,每个人只能拿一个吃一个,只有吃完了一个才可以拿第二个。因为这里面差别太大,碰上甜的能甜掉牙,而且香脆无比;如果是生的,虽然不苦,但也不是滋味。老膏明吃的生瓜最多,我吃的甜瓜最多。因为老膏明好拣大个的吃,而我是根据香瓜的颜色香味来判断小香瓜的成熟。只要是成熟的瓜颜色都发白,瓜门散发一种幽幽的芳香,我总是拿一个骗他们说:“我闻闻可臭,臭的我不吃。”猴子说:“这瓜哪有臭的?”我强词夺理地说:“咋没有臭的? 奶奶说,屙屎不擦腚的人拉下的瓜籽长的瓜是臭瓜。”猴子贼精,以后他拣瓜时也闻一闻。再者我从瓜熟蒂落的成语中得到启示,凡是瓜蒂不带秧子的都是熟瓜。香秀非常疼我,当她吃到蜜甜的瓜,就说:“小民,我尝尝你的瓜可甜。”于是我就把我咬的似犬牙形状的瓜递到她嘴上,她咬一口说:“你的瓜真甜,咱俩换换吃吧?”当然我愿意换,我心里知道我该吃上最甜的瓜了,这个秘密一直埋藏在俺俩的心底。

有一天,老膏明向我告状说,他看见猴子吃着一个香瓜还拿着一个,一定是他背地里去找瓜了。此时,我才回想起前天找瓜时,猴子总是慢慢腾腾的,嘴里还经常衔着一棵草,好像随意丢在豆棵上,再拔一棵衔着,原来是每当他找着好的小香瓜,就在那里丢一棵草留一个记号,等我们都走了,再偷偷地来把好瓜摘走自己享用。为了惩罚他这种分裂行为,我就叫老膏明给猴子说,到后天咱一块到大河湾去找香瓜,那里的香瓜多得很,用袋子都装不完,拉一辆架车子去。第二天我们几个都没有去大河湾,到了傍晚我找着老膏明、香秀、狗蛋说:“走! 到猴子家看戏去。”他们都狐疑地问我:“没听说那里唱戏呀?”我说:“别多说话,一去你们就知道了。”我们一进猴子家的大门,就看见猴子的娘拿一根纳鞋底子的大针穿刺猴子脚上的大水泡,猴子疼得直龇牙。他娘还在一旁不停地唠叨:“天不亮就出去疯,晌午也不回家吃饭,上哪儿去了,脚上能磨几个大水泡。”

“上大河湾了。”

“大河湾离咱家十多里,那里有鬼勾你的魂啦?”

“都、都是老膏明说的——小香瓜……”

看着猴子的怂样,我们偷着乐。

三天后,猴子借故想揍老膏明。我就问猴子:“豆叶上放草棵是啥意思? 谁叫你吃独食? 给我玩心眼,你还嫩了点,《三国演义》我倒背如流,使计谋你不行,以后小朋友谁还跟你玩?”开学后,猴子送给我一盒蜡笔,才算钩销前嫌。

小香瓜找完了,我们就找马泡瓜,这种瓜的秧子同小香瓜的秧子一模一样,一个叶结一个瓜,像玻璃球那么大那么圆。但是却有甜的有苦的,看表面是看不出来的,必须亲口尝一下。这里有一个很动人的传说,听奶奶讲:过去马财主有两个儿子,有一个是前妻生的。晚娘为了亲儿子独霸家产,赶走前妻的孩子,就在一个春天,对两个儿子说道:“庄稼人眼里不夹闲人,你两个也该给家里干点活,我交给你俩每人一包棉花籽到西山去种,谁种出来谁就回家,种不出来就永远别回家。”到了山上,哥哥拿着棉花籽吃,弟弟问他吃的啥? 哥哥说棉花籽。弟弟也抓出一把来尝一下说:“不好吃”。哥哥说:“你尝尝我的。”弟弟一尝说:“哥哥的好吃,真香!”哥哥说:“咱俩换换吧。”弟弟很高兴,可是等了半月,哥哥的棉花苗出的又齐又旺,而弟弟的棉花一棵也没出来。按照约定,哥哥要回家了,弟兄两个抱头恸哭,直哭得天昏地暗,暴雨倾盆,他两个的眼泪滴进水中,随时溅起一个个水泡泡,哥哥的泪珠慢慢变成了苦马泡,弟弟的眼泪就变成了一个个圆圆的甜马泡。但是谁也分不清啥样的甜啥样的苦,以后人们就称它马泡瓜。

有一次,猴子把一个苦马泡揉得非常稀溜,偷偷地在瓜蒂处扎一个眼,诓骗老膏明说:“我这个马泡管看见北京天安门!”老膏明就急忙去看,猴子用力一捏,喷了膏明一眼瓜籽。当时老膏明正害红眼病,亏他下得手,可是老膏明的这只眼却奇迹般好了。我想,这苦马泡也许是清热解毒的良药。

马泡虽然有小香瓜的味道,但是怎么也比不上小香瓜的甘醇、香甜和韵味。不知是哪一年的暑假,我再找伙伴们去豆田找小香瓜,在村口迎面碰见一顶花轿,在一阵鼓乐声中缓缓流动,花轿的门帘闪出一条缝,露出的竟是香秀那双溪流般清澈的眼睛,我没看到眼里的欢娱与甜美,只看到含有哀怨与忧伤……

回到家,我害了一场大病,一个月都高烧不退,茶不饮饭不思,竟不住地说胡话:“我要吃小香瓜!”当娘亲把上好的小香瓜摆在我面前时,我却不想吃一口。后来,我才听说香秀嫁给了一个比她大十五岁的泥瓦匠,因为人家能拿出一千块钱的彩礼。我感叹:一千块钱! 就能夺取一位少女身心的纯真。岁月轮回了近二十年,在一次亲友的喜宴上见她一面。她为了给铁匠传宗接代,已经成了四个孩子的母亲,从她的眼里再也找不到清澈的影迹,只有浑浊与茫然,褶皱的衣襟上还粘有干巴巴的屎花。此时,搜索我所有的记忆,怎么也跟小瓜棚的香秀联不到一起。

我至今弄不明白,人生为啥有这么多的痛苦、幽怨、欺诈、失望与冷漠? 应该有更多的甜美、和谐、诚信、憧憬和温馨……

美人蕉

于　桃

美人蕉终于开花了,但不是我一直期盼的颜色。

我记忆中的美人蕉开的是红花,当然我也见过黄色的花朵,但是这株开的是橙色的。不管怎样,两年了,它终究还是开花了。

小时候,家在南方,那里气候温暖湿润,土壤又是沙质,很适合美人蕉生长。因此,家家户户屋前屋后都是成片的美人蕉。大人们很少理会它的存在,因此,在我的记忆里,美人蕉大概是野生的。只是顽皮的孩子们没有放过它,用它硕大的叶子当帽子戴。有时碰到牛群羊阵,美人蕉也免不了被洗劫一空。但这些不幸的遭遇,似乎都成了它成长的动力,过不了多久,又是一条好汉。“寄身角落便为家,妙格孤高弃物华”。它高傲着姿态,顽强着意志,似乎也不奢求人类的同情,一旦扎下根,不怕糟践和蹂躏,还是一回又一回地爬起来,长出一米多高的茎和硕大的叶子,开出鲜艳的花朵。有一首诗似乎专门赞颂此君:“蒲叶鸣雨不争春,洁如琼枝清廉身。绛唇美人恬然笑,犹疑仙子落红尘。”

世人都说,越美丽的花朵越难养。可美人蕉就是例外,它的美无可质疑,却并不自娇自贵,完全是靠着自己的生命力成长。即使是被人无视,践踏,哪怕遍体鳞伤,它也会喘一口气,接着还是活得漂亮!

美人蕉原是热带观花植物,四季飘香,只是被引进到温带后它就入乡随俗了,到我们这里就成了落叶植物了,冬季经霜打后茎叶全部枯死。小时候,我以为它死了,就挖出它的根在院子里晾晒,准备当柴火烧锅用。过了一段时间,还没来得及烧它,一开春它竟然发芽了,埋到土里,几天内就长出了鲜嫩的叶子。一场春雨过后,所有地下沉睡的美人蕉都睡醒了,一个冬天,它们竟然孕育了那么多宝宝,每一株看似死亡的根茎旁边都冒出了好几个新芽。这样年复一年,我们村庄就成了美人蕉村了。

村人们并不因为它好养而轻贱于它，几乎人人爱它。村里的姑娘们时常摘一朵红花戴在头上，有的老太太竟也不时戴上一朵。在我七岁时，父亲把我接到了北方上学，临走时，父亲顺带挖了一块美人蕉的根。

经历了长途跋涉，我们终于到了新家，路途颠簸加上水土不服，着实让人难受，好久都病恹恹的。但美人蕉却很快落地生根了，第二年，它就开花结果了。从那以后，我家院子里，美人蕉一族就年复一年地繁殖起来。那个时候，生活准确地说是贫穷，我们一家从外乡迁来，多少还受到歧视。好心的邻家大娘来劝说："你们一家子连孩子都养不起了，还种这么多花干啥，除掉种菜吧！"父亲只是笑笑：看花吃菜，各随各爱。家里很穷，父亲还是让我们姊妹几个都上学了，美人蕉依旧伴随我们成长。放学后，我们会到地里挖野菜，有小苦菜、香荠菜、马陵菜和野苋菜等，我印象中，并不比村民们种植的菜蔬差到哪里，都特别好吃。夏天，我们还经常到大街上捡西瓜皮，回到家里削一削炒菜吃，特别有嚼头。也许是在家年纪小，在校成绩好的缘故，我一点也不觉得童年苦，甚至我还有一种优越感，我用黑卡子把美人蕉的红花卡在头上，一蹦一跳地去上学，同学们都很羡慕我。于是第二天，我摘了很多花，送给我班每一位同学，同学们都称赞我是他们最好的班长，从那以后，我又成了全班同学的骄傲。

家里虽然房屋很破，但院子里花儿很美，所以来参观的朋友还是络绎不绝，"有朋自远方来不亦乐乎"！等到我和弟弟都上高中时，三个姐姐都已经大学毕业参加工作了，大姐还赶上了最后一批"吃商品粮"。从那时起，家庭条件就改善了。父亲到城里打工，母亲在县城守着我和弟弟考大学，农村那个家里，只是一周才回去一次，看看庄稼而已。也许是从那时候开始吧？美人蕉没了，一株也不剩了，是因为无人欣赏它的缘故么？我完全没有它的记忆了。岁月如沙，浪淘尽。

一晃都过了二十几年了，现在我已经结婚成家了，儿时成长的宅子已经翻盖成了小别墅，院子里都是水泥地，没有了花儿生长的土壤。我又想起了那位好心大娘说的话，"你们一家子连孩子都养不起了，还种这么多花干啥，除掉种菜吧！"以前，家里穷反倒种了那么多花，现在生活好了，花儿竟没了生存的土壤！有一天，老公下班回来带来了一株美人蕉，娇小的叶子卷成了一束，稀少的根须大半已经干死。老公说是他在路上捡的，大概是绿化工人剔出的剩苗吧，或许还能活。我一看是美人蕉，心中油然生起一种旧情，有一种他乡遇故知的激动。我把它放在水里浸泡一会就埋到花盆里，每天期待它有新的一叶，但日复一日它没有大变化，只是保住了命罢了。很快入冬了，它的茎叶一点点地枯死了。我埋怨自己把它放在了那么小的花盆里，还没有巴掌大它怎么生长啊！"扔了算了"，几次心里都这么想。但由于工作忙且住在五楼，扔个垃圾还得下楼，就把它放下了。

到了第二年春天，我又买了一盆文竹，打算彻底地“喜新厌旧”。看看美人蕉还是那枯死的样子，我一狠心，把它拔出来扔在阳台上。枯叶可以扔了，但土壤需要留下，在城里弄点泥土可不容易了！在掰泥土的过程中，奇迹出现了，拳头大小的黑泥里，手指甲一抠，里面竟然还鲜活着！我突然想起童年时那个调皮的孩子，把它的根挖出来晾晒了一整个冬天，来年开春时只要它一见到土壤，依旧生机盎然。我差点忘了，美人蕉还有这般强大的生命力。于是我给它换一个大花盆，我等着它长到一人高，等着它开出红色的花朵。一天又一天，我不辞辛劳地为它浇水，认真观察它一点一滴的成长。

终于它开花了。开出了一朵橙色的花朵，旁边还有两个花蕾也在等待绽放。虽然不是我期盼的红色，但它终究真的是美人蕉，它开花了。有缘千里来相会，也许这就是缘分吧！美人蕉承载着我成长的记忆，我自认与它有相同的生存际遇：我们都是从被无视，被践踏里，勇敢地生活下来，如若今后再遭到践踏——谁能说的准呢，我们还会勇敢地生活下去，但愿，我们的生活都和花儿一样美好吧。海明威在《真实的高贵》这篇文章中说，“风平浪静的大海上，每个人都是领航员。但是，只要阳光而无阴影，只要欢乐而无痛苦，那就不是人生！”

也许这就是生活吧！我怀着这样的心情，静看花开花落……

怀念母亲

赵　亮

转眼间母亲去世二十整年了，多快呵！好像人的寿命是用年龄来作标记的，人死了，人的生命画上了句号，另一个记号又开始了。母亲的寿命永远定格在了二十年前那个悲苦的夏天！

母亲活着时，好像说过这样的话：只要睁开眼，都是些鸡毛蒜皮的琐事。母亲虽然是个平平凡凡的农村人，还不识字，但母亲似乎内心并不情愿每天所过的那些凡俗的日子，她是个争强好胜的人。

母亲去世了，终于摆脱了那些琐事的缠绕，似乎解脱了。

可是母亲不愿意真的解脱，母亲不止一次说过：还是活着好！活着就有地，有房子，有一年四季，还有庄稼还有家，没有我，这个家就散了。多年过去，我还能感觉到母亲临终时依然强烈的对生的渴望！

母亲是个苦命的人，受了一辈子的苦。出生在兵荒马乱的年代，后来嫁给有公职的父亲，看似是母亲的福气，实际上意味着一个人要承受更多的辛劳。一个人要干两个人的农活和家务，要操持一个上有老下有小的潦倒的家。二十世纪六七十年代，我们姐弟四个年龄小，要靠母亲一个人在队里挣工分养活。劳力少挣分少，午季秋季分粮食也少，年底算账还要往外拔钱。这本来是吃亏甚至不公平的事，实际上还要受队长及村里劳动力多的人家的气，说是这些人出力养活我们这些劳力少的户了。我小时候似懂非懂地常听说这两个字：拔钱。我不明白为啥往外拿钱叫拔钱，后来我去南方买东西时，当地人说你买我的东西要赶快拔钱给我，这才想起小时候家里拔钱的情景。那时候挣钱的门路少，一年拔钱、两年拔钱，靠啥？母亲就在自家院子里喂一头猪或两只羊，年底卖了还不够拔钱的。为了减轻母亲的负担，我在星期天或回家吃饭前，都会不吭不响地挎个粪箕子，去拾粪或拾柴火。把粪交给队里，能得点工分交给母亲，让母亲高兴，也能得到母亲的夸奖,我自己心里也高兴。母亲受苦,我们姐弟也跟着受苦,记得最清楚的是除了白天黑夜出力干农活,再就是吃不好也穿不好。当然,那年代你穷我穷大家都穷,好像生活就该如此,谁也无法改变。日子就这样过去了,几十年都过来了,谁也没想到能这么快过上现在的日子,好像是要啥有啥想啥来啥了。那时候最大的心愿就是逢年过节能吃一口白面馍就满足了,后来我有了职业可以每月拿工资了,也自然省吃俭用,为的是能把省下的工资带回家给母亲,让母亲脸上多些笑容,我心里也甜美而自豪。

可惜的是,生活慢慢好起来了,身体一向非常好的母亲却得了一场大病。在我记忆里好像生病的总是父亲,母亲从来很少吃药打针住医院,母亲有次对父亲说,就你娇嫩,俺是天生受罪吃苦的命,老天爷可怜俺,就给了俺好身体,不让俺吃药打针花钱。乐天知命的母亲却没想到,无情的病魔早已悄悄潜伏在她的体内,她将受到这个恶魔无情的摧残和虐杀——那恶魔是用慢慢耗损和蚕食母亲的肉体,一天天剥夺母亲的生命的。

在母亲枯瘦如柴躺在病床上不能动弹的时候,我无奈地望着失望的母亲,望着她胀满的胸腹,我恨不能把她肚里的毒瘤一下挖出来,用力剁成碎末,用铁锤砸成烂泥!我恼怒,我着急,我咬牙切齿地愤恨,然而都无济于事,我们只能眼睁睁地看着亲爱的母亲被病魔、那个凶手逼迫着带往另一个世界。我切齿,就是毒瘤这恶魔带走了母亲,就是这恶魔要了母亲的命!进步的医学给它起个名字叫癌,又对它毫无办法。不管是谁,只要被这魔鬼盯上,那就注定你要失去自由,你的生命要画上句号,任何反抗和拒绝都是多余。

在火葬场,我看见母亲的魂灵变成了一股蓝烟飞上了浩渺的天空,母亲的遗体变成了一把白灰片,我人生中第一次承受失去至亲的巨大打击。我望着母亲的骨灰两眼发呆,好像那一块块白色的骨片根本不是活生生的母亲变成的,跟亲爱的母亲无关,在我的心里母亲永远都是活生生的母亲,是面容慈祥的母亲,只是她出远门了,不好再见了。

每一次我从外边回家,最渴望的就是一进家门首先看见母亲在院子里忙碌的身影。母亲在家,我心里安静,不见母亲,我心里空落落的。我会到处去寻找。而今天,再也找不回母亲了!相依为命的亲娘啊,你去哪里了?你在哪里?我喊破嗓子,也得不到亲娘的应声。天空是那么高远,无限的高远,亲爱的母亲就融化在那高远的蓝天里了。所以我们要哭,面对留恋人世却被无情的病魔夺去生命的母亲,作为儿女却无能为力,所以我们要哭!我们只有以哭来抗议,只有以哭来发泄悲痛,只有以哭来表达对苍天的怨恨。即使我们都愿意替母亲去死,也不会得到上天的恩准,母亲给了我们姐弟生命,又辛辛苦苦把我们拉扯长大,在一家朝朝夕夕地度过几十年有苦有乐的日子,母亲是我们生命中最亲爱的人,而我们长大了,母亲却要远走高飞了……

每年母亲的忌日或清明,我们都要去给母亲送些纸钱,站在母亲的坟前,望着那一堆黄土,就忍不住长叹:唉!好好的母亲已经变成一堆黄土!每一次回家都怕看又忍不住要看挂在墙上的母亲的相片。奇怪,我的眼看着母亲的眼,好像母亲又活了。我又看见母亲的身影还在老屋院子里忙里忙外、出出进进,两眼发着慈爱的目光,嘴里喊着我的名字……

一根针

屈广法

暑假的一日,我和文友杜兄骑着一辆摩托去河南省永城芒砀山游玩。早晨六点我们从家乡亳州出发,上午十点多就到了目的地,行程约一百公里。在芒砀山,我们游玩了两三个小时,在芒山集市上吃了午饭,就打道回府了。

可我们离开芒砀山约有两公里时,摩托车突然熄火了,怎么都打不着了。摩托车是杜兄的,杜兄说,可能火花塞坏了,他就拿出带的螺丝刀,撅起屁股,很费劲地把火花塞拔掉了,准备换上自备的新火花塞。杜兄将火花塞拔掉一看,说,坏了,火花塞的另一头断里面了。他说想把断里面的那头弄出来很难,弄不好摩托得报废。我们没有办法了,就找修摩托的,可附近却没有修的,我们一问旁边的群众,才知道芒砀山集市上有修的,没办法,我和杜兄只得推着摩托再次拐回去。天气很热,回到芒砀山,我们热了几身汗。

在那里,我们找到一家修摩托的,把摩托车的毛病说了,修摩托的师傅说,火花塞断里面了,我也不一定能把它弄出来。但他还是拿出工具干了起来,弄了好久,他终于把断的那段火花塞撬了出来,我和杜兄都松了口气,说师傅你真了不起。接着,就换了一个新火花塞,本以为万事大吉了,可一打火,没打着。不是火花塞的毛病。

我和杜兄再次失望。修摩托的师傅就又查找其他方面的毛病。很快找出了毛病,他拔掉其中一根油管,发现其油路不通。他就拿来他的一个带油管的油壶,插在摩托上,一打火,摩托被打着了。师傅说,就是油管的毛病。接着,他就拿掉他的油壶,重新把原先不通油的油管插上,一打火,摩托被打着了,好了!我和杜兄都很高兴,杜兄又让换了一壶新机油,共花了五十块钱。

然后,我们骑上摩托高高兴兴地走了。刚走了约两公里,杜兄说,坏了!原来摩托又熄火了,杜兄对着摩托敲打了半天,仍没发动着。没办法,我们只得又推着摩托回了芒砀山。

修摩托的师傅见我们又回来了，感到很意外，问是怎么回事，我们把情况说了，他显得束手无策，正巧有个去他那儿办事的男青年，他就问那个男青年是怎么回事，男青年说，是油门开关坏了，换个新的就行了。

师傅说，他那儿没有油门开关了，青年说，集上另一个摩托维修铺有。说罢，男青年就走了。师傅过了一会儿就去了另一个维修铺找油门开关，去了半天才回来。他说没找到油门开关。我和杜兄都很失望。我们问师傅没有办法了吗？师傅说，试试看。他就将油管从油门开关处拔掉，又插上，一打火，油路通了，摩托能打着了，好了！我们都很高兴。结果我们又给师傅十元钱，就走了。

我们担心走几里路摩托再熄火，结果走了十几里也没熄火。我和杜兄都很高兴，杜兄还高兴地唱了起来。

乐极生悲。等我们走了有二十多公里时，摩托再次熄火，找修摩托的，附近五里之外都没有，此时太阳已落山了，我和杜兄都很着急。不远处有个修自行车的老人，我们将摩托推了过去，问他会不会修摩托，他说不会，只会修自行车。我们非常失望。急中生智。我对杜兄说，可能还是油门开关的毛病，我们不妨自己看看。杜兄同意了我的意见。他将油门开关处的油管拔掉，一点都不漏油。我说找根针透透。杜兄没吭声，而是从地上拾起一个小棍透了起来，我说，你不要用小棍透，小棍如果断里面更糟了。于是我向修自行车的老人借了一根针。杜兄接过针又透起来。他撅着屁股透了半天，不行。他非常失望。

接着，我用针又透了透，我说，出油了，油滴了我一手！杜兄不信，我让他看，他才信。但油出的不多，我一拔掉针，油就不漏，一扎上针油就漏。

然后杜兄又接着透，他一透，油出的更多，油一出来，杜兄慌忙将针拔了出来，结果针从他手里弹了出去，怎么都找不着了。最后一根救命稻草没有了，杜兄绝望地蹲在地上看着油门开关。我不甘心，继续找那根针，结果在摩托车的另一侧找到了。杜兄又用它透油门开关，一透油又出来了，针一拔掉，油又不出了。杜兄就将针插在了油门开关上，然后插上了油管，一打火摩托被打着了。杜兄说，针就插在上面不拔掉了。我说，中。

我掏出一块钱，给了老人，说是针钱，老人很高兴。于是我们就继续赶路，又走了近八十公里，摩托都很正常。我十分感慨地说，还以为摩托出了什么大毛病呢，一根小针就解决问题了，早知道这，找根针不就解决问题了吗？就不会走那么多弯路了，也不会多花六十块钱了。想不到一根针帮了我们那么大的忙。真是一根神针啊！杜兄说，我们想的这种办法，弄不好专门修摩托的人都不一定能想起来。

回到亳州几天后，我见了杜兄，问他的摩托还正常骑着吗？他说天天骑着呢。我问，那根针还在油门开关处插着吗？杜兄微笑着说，插着呢。同时他说，通过他的摩托他想到了我们人，他说，一个人有时生个小病，如果遇到一个庸医，不少花钱，病还不一定能治好，若是遇到一个高明的医生呢，不花多少钱，很简单地就把病治好了，就如同我的摩托车的情形一样。

我说，很有道理。

童年的春天

屈广法

童年的春天，最令我难忘的是柳笛。那时刚过了春节，我就盼着柳树快快发芽，因为柳树一发芽，就可以用柳枝拧柳笛了。盼呀盼，终于盼到了柳树吐出了鹅黄的嫩芽，于是，如我们村童，就迫不及待地像猴子一样爬上村边的柳树，折下细柳枝，拧柳笛。制好的柳笛粗的、细的、长的、短的都有，粗的柳笛，声音深沉有力，像牛犊的叫声；细的柳笛，声音嘹亮，悦耳动听。在春光明媚的日子，村童们常常嘴里噙着柳笛，在村里村外呜呜地吹，与翠柳上黄鹂的鸣唱相应和，其乐无穷，整个春天好像也因此更为生动与快乐起来。

到了清明时节，柳树上已长满了翠绿的叶子，浓阴匝地，此时很少有拧柳笛吹的村童了。但在清明节那天，我总是一大早就起床，爬上村边的柳树，折回一些长满绿叶的柳枝，编织成圆圈，套在我家的狗脖子上。我不知道为什么要在清明节这天给狗戴柳圈，但看着狗戴着柳圈跑来跑去的可爱样子，倒觉得非常有趣。

童年的春天，不上学的时候，我还常与村童一起赶着羊到村后的小河边放牧。放羊十分快乐，把羊牵到河边后，让它们在小河边自己吃草，村童们就一起愉快地玩了起来，有时比着用薄土坷垃或瓦片打水漂，有时摔跤，有时打扑克，有时看连环画，有时捉小蝌蚪。有时正玩着，突然听到天上有飞机飞过，大家就都立即停止玩耍，抬起头，望着飞机，异口同声地唱道："飞机飞机哥，下来来接我，我上你家吃窝窝。飞机飞机哥，下来来接我，我上你家吃窝窝。……"一直唱到飞机在蓝天上飞得无影无踪才停止。然后大家继续接着玩。等到羊吃饱后，大家也玩过了瘾，于是就赶着羊，说说笑笑地回家了。

春天黄昏时分，常有苍虫从田地里钻出来，这种虫鸡特别喜欢吃，吃了也肯下蛋。所以在童年的春天，我还喜欢捉苍虫，有时捉到天黑，就看不见了。为了能捉更多的苍虫，家里没有手电筒，我就买一节电池，一个小灯泡，再找来一段电线，自制一个小电灯，用来天黑时照苍虫。捉苍虫虽说辛苦，父母也不给什么奖赏，但看到自家的鸡吃得津津有味，看到鸡下的鸡蛋，自己却有一种收获的喜悦。

童年时，我家大门外长着一棵碗口粗的洋槐树，春天时，槐树上开满了沁人心脾的槐花。我们一家人都爱吃槐花，槐花含苞欲放时，是最好吃的时候，那时，我常自制个钩子，把槐花从树上钩下来，撸好，母亲就将撸好的槐花用清水洗净，再拌些面，放在锅里蒸，蒸好后，再放些盐和芝麻油拌拌，清香可口，十分好吃。说实在的，槐花虽不是名花，也没见多少人去赞美它，它却给我的童年的春天留下了十分深刻甜美的记忆。

清明，念及姥

宋　卉

那个着蓝布夹袄，挽雪白发髻，满脸含笑的老妪离开我好多年了，但她一直藏在我心里，从未走远。每到清明，我都会想起她来，想起她笑着说："外孙女儿，坟前指一指！"她知道，姥娘照顾、疼爱外孙女都是徒劳，百年之后，那个嫁作人妇的女子不过是在清明节时路过坟茔，指着一个土堆，给人说：呶，那是我姥的坟！而如今，我确实连指一指都没做到，只是在文字里凭吊那些逝去的光阴和那个曾经那样疼我爱我的人。

童年的记忆一直是灰暗的，没有千奇百怪的玩具，没有香甜美味的零食，没有过畅快淋漓的玩耍，也没有过贴心贴肺的呵护，如一株野草在春风夏雨秋霜冬雪中荣枯，爱，距自己总是很遥远。那时的我就是个丑丑的小鸭，看人一定是低着眉头偷着眼的。觉得我的出生就是个错误，没人喜欢我。

而唯一疼爱我的，是姥。只是我还小时，姥就老了。花白的头发，用银簪在脑后挽起一个小小的发髻，裹起的小脚高高隆出尖口的黑绒布鞋，颠颠地走路，颠颠地提水，不停地劳作。而面容始终是慈祥的，眼神始终是温暖的，不似我身边的其他人。于是，童年里可亲近的，就只有她了。而她之于我的爱，清晰地定格于一个杨花纷飞的午后。

姥心疼我妈，住在我家，楼柴、做饭、喂猪喂鸡喂鸭，看护我们。那时我很瘦小，妹妹小我两岁，却比我个高、壮实、胆大。一个午后，记不得是什么原因，我和妹妹闹僵了，打骂都不是她的对手，就委屈地哭。到底有多委屈呢？记不清了，只记得姥看到我哭了，抓起身边的笸子，踮起小脚追着妹妹打。如雪的杨花里，妹妹没命地跑，姥狠狠地追，在初夏浅浅的荫凉里，直撵了半个村子，非要给我出气。第一次感觉我是有人疼的，那份感动啊，直到今天还是暖暖的。

有时，我也跟姥去她家住上一阵。姥的村子距我家不远，村前有两口池塘。

夏天里,葱郁的苇荡遮住了塘水,只看见水鸟在苇丛中飞上飞下,不时还会传出阵阵蛙鸣。爱极了那个去处,于是有一天,姥从水塘里拎水去远处的菜园浇菜时,我就在塘边踅摸,捧起漂浮的水藻,捞小蝌蚪玩。不料一失足,跌进了塘边的井里(贴塘而挖的井,便于取水,我们叫旱井)。清晰地记得自己在昏黄的井水里挣扎,手舞足蹈。而姥并没有发觉。

幸好邻居路过,像我捞蝌蚪一样把我从水中捞了出来。我吓傻了,而更失魂落魄的是姥。那时我九岁的哥哥刚刚淹死在村后的河里,若我再在姥家出事,我妈该怎么活?姥又该怎样面对我妈?见我被救起,姥只是磕头作揖,全不顾救我的是她的小辈。而其后的许多天里,无论多忙,每到正午,姥必抓着我的手,带我到那口旱井边,画两个十字架,让我站上,一边用笸子往水里耧,一边轻唤我的小名:“……回来呀,回来吧……”也是从那时起,她再也不让我离开左右,将我紧紧地护在她老弱的翼下……

和姥的故事是说不完的。她的爱,如蔓草般永远生长在我生命的各个季节。只是等我长大了工作了成家了之后,她无声地去了,我一天都不曾尽孝。

当我再老一些时,有关姥的回忆还会如此清晰吗?除了清明节时我会翻开记忆的相册怀念一下她,我又能做些什么呢?这许多年啊,我竟没能去她的坟前指一指,告诉我的孩子:“啾,那是你老姥的坟!”

与荷有约

宋　卉

夜半,胃痛难捱。按压,揉搓,辗转反侧,不得安生。遂于清晨四点四十四分起床,踽踽独行,去工大校园看荷。

这荷早该去看,计划了很久,却一拖再拖。每次从花墙外路过,透过缝隙,隐隐见一池碧绿,便遥想那是怎样的婀娜。却因了种种繁芜,一直没能走近。今日要看荷,想来是受了荷的邀约,决然而欣欣。

昨晚有雨来,日暮时分,如豆般砸向窗玻璃,噼啪作响。雨后的小城显得格外安静、格外润泽。路旁有三三两两晨练的男女,绿化带里黄杨油亮,紫薇慵懒地垂着脑袋。空气里有清凉和甜香的味道。工大校园的门是敞开的,进入,右拐,那个荷池就近在眼前了。

我有些略微的失望——来得太晚了,荷叶没有我想象中的翠绿,荷花也没我想象中的繁多,一颗颗莲蓬或焦黑或嫩青,默默地肃立,似乎花期将尽了。

沿池上的回廊,我向池心亭漫步。圆润的绿叶恬然铺在水波里。晶莹的水珠安闲地躺在阔大的莲床上,像摇篮里的婴孩儿。擎起的荷叶显然饱经风雨,与近前或绽开或含苞的荷花、与刚刚露出尖角的嫩叶,活像亲密的一家子,因为在一起,静默且欢喜。阔大健硕、绿中泛黄的叶子是父亲;娉婷玉立,姿容娇艳,如炬盛开的是妈妈;青涩含羞的骨朵儿是小女儿,嫩黄打卷儿初出水面的是娇儿娃。一家人挽着手并着肩,多家人挽着手并着肩,一池的荷都挽着手并着肩,不是在等我赴约,盼我共舞么!

有蜻蜓飞来,在荷叶边儿上驻足片刻,绕到尖尖的骨朵顶儿,绕到尖尖的草叶儿上,以点水的姿态与荷逗趣。有蜜蜂萦绕,从这颗花心飞到那颗花心,在蕊间流连,在花中徘徊。偶有灵动的跳跃带着一声“叮咚”,从一处投向另一处,不见其蛙,只闻水声。

我已经不知道自己是在廊上还是在水中了。耳边有“江南可采莲，莲叶何田田”的歌吟，嘴上便诵起“叶上初阳干宿雨，水面清圆，一一风荷举”的句子来。我如蜻蜓、如蜜蜂一样在池上舞蹈，从这朵花看向那朵花，从这片叶子看向那片叶子。每朵花都娇艳，都有一副超凡脱俗的美；每片叶子都厚重，都有一份不骄不躁的从容。每一片叶子和每一朵花都不同，每一片叶子和每一朵花又都相同，叫人一直看不够。

总想离荷近些再近些，就脱了鞋子沿着荷池的斜坡逡巡。叶和花倏忽就来到眼前，触手可及了。能看得清每片叶子背后的脉络，能捧着叶子，戏耍躺在里面睡懒觉的小水珠。甚至聊发轻狂，捉来一朵美艳如少妇的花朵，贴近她，轻吻她，深嗅她的清香。却不料，松开手后，她垂下了脑袋，停在被拉伸的时空，再也不能如片刻前那样风姿绰约，已经娇容失色。忽就想起了周敦颐说“可远观而不可亵玩焉”的句子。一想到她可能会立刻枯萎，一想到她莲心里再也长不出莲蓬、结不出莲子，就觉得是自己失手打碎了一件珍贵的瓷器，无法补救，无可重来。

将要告别荷池时，有位摄影师携着三脚架，手拿相机缓缓向荷池而来，边走边端着相机张望，捕捉镜头。我为自己初来时的想法感到好笑：这个时候来看荷怎么算晚呢？每一朵花都有花期，每一片叶子都有生命，错过了前面的，后面的这些花朵和荷叶，这满池的清圆和娇艳不一样让我流连忘返么！这其中的一朵或一片，不照样在摄影师的镜头里从刹那变成永恒？

如此，我发现，那折磨了我一夜，令我手足无措的胃痛早已无影无踪，充盈在心房的，是满满当当的踏实，是无与伦比的安宁。离开荷池，有风吹过。扭身回望，众荷喧哗，谁是最最幸福的一家？

老砖街访故

宋　卉

居小城许多年,不曾到过明清老街。前日与友闲逛,行至爬子巷,踏着沧桑的石板路,见巷子两边错落有致的门脸、斑驳的黑油漆木门、敞开着的狭小门厅,忽有似曾相识的感觉,才想起本就是故地重游,旧人旧事跃上心头。提起,也是三十年前了。

那时,身为乡村中学校长的我舅父惹上官司,母亲四处奔走。远在上海的堂舅委托家住县城的干亲家老田帮忙,我家就跟老田舅一家有了往来。

老田舅姓田,叫什么,我母亲竟记不清了,只记得他当时在国营煤栈上班。妗子孙德荣是个极好的人,在印染厂工作。妗子一生没有开怀,领养了一个男孩,叫大喜。每次母亲带着我们从偏远的乡下来老田舅家,妗子都极其热情,买来新鲜菜蔬,时令水果,更少不了鱼肉荤食招待我们。最令母亲感动的是,有个跟舅父案子有关的江阴下放知青叫江如琴的,被我好妮儿姨设法从江阴找回来,留驻此地,以做证人,妗子欣然收留在她位于老街的小家——真的是小家,客厅狭小,卧室逼仄,放下三张床实属不易。但,妗子从无怨言,每天茶饭伺候,甚至端屎倒尿,不让那女子出门。也因有此一助,舅父的刑期减了不少。

老田妗子下班时买了许多苏打粉回家,邻居问起,她说:"大喜他姑在乡下,吃红芋面馍,你不知道啊,那面粘手得很。放上小苏打就不一样了,做出来的馍宣腾腾的呢!"母亲深感她的恩泽,常常在我们跟前念叨。说,一九七六年我弟弟出生时,满月席上,老田舅和妗子以娘家哥嫂的身份,规规矩矩担着笆斗从城里来到我家贺喜。那时,我已经有了记忆,笆斗里的炒米、炼乳等美味大都被我吃掉了。

站在老街,往事涌起,原来,我童年时对县城影影绰绰的记忆,全是跟母亲一起去老田舅家。从小我们就这么喊——老田舅,老田妗子。那源于我母亲对他们的称呼——老田大哥、老田嫂子。就是这样毫无血缘关系的两家人,像亲戚一样走动了许多年。他们不但不嫌弃我们是乡下穷亲戚，还竭尽所能地帮助我家，帮助我母亲应对舅父的官司。他们商量过要把我留下来做女儿，许是因为我母亲已经有过把我送人我却又逃回家的经历，就没有答应，不然，我的后童年时代大概要在那条老街度过了。

前日从老街回来，我征求母亲的意见，想去找找老田妗子，看她还在不在了。母亲很高兴，同时叹息："唉，说起来，咱真对不住人家呀，在咱最困难的时候人家帮了咱，可这几十年，竟断了音信……"

老田舅过世早。大喜结婚后，我母亲念妗子的好处，仍不时去探望。那一次，母亲带了些土特产去，两姐妹很久没见面，妗子自然高兴，去菜市场买了一篮蔬菜又割了块猪肉回来，嘱咐儿媳做饭，说离花戏楼这么近，还没带你姑去看过，你做饭，我带你姑去逛逛花戏楼。

等老姐俩逛了半天回来，儿媳的脸吊得老高，锅里的饭是白水煮面条，篮里的菜一点都没动。妗子没说什么，陪我母亲吃了饭，送我母亲到西关，一路走，一路流泪，向我母亲赔着不是，说起跟儿媳的种种不睦。儿媳虽是教师，但眼里并没有这个婆婆，更何况是乡下来的八竿子打不着的穷亲戚呢。母亲说，那是她跟老田妗子见的最后一面，她没再去妗子家，一是不想讨侄媳妇嫌，再是怕妗子夹在里面受气。

再后来，母亲打听到妗子寡居多年，因与养子、媳妇不睦，花甲之后又再嫁了。嫁到哪里，过得怎样，是否健在，就不得而知了。若在，也该有八十岁了吧？

那样慈善的一个人，到老若无依无靠，我可以接她在身边，侍奉些年，也算是替我母亲和舅父偿还一些人情债。倘她健在，哪怕为她养老送终，也不是没有可能。我把想法说给母亲听，母亲也非常赞成。

下午四点，天灰蒙蒙的，雨点稀稀落落地洒在身上。我与母亲踏上老街，开始了寻访之旅。

爬子巷的老人们极其热情，看见我们，赶忙起身让座，听我们描述要找的人家。问了两三处，均摇头说不识。我因当时年幼，无从记起具体地址。母亲年纪大了，记忆也不甚清晰。只说从城门楼往北走，左拐，好像是一条往西北方向去的小巷子，再往西……我模拟她的线路，想她该是从白布大街过来，就带她来到八步六条街，果然有条往西北方向延伸的巷子，往里走，左拐，再往西，原来那是老砖街。

没行几步，见一位大叔，面目和善，站在门口，正吆喝西边卖馍的小贩过来，要买馍。我们上前打听："附近有家姓田的，男的在煤栈工作，女的姓孙，没有儿女，要个男孩叫大喜……”话没说完，他接道：“有啊！”手指十米外一座小楼：“原先就住在那座小楼的后面，大喜现在搬走了！”“俩人都不在了！老田死得早，有二十年了吧！孙，你说的她叫孙德荣，咦，那可是个大好人！谁知道她守寡守了好些年，老了老了却又走了一家，嫁给了派出所王所长，受气！硬是受气受死了……”

不知道老田妗子都经历了什么，想她操劳一生，到养子娶妻生子，本该能颐养天年，却于守寡多年后不得不抬腿再嫁；所托之人还曾是公安干部，她本应该安度晚年，竟然又含恨而死。这，难道是老天对一位善良女人的公正待遇？

母亲抹着眼泪，我们郁郁而归。老街尚在，故人已去，还有什么可追？母亲说，再念佛时，她要记得，超度一个叫孙德荣的人。

那个人，那些事

宋 卉

春宵苦短，梦却冗长……

雨里夜行，长路伸向我跟那个人住过多年的粮站后院，如今人去院空，破败荒凉。忆及旧事，不禁暗自神伤。

母亲说回家接父亲，后来却一人独归。不见日思夜想的那个人，不觉潸然泪落。

路人说，父亲半道上就死了。母亲说，你们都忙，我没声响，把他埋了——叫人泪流不止。

想想埋人定不是母亲一人能所为，邻家的嫂子、大娘、叔伯定也帮衬着，再看他们目光闪躲，念及至死不曾与他谋面，不免又独自垂泪……

如此，泉涌的悲从中来，在抽泣里渐渐梦醒，醒了，才忍不住嘤嘤出声……

据说，若你梦到某人，说明那人正在念你。清明又近了，是九泉下的父亲以这种方式告诉我，他又想我了吧。

他离开我近十年了。那一晚，他的手从我的手心里滑落，他的眼睛在我不舍的目光中永远闭上，任我千呼万唤泪流成河，他再也没有回来。

记忆深处，他曾因不耐我的哭闹，抓起我放入家门前的水井，恐吓说，再哭就扔你下去！也曾因我恋家不愿去上学站在门旁默默流泪而走上前来，劈头盖脸就打，打完了恨恨地说，打你你咋就不跑！？

我大了些，和一个他看不上的小子恋爱，他的怨愤无处发泄，常常在人前对我厉声呵斥，有时还会破口大骂。我不知道从小到大他很少正眼看过的我，在他看来应该找一个什么样的爱人才配。

他逐渐老去,皱纹堆上了眼角,头发也几乎全白了。婚后,我不愿受了委屈在他眼前期期艾艾,可每次回家又总是带着忧伤和无奈。他仍不正眼看我,而我分明能从他稍显伛偻的背影里读出他的心疼……

我的儿子成了他晚年的至宝,他背着、抱着,不离半步。年幼的孩子只要一说"上大桥",他就把孩子驼在背上,走三步喘两口歇一阵,直把孩子背到一里远的桥头,看河底打渔的船只,岸边倒挂的垂柳。我知道,他是要把欠我的爱都偿还给我儿子。

他终究老了,折磨了他许多年的心脏病也老了,老到回天乏术。他双腿浮肿,每天不停地吃利水药也不顶用。稍一活动便喘不过气来,床前放了氧气罐,二十四小时吸氧。

他下不来床了。

从事业单位下岗,我在一民办学校代课。一有假期,就匆匆回去看他,不知道能与他相守的日子还有多久。然而,为了那份养家的工作,为着一个所谓"忠孝不能两全"的借口,我抛下他,把他关在门内。尽管有家人守在他身边,我还是知道,没有我,他很孤独——尽管他一生都孤独,但懂得他孤独的,唯有我。

家人打电话说他几天都没好好吃饭了,还老是说胡话,恐怕是不行了。我惊慌失措,失魂落魄赶回家,坐在他身边,轻声喊他。他应着,神智是清醒的。我靠近他,平生第一次握住他的双手,他也孩子似的紧紧握着我的,只是不说话,眼微闭着。晚饭端来,我扶他坐起,在他背后垫上被子,脱了鞋坐到他膝前,用勺子一口一口地喂他。他像个听话的孩子,乖乖地吃,不停地吃。我暗自欣喜:他又像以前一样恢复了吧,能吃这么多饭,病当是又好了。

听说过回光返照吗?之前我是听说过的,只是那时没有想到。

晚饭后我又握着他的手,偎在他身边,抚摸着他瘦骨嶙峋的后背,怕他硌着。他是如此孱弱,瘦得每一块骨头都扎我的手。

我永远都无法忘记诀别的那个时刻。那一刻,他的手从我手心里滑落,他的眼睛在我眼前永远地闭上,一任我千呼万唤,泪流成河……

倘若思念深到谷底,可以打捞亡魂,我愿以泣血的方式去追忆。然,我知道,我已经彻底失去了他,再叫再喊,他都不会应声。思念盈怀,唯有借清明的纸钱给自己聊以慰藉。

一茔孤坟静静地卧在村口的树林里,如他活着时的心,藏着不为人知的孤单。点燃纸钱,伤感如暴雨打来,心底顿时湿成一口深潭。十年前送他来这里时的情景集聚眼前:没脚的泥泞,翻飞的纸钱,雪白的孝袍,死去活来的泪水奔涌……父亲,永远不能再相守的父亲,无数次在梦境里呼唤的父亲,寂然长眠于这片暗无天日的树荫里了……

上坟回来,我又梦到了他,还有几位叔伯,我们坐在一根长长的树桩上谈心,有风吹过,阳光和暖,梨花雪白,柳丝拂着我们的头顶……直到梦醒,才想起他们都是故去多年的人。

探幽采石矶

杨　秋

现代汉语词典对“矶”字作了这样的注解:①江边突出的巨大岩石;②江滩。采石矶在此应选第一个义项。

采石矶得名,据说是因三国东吴时,此处曾产五彩石,又因其形,状如蜗牛,遂有“金牛出渚”的传说,故又名牛渚矶。它和湖南岳阳的城陵矶、江苏南京的燕子矶合称长江三大矶。其中,采石矶因南接米乡芜湖,北连古都南京,风景清绝,文物古迹遍野铺陈而领衔三矶之首,素有“千古一秀”的美誉。

一名人曰:国中园林甚多,而借青山,借绝壁,借大江,借文化造园者,独采石矶矣!

不管哪座城市,哪座山峰,若能以大江作背景,它就拥有了一种底蕴、一种恢宏、一种君临天下的霸气。或许正是这浩瀚无边的长江,这绝壁临空,扼据大江要冲的采石矶,牵绊了诗人的脚步,诗仙李白流连于此,久久不愿归去。他的足迹几乎踏遍每一块山石,所到之处,遂有感而发,留下了《横江词》《牛渚矶》《望天门山》《夜泊牛渚怀古》等千古绝唱。诗人到底是诗人,他的心性里终归有一种叫作童稚和不羁的东西,尽管世人称之为“仙”。在感慨之余,免不了把酒临风,开怀痛饮。于是,身披宫锦袍,泛舟赏月,他和长江相看两不厌,每日萍踪浪影于江面。终于有一天,在又一次大醉之后,李白登临高高采石矶,俯视满江跳动的月影,兀自大笑一阵,遂掷杯于地,伸开双臂,宽大的唐服,兜满了长江的夜风。他以大鹏展翅的优美,投江捉月,留下千年的遗憾与凄美而浪漫的传说——骑鲸升天。李白不知,他所热爱的采石矶到底没能挽住他升天的凡身,只留下了浸透江水的衣冠,被打捞后葬于采石矶上。而今,荒冢萋萋,碑廊寂寂,人迹渺渺。一棵古树横斜当棚,为荒冢遮蔽着千年的风雨。冢前汉白玉石碑上,草圣林散之手书的“唐诗人李白衣冠冢”几个大字,在岁月的凡尘里传递着寂寥而脱俗的孤独。

许是李白一生的浪漫，一生的飘逸与不羁，人们太想给他一个不同于常人的归宿。人们一次又一次把李白醉酒捉月，骑鲸升天的神话描摹的唯美浪漫，扑朔迷离。宋诗人梅尧臣曰：采石月下逢谪仙，夜披锦袍坐钓船。醉中爱月江底悬，以手弄月身翻然。不应暴落饥蛟涎，便当骑鲸上青天。而事实却是：因受政治的影响，安史之乱后，李白便四处漂泊，困顿交加，于唐上元二年（675）秋，抱病投奔族叔，时为当涂县令的李阳冰。次年病重，每日咳痰不止，不久即病死当涂。李阳冰把他葬于当涂南龙山东麓。五十五年后，好友范作之子范传正同当涂县令葛纵，合力将李白墓迁葬于青山西麓，了了李白一生对谢朓的倾慕：青山日将暝，寂寞谢公宅。有诗仙相伴，想必谢公也不再寂寞。而一代草圣林散之虽依偎着李白衣冠，亦感欣慰，实现了“归宿之期与李白为邻”的夙愿。

大自然造化了采石矶，采石矶挽住了李白，李白吸引了历代的文人墨客。文天祥、元稹、白居易、陆游、王世贞、郁达夫、余秋雨……纷沓至来，凭吊诗仙，留下了许多闻名于世的诗词文章。正如余秋雨先生所言：“长江流到这里，已足可证明自己具有世间一流的文化品相。”何况，由此西追溯一千多公里，两千三百多年前大诗人屈原，他的吟咏地、流放地、自沉地，都在长江流域。还有另一位受尽磨难的大诗人苏东坡，一直站在江边歌吟着大江东去……

杨秋：安徽省亳州市谯城区人，1971 年 10 月生。曾有乡村人物系列四十余篇，在《亳州晚报》连续刊登，在各类报刊杂志发表小说、散文百余篇，并著有《春意萌动》、《一声叹息》、《嘿！你好》等中篇小说。小学教师，安徽省作家协会会员。喜欢简单随性的生活，喜欢读书和运动，喜欢用白描的语言叙述心中最真实的故事。常为自然中一朵无人关注的小花，欣喜或忧伤。

梨花风起正清明

杨　秋

西天的云霞,如锦如缎,流溢着温暖的、橙色的光亮。母亲端坐其中,如祥云托月。

我立于地面,仰望。母亲嘴角含笑,低垂着眉眼儿,似乎正以悲悯的目光俯视着人间万物。我拼命伸展双臂,伸展双臂,用力向上。我想让它无限延长,我想轻轻拉住母亲飘动的衣袂,我想让母亲悲悯的目光在我身上作片刻停留。但,我总也够不到。母亲就那样一直高高地端坐着,微笑,不语。

我把这反复出现的梦境,说给信佛的表姐听。她说,神话里有六界,神、魔、仙、妖、人、鬼,大姑应该是通过修练升级到了最高境界——神界,才会有如此宏大、祥瑞的气场。我未置可否地摇摇头。说这些话的时候,我似乎并不感到怎样的悲伤,只是太想念、太思念、太渴念,思念蚀骨啊——我想起谁说的一句话:什么是死亡,死亡就是,无论你多么想念,多么思念,但都永远也无法见到,永远……

四月的野外,杏雨梨云,麦苗挺拔,蚕豆受孕,油菜结籽,好一片闲适欢愉。我在母亲的坟前,盘腿坐下。用树枝在地上画了一个圈,只在北边留下缺口(把外祟挡着,不让他们抢母亲的钱)。燃尽的火纸,如灰色的蝶,四处翻飞。据说,这样,里边的人是欢喜的。我的心也慢慢沉静下来,隔了厚厚的土,我和母亲在用心交谈:也是四月天吧,阳光有了一定的温度,透过尚未舒展的桐树嫩叶,照到我家的小院子里,满院都是桐花的香味和太阳的温热。我趴在小方桌上画图,关于鱼的血液循环图:肺动脉——静脉血,肺静脉——动脉血,我用红色的笔画动脉血,用蓝色的笔画静脉血……妈您坐在门西旁纳鞋底,脚边放着檀紫色的鞋筐子,里面装满花的布头、做衣服的针和搓线的坠子。您把针在头发上篦两下,再用力扎,等针在这边露了头,就拔出针"噌棱——噌棱"地拽着线绳子。我们都不说话,只听见"噌棱——噌棱"的线绳声有紧无忙地响着。偶尔,有谢了的桐花"扑嗒"一声落下来，掉在我的小桌子上，花朵和花托就分了家。我把花朵展平，夹在书页里，把花托拾掇一下，变成一只小陀螺，两个手指一搓，它就在小桌子上飞快地转起圈来……

母亲笑我没出息，都多大了，还想那些芥子粒大的事。我笑笑，生死事大，在您眼里不也是芥子粒吗？

一九八五年农历四月初五（我们跟四月真有缘），您因心脏病复发住了院。您不让二哥吱声，说，都捞啰着没啥用。第二天，我知道了，两脚生风地往医院奔，我怕您死掉，我怕再也见不到您。您挂着氧气，闭着眼，嘴唇乌紫。我看见了，只觉得心里一剜一剜地疼，我拽住您的手，使劲地拽，不敢松。您慢慢睁开了眼，看着我的脸，轻轻地说：就是怕吓着你，不敢吭。怕你急急惶惶地跑，磕着碰着。你大哥出门还没回来，甭拍电报，他性子急，车不走，他也不能扎膀子飞，急出毛病来。我没有事，挂两天水就好。

我的泪滴得您满手都是，手上的胶布浸透了水，翘起边来。我用褂袖子一点一点把泪擦干。擦不干，擦着，滴着。一个医生走过来，说，病人不能再激动了，得让她心里静下来，小孩子在这无用。我被二哥撵走了。在医院门口，我碰到爸，他喝得眼珠子通红，满身的酒气，走也走不稳当。我和小弟死活把他拽回了家。

下午四点多，我正在家里喂小鹅，听到村口传来大嫂长长的哭声。一会儿，二哥拉着架车子就进了院。您躺在车厢里一动不动，身上盖着一条褪色的花单子。我端着鹅盆站在那，脑子一下子空了……

妈，从小我就知道，您留了三棵大桐树，说等它们长大了给我做嫁妆。您说，领闺女不要怕，啥人摊到啥人家。您还说，等我出了嫁，您高兴了就去我家住一阵子。

现在，我有家了。摊的也是个好人家，可是，妈，您一直都没来住啊。

……

风起了，坟上的那棵棠梨树，花枝乱舞，落了一阵的梨花雨。妈，您又笑我。

芍药绽红绡

杨　秋

花如人，也有属于自己的精神与气质。于芍花而言，村气、喜庆、热烈、明艳，似乎就是了。

赏芍花不适合微雨的天气。若，你固执地举把淡雅的油纸伞，轻轻漫步在芍花地头，任凭怎样扭捏，也走不成，小巷里结着紫丁香一样愁怨的姑娘。若是阳光明媚的日子，接天的芍花一下子就活了，目光灼灼地兴奋着。“艳艳锦不如，夭夭桃未可”，用“云蒸霞蔚”，用“如火如荼”，用“不遗余力地燃烧”，这些词似乎都可以，又似乎都不足以形容它的美。芍花泼辣辣地铺排于天地之间，好像一直都那样，无论你来，与不来。它们带着那特有的村姑的气息，懵懂地，热烈地，纯粹地望着这如织的人群。

也有不理会别人，只和蜂子、蝴蝶儿玩在一处的。上百只肥胖的蜂子，频繁振翅，嗡嗡作响，从花心躲到花瓣，从花瓣躲到花叶，毛茸茸的小爪子上满是金色的花粉。花蝴蝶确乎没有，只是些乡土的菜粉蝶儿，从隔了路的芫荽花上飞来，如薄云、如微风，起伏不定，停停落落。引得那些男男女女，一阵阵惊呼。

从来没想过绕床弄青梅的芍药，会有如此辉煌的光景。手里拿着新买的儿时玩意儿（琉璃蹦蹦），远眺荼荼燃烧的芍花，怎么就想起了小时候，村里那些零零落落的芍花——记忆上的芍药地很少有如此规模，田间地头、树行子下、自留地里，或三垄五垄长长几溜，或方方正正罗列如阵，或一圈一圈如波荡漾。它们中间总隔着一块块深绿的举着毛刷刷的小麦；亭亭的结满青荚的蚕豆；或突兀的爬满蒺藜秧的坟头。

春二三月，一簇簇、一行行的芍药拱出了芽，累紫了头脸。苍虫怕芍苗胆怯，抱成团出来给它助阵，却早被眼尖手快的孩子，一把抓住塞进了长嘴子瓶里。它们那些堆在门口的障眼法——虚虚拢拢的假山，也被踏了个粉碎。在孩子与苍虫的游戏中,芍花长了腰肢,娉娉婷婷地豆蔻着。于是,孩子便弃了苍虫,只把如豆的骨朵放在嘴里吮吸,有青而甜的味儿从舌尖缓缓滑过。春风一日日热烈起来,不停地撩拨、挑逗,芍药终于绷不住,“扑哧”一笑,便醉红了乡村田野。那深绿浅绿青绿翠绿碧绿黄绿的树木与庄稼,被芍花那么一勾,立刻明艳起来,喜庆起来,热闹起来。有诗云:若将此花作倾城,更比牡丹多丰情。

但六七个大好日头一晒,瓣瓣芍花便随风而落,红红灼灼铺了一地。花枝上只留了黄灿灿的蕊,在风中招摇。而那闪着亮光的深绿的叶却越发繁茂了。

等秋风一起,那深绿的枝叶,迅速枯萎,风干。立秋前,农人手举尖尖长长的抓钩,把芍药出回家,切去芽头,除去根须,按大小粗细分别放置,而后燃起一口硕大的铁锅,把花根投入煮沸。蓝紫色的火苗妖娆地舞蹈,满村都飘荡着芍根的药香。妇女和孩子席地而坐,手中的小刀或碗碴顺着芍根上上下下,眨眼的功夫,芍根就脱去褐色的外衣,露出雪白的肌肤。那些疙疙瘩瘩,空空窿窿的芽根,照例是大人们的,他们仔细地刮皮,剜洞,齐头,仿佛愈是难刮愈是上心,小孩子是没有那个耐性的。

这些粗细丑俊的芍根,在村人眼里都是宝呢。说它们有平肝潜阳,养血敛阴的功效。芍花做枕,芍根入药,就是那芍蜜,也比其他花蜜滋润呢。对此,又有诗云:若得此花做良药(包括芍花和药根),儿女春容免萧索。

要不说芍花村气呢,它的繁繁茂茂,荣荣枯枯,似乎只为一件事——让农人多一份收成。这个目标一直未变,就算红透半边天时,也是。

三枚核桃叶

杨　秋

书房一角的旧陶罐里，插着三枚几近风干的核桃树叶，是中秋节下乡时摘的。

自从这三枚核桃叶进驻书房，我就中了蛊。每每经过书房门口，双脚总不自觉地转折，似乎有一条线牵引着我，又好像有一双手躲在核桃叶里，一直对着我招啊招。我管不住自己。

我用内视的方法瞥见自己的心脏，她因激动而满脸涨红，呼吸急促。似乎非常迫切地想见到什么。我知道，是核桃叶，一直在给我施着蛊。

我慢慢踱进去，缓缓坐定，微微闭了眼，把三枚叶片轻轻覆盖在脸上。我感到有两行热泪在叶片下无声地流淌。那浸了泪水的核桃叶散发出一丝断断续续、若有还无的青气，熟悉而陌生。思绪瞬间飞檐走壁，乱云飞渡。我扇动鼻翼艰难地追踪着，一路颠簸，一路劳顿，穿过街道，渡过河流，越过村庄和田野，直抵那棵百年老树。

春四月，一树的核桃叶长开了，如绿云环绕，叶的香气在空气中汩汩流淌。我怀揣几本画书，蹬掉鞋子，拽住那低矮的树枝，笨拙地爬上去，叉开腿，稳稳地坐在那刻着“杨××的宝座”的树杈间，打开画书……辛十四娘、小谢、樱宁、小翠、红玉……一个又一个身着彩色锦衣的狐女鬼妹，闪着媚眼，躲藏在一片片泛着绒毛的叶片后，悄悄给我讲这样那样的故事。我便丢了书，把身子慢慢地、慢慢地斜躺在树枝上，伸手摘下两片树叶，遮住双目，眼皮一如此刻的沉重而微涩，便缓缓地闭了。耳朵却更灵光了，我听到她们因兴奋而发出的“嗅嗅”声。于是，那些腾云驾雾，撒豆成兵的故事，便排山倒海地涌了过来……

盛夏，核桃树树干光滑，枝叶舒展，如亭亭华盖。纷繁的雨滴经过一树翠玉，所落无几。阳光却狡猾得厉害，见缝插针地射下一只只金箭。

我们一家围着用大黄盆和锅盖子搭成的饭桌吃饭。吃蚕豆瓣炒白菜，吃玉米面饼子。三哥不坐,端碗的同时狠夹两筷子菜,便远远地坐着和村里人一块吃饭说笑,四哥一直坐在饭桌旁,一筷子接一筷子地夹。妈就说四哥不如三哥,四哥嘴巴鼓着两个大疙瘩,非常不满地翻着白眼,翻妈一眼,翻我和小弟一眼。我和小弟不吱声,只顾着吃。

一阵又一阵的风,经田野吹来,核桃叶的香味便飞花碎玉,和着蚕豆白菜的气息,漫游在我们身体的角角落落。

俗语说:七月核桃八月梨,九月柿子黄肚皮。将近中秋时,核桃叶逐渐变得干薄而憔悴,如一张张农妇的脸。但那一树的核桃果,却长得沟满河平,眼见着脑满肠肥了。自然,树上便爬满了猴子般灵活的孩子,那裹着翠衣的核桃果便一个个应声而落,滚得满地都是。树下,小孩子只顾着低头弯腰抢果子,哪顾上那劈头而下的"冰雹雨",不时有小孩子以手捂头"哎呀"一声跳将起来,引得众人一阵哄笑。

……

都说,往事如烟,被吹散了,痕迹了无。可我,如何相思的这般悲苦?亲爱的,谁能告诉我。

白发亳州

李蓁蓁

我人生最大的幸运，就是生在亳州。更大的幸运，是出生在亳州城南那个“谯国城南稍又东”的地方。

在我印象里，亳州建市十周年欢庆的锣鼓声似乎还萦绕在耳畔，但日历明明白白地告诉我，今年已经是建市十五周年了。而我们的亳州城，则已经度过了三千多个生日。

四月份的一天傍晚，我接到父亲打来的电话，说要出版一本《亳州老街的故事》，问我能不能请几天假回来帮他统筹书稿。放下电话，我立即和单位联络，匆匆交接了手头的工作，马上订了回亳的火车票。

弹指间两月过去，书稿已经告竣。我也有了更多的闲暇，沿着亳州的大街小巷逐一闲走，用步伐丈量这座我自小生长的城市。

我去的最多的地方，是薛阁塔一带。不仅仅因为这里离我家最近，还因为我爱极了那里人家屋檐上似火的榴花和半空中倒映的塔影。薛阁塔下的小巷非常沉静，寥寥的几户门庭里，藏匿着无数厚实的灵魂。正是这些灵魂，千百年来，以一种常人难以想象的固执和坚持，保存了亳州风韵的核心。

薛阁塔所在之处，是明朝考功员外郎薛蕙常乐园遗址。人世、政治的平衡木实在让人走得太累，薛蕙有权利躲在常乐园中做一个真正的艺术家，用他的清词丽句为这个光怪陆离的世界留下一丛花木扶疏的角落，并为亳州留下一座最美丽的园林。

走在薛阁路上，我的耳边响起了一首诗：

莹心亭上逍遥客，照眼池中烂漫花。
白苎单衣消永日，玉盘纤手送朝霞。

身闲但觉牵诗思，年老方知爱物华。

笑听采莲频度曲，惊看垂柳乍栖鸦。

常乐园久废，站在薛阁塔下，今天的我们已经无从想象她曾经的艳美。我只能从那满纸烟霞的《光绪亳州志》中打捞历史的残片，去拼凑，去努力回忆那是怎样美丽的园林。

我自幼在薛阁塔边上长大，既然常乐园又号称“七里园”，我想，我的家应该也是常乐园的一部分吧。虽然繁华已尽，空余荒烟蔓草。但我仍能够感觉常乐园风流之余韵。这余韵回荡在历史的天空，和空气，水，云霞一起，滋养和丰盈了我三十年的生命。

和薛阁塔一街之隔的，是曹腾墓。那里是我另一个常去的地方。亳州是魏武帝曹操的故乡，也是其龙兴之地。作为“千古龙飞地，三代帝王乡”的亳州，大街小巷到处布满魏武皇帝的风流遗迹。

我曾一次次徘徊在曹嵩墓前，仰望着身后的薛阁塔。一街之隔，划开了瑰玮与平淡，繁华和萧索，有为与无为，威加海内和超凡出尘。这不能不说是老天的苦心安排。

或许，我们在尘网世劳中苦苦求索而不得的东西，历史和建筑早已给了我们答案。

2010 年到 2015 年，不过短短五年时间。这五年对于亳州来说，不过历史中须臾一瞬，然而对我本人来说，却是我性灵得到充分发扬，生死攸关的五年。而这五年之中，我最大的幸事，便是校勘了《光绪亳州志》一书。

我的专业并不是历史，与史结缘，得益于我曾经的老师时明金先生的大力引荐。校勘事始议于 2010 年，功始于 2011 年七月，竣于 2013 年 3 月，前后历时三年。这三年时间，我由于校勘的需要，将亳州历史全面系统地梳理了一遍。

“南北通衢，中州锁钥。东南控淮，西北接豫”的亳州，在三千多年的历史长河中，不但诞生了以老庄、三曹为首灿若星河的历史人物，也同时发生了无数可歌可泣，感人肺腑的历史事件。历史的洪文和那些尘世微小的寒温一起，让我一次次热泪盈眶，泪洒衣襟，在寒夜中，心痛不能自已。

诚然，“山河大地已属微尘，而况尘中之尘；血肉之躯且归泡影，而况影外之影”，往事并不如烟，那些历史的烟云，不能，也不该被忘记。

《光绪亳州志》的意义，就在于它是亳州现存唯一一部经过完整点校，刊行于世的古志。我与家父谈及亳州历史，都为亳州没有一部完整的古地方志，以至于很多历史考据因查无实据，无所凭借而怅然衔恨。最早听到《光绪亳州志》的名字，是在我高中时期，家父告诉我有这样一本书，可惜是手抄本，断简残编，被藏者作为枕中秘笈，藏于高阁，秘不示人。

家父说："《光绪亳州志》我还有幸瞅过两眼，你是一直缘铿一面，不知道什么时候才能一睹芳容。作为亳州人，想研究亳州的历史，却连看看亳州的志书都不可得。可叹，可怜！"

说罢，父女相对，怅恨久之。

遥想清朝末年，亳州迭遭兵燹，铁蹄所至，连当时的州衙也不能幸免。州中精华，尽数付之一炬。然苍天不绝文化火种，百业待兴之际，当时的知州宗能徵先生慧眼独具，将兵燹后所残余的地方志招人编纂为《光绪亳州志》一书，此举真是福泽当世，功盖千秋！这事恐怕只有当年萧何入秦宫不敛珍宝，维将文章典籍尽数清点可相媲美！

而有了这样的情感铺垫，我拿到光绪志时候的欣喜若狂，就可以为人理解了。我至今记得我第一次从父亲手里接过还飘着墨香的《光绪亳州志》的情景。我关掉书房的大灯，燃起一炉沉香，在佛前深深叩首，我一生没有感激过命运，但唯独这次，我由衷地为这份来之不易的邂逅感念上苍。

这本影印版的《光绪亳州志》购买于扬州，书页已经泛黄，静静在灯下打开，那些皎若云间明月的文字在月光中闪烁如金。参差的书页如同一朵佛前的七世供花，横看成岭侧成峰。又似一部武林绝世高手绘就的秘笈，天地为炉兮，造化为工！阴阳为炭兮，万物为铜。字里行间乃血书城，蕴含了天地间无数秘密。

所谓大巧若拙，所谓重剑无锋，殆为此也。

夜阑人静，总是会勾起人的心事。而多年沉溺古典文献的经验，更让我学会了如何透过历史烟云，看历史不动声色地施展翻云覆雨手，谈笑间樯橹灰飞烟灭。学会在那些看似平淡的字里行间里，去叩问历史沧桑笑容背后的诡谲。

我终于在日复一日的校勘中，体悟出了生命的真谛。人是绝对值得活着的。人要不断地成长，更新，改造。生活不是束缚我们的茧，而是孕育无限可能的沃土。

这个五年，我遇到了《光绪亳州志》。下个五年，下下个五年，我又会遇到谁呢？我很期待。亳州，你期待吗？

今夕何夕，贺君初度。就让我把《光绪亳州志》的手稿当成一份菲薄的礼物，在你十五岁的时候，郑重地奉献在你的面前。

亳州，十五岁生日快乐。

下雨了，听着淅沥的雨声，我不禁提起狼毫，在已然生疏的纸砚间，写下一首诗：

滴雨湿罗幕，片云沾岩阿。
远眺如丝雾，镜面起烟罗。
鱼随莲叶动，棹引一捧雪。
念此心自在，其中有摩柯。

窗外，穹顶下繁花万点，文峰塔隐入夜空。

建安风骨在　谯郡有龙伏

——记魏武帝曹操

李蓁蓁

一、乱世风云谁识主

曹操（155—220），沛国谯郡（今安徽省亳州市谯城区）人，汉末魏初军事家、政治家、文学家。曹操是中国历史上影响最大、争议最多、个性最复杂的人物之一。然任人臧否，光华不掩；千载之后，老骥益坚。本文即带您走近曹操，探索魏武帝波澜壮阔的人生篇章。

曹操生活的东汉末被美学家宗白华称为“中国政治上最混乱、社会上最痛苦的时代”。统治中国四百年的汉王朝正值分崩离析的状态，朝政腐败、时局动荡、危机四伏、民不聊生。

曹操祖父是“奉事四帝，未尝有过。其所进达，皆海内名人”（《后汉书·曹腾传》）的大宦官曹腾，父亲曹嵩虽为太尉，但宦官养子的出身，却让其终生贴上“乞丐携养”的标签，嘲讽声如影随形。

自打《三国演义》问世之后，世人一提起曹操，脑海中便自动浮现出一张戏台上奸白脸的形象，真实的曹操则湮没于各色人等的口诛笔伐之中，在历史的烟尘之中面目模糊。

而曹操作为汉末军事战争中成长起来的风云人物，一手抚平东汉动荡，消灭诸侯割据，缔造曹魏帝国，挽狂澜于即倒，救黎民于倒悬，对中华民族的历史走向有着深刻的影响。西晋陈寿在《三国志》中称曹操“非常之人，超世之杰”；西晋陆机在《吊魏武帝文》中称曹操“建元功于九有，故举世之所推”。

直至宋代之前，曹操的形象仍然皇皇挺立，唐太宗李世民在《吊魏太祖文》中称赞曹操“以雄武之姿，当艰难之运；栋梁之任当乎曩时，匡正之功异于德代”。数百年间，虽偶有差评，也是人言人殊的立场相争，并非当时的主流意见。

长篇历史小说《三国演义》因文学和当时社会思潮的需要，表现出明显的贬曹笔法。而正史中对曹操的评价，可算是魏、蜀、吴三国君主之中最高者。譬如陈寿评价曹操为“汉末，天下大乱，雄豪并起，而袁绍虎视四州，盛莫敌。太祖运筹演谋，鞭挞宇内，揽申、商之法术，该韩、白之奇策，官方授材，各因其器，矫情任算，不念旧恶，终能总御皇机，克成洪业者，惟其明略最优也。抑可谓非常之人，超世之杰矣”。

鲁迅先生就曾公正地评价过：“我们讲到曹操，很容易就联想起《三国演义》，更而想起戏台上那一位花面的奸臣，但这不是观察曹操的真正方法。其实，曹操是一个很有本事的人，至少是一个英雄，我虽非曹操一党，但无论如何，总是非常佩服他。”

曹操从小为人“机警，有权数，而任侠放荡，不知行业”，他出身的家庭虽然当时在权势上显赫一时，却由于“原本并没有什么高贵的血统作为凭依，加上时代风气的影响，所以曹操很少受传统伦理观念和价值标准的束缚”。这样的家庭为曹操性格的形成和他日后席卷天下、包举宇内的文治武功建立基本条件。也正是由于曹操的生性机警、长于权数，才在当时动乱的社会中保全自己，割据一方，最终权倾天下；遥想孟德当年，雄姿英发，在那大争之世，倘若一味循规蹈矩，拘泥固执，不放荡通脱，即便博学多才，何来“天下人才入我彀中”之手段？何来谋臣如云猛士如雨之局面？何来求贤若渴不计前嫌之雅量？何来建安风骨开一代清俊通脱文风之先河？又何来以后挟天子以令诸侯之荣光？

曹操无规矩，他的家世和个性，甚至当时的社会条件都不允许他活在规矩之下，也唯有挣脱俗世羁绊，在自由无束缚的空间里他的才华才能得以施展，他的霸业才会建立。

二、飨世风声八角台

二一六年，曹操晋爵“魏王”，受九锡，设天子旌旗，戴天子旒冕，出入得称警跸，并作泮宫。他名为汉臣，实际上已具备皇帝的权力和威势。曹操统一之雄图，《短歌行》有谓“周公吐哺，天下归心”可资明。《龟虽寿》“老骥伏枥，志在千里”也言其虽至晚年仍不弃雄心壮志。然终其一生仍为汉臣，和三国中第一个南面称尊迫不及待登上帝位的刘皇叔不可同日而语。

那么问题来了，既然魏、蜀、吴三国国君之中，各有劣迹，为何唯独曹操千夫所指？

曹操的形象到了宋朝便急转直下,若细细探究,便不难发现其形象虽百转千回,却自有其规律,那便是与当时的国运、政局以及领导人的个性密切相关。通俗点讲,当国运昌隆、政局稳定,国家由明君贤臣主导时,舆论便倾向于将曹操评价为“好人”;一旦国运衰败,国家面临分裂,乃至被迫偏安一隅时,曹操“奸臣”的一面便会无限放大。例如南北朝时期,南朝人裴松之在注解《三国志》时,就选用了一些曹操的负面材料。

到了北宋司马光编撰《资治通鉴》时,正值宋朝鼎盛时期,尊曹之意占据主流,书中便以曹魏纪年。而到了南宋,偏安的境遇与三国时蜀国的遭遇奇迹般地形成了某种无缝对接,民众的思潮便集体转向,“尊刘抑曹”的思想开始风行起来。朱熹就在自己的著作《资治通鉴纲目》中,抛弃了曹魏纪年,代之以蜀汉纪年。

南宋之后的元朝,汉人被蒙古人统治,民族郁结无法排解,民间“反曹”情绪更甚。到了罗贯中所处的明朝,“拥刘反曹”已成绝对主流,罗贯中也就在《三国演义》中慷慨地送给他一张奸白脸。

事实上,曹操在北方屯田,兴修水利,解决了军粮缺乏的问题,对农业生产的恢复有积极的促进作用;用人唯才,打破世族门第观念,罗致地主阶级中下层人物,抑制豪强,加强集权。所统治的地区社会经济得到恢复和发展。精于兵法,著《孙子略解》《兵书接要》等书。善诗歌,《蒿里行》《观沧海》气魄雄伟,慷慨悲凉。散文亦清峻整洁。

史书评论曹操:“明略最优”,“治世之能臣,乱世之奸雄”,“横槊赋诗,固一世之雄也。”《资治通鉴》引谋士荀彧、郭嘉对曹操的评价,说曹有十,即“道、义、治、度、谋、德、仁、明、文、武”。曹操著名的自传《让县自明本志令》作于建安十五年(210),霁月光风,字字诚挚。曹操回顾了自己的一生后也不禁感慨系之:“使天下无有孤,不知当几人称帝,几人称王。”事实的确如此。

三、东临碣石有遗篇

纵观中国古代人物,曹操是得到毛泽东的点评最多的。毛泽东年轻时就对曹操十分推崇,他肯定曹操的王侯霸业,称赞曹操的军事才能,还欣赏曹操的文采风骚……同时指出曹操存在的缺点。据统计,毛泽东对曹操各种形式的评价共达三十二次之多!

毛泽东读书时就曾经在《讲堂录》中写道:才不胜今人,不足以为才;学不胜古人,不足以为学。天下无所谓才,有能雄时者,无对手也。以言对手,则孟德、仲谋、诸葛尚已。

据人民出版社一九八三年出版的《毛泽东书信选集》记载,周士钊对一九一八年的《过魏都》记忆犹新。周士钊是毛泽东在湖南第一师范的同班同学,也是毛泽东的好友。一九一八年八月,毛泽东路过河南,特地与罗章龙、陈绍休到许昌瞻仰魏都旧墟,凭吊曹操,并与罗章龙作《过魏都》联诗一首:

横槊赋诗意飞扬(罗),自明本志好文章(毛)。
萧条异代西田墓(毛),铜雀荒沦落夕阳(罗)。

诗中表达出毛泽东对曹操的威加海内、潇洒出尘的钦佩。在毛泽东看来,曹操是中国古代少见的一位集政治、军事、文学才能于一身的人。因此,他在不同场合多次谈及曹操,读史时多次点评曹操,并给予高度评价。

新中国成立后,毛泽东更是多次评价曹操。

一九五二年十一月一日,毛泽东视察河南安阳,参观殷墟。他对随行人员说:漳河,就是曹操练水兵的地方。曹操也是个了不起的人物。他在这里进行了大规模的扩建,还在这一带实行屯田制,使百姓丰衣足食,积蓄力量,逐渐统一北方,为后来晋统一全国打下了基础。

一九五四年夏,他在《浪淘沙·北戴河》一词中这样写道:

往事越千年,魏武挥鞭,东临碣石有遗篇。
萧瑟秋风今又是,换了人间。

这是毛泽东对曹操评价的集大成者,更是给曹操定论的名篇。诗歌纯用白描手法,寥寥数语,境界全出,一个政治家、军事家和诗人的形象便跃然纸上。

一九五四年七月二十三日那天,毛泽东特意给女儿李敏、李讷写信说:“北戴河、秦皇岛、山海关一带是曹孟德到过的地方。他不仅是政治家,也是诗人。他的碣石诗是有名的。”(《毛泽东传》叶永烈)

毛泽东反对贬损曹操,对把曹操当作奸臣的传统观念十分不满。一九五七年四月十日,毛泽东在与《人民日报》负责人谈话时,为曹操辩诬:历史上说曹操是奸雄,不要相信那些演义。(《毛泽东传》叶永烈)

这可算是一位伟人对另一位伟人惺惺相惜的辩护,时隔千年,两位历史巨子穿越时空、肝胆相照的金兰语。

卿艳独绝，世无其二

——观中国女排里约奥运会决赛小感

李蓁蓁

一九八一年世锦赛，女排迎战东瀛。东瀛素有魔女之称，遇弱屠弱，遇强灭强。一时域内涤荡，风云变色。寰球列强，望风而遁；东亚诸强，望风披靡。女排正撄其锋，郎平曰："诸君勉力可矣，吾不敢惜命与力。"遂带队冲锋，为国死战，大破之。消息传来，风云激荡，举国若狂！

当时我尚未出世，不能观。但不难想见，国家积弱已久，民族郁结，多自菲薄。女排夺冠，声震寰宇，民族郁结一扫而空，穷街陋巷，同声一哭，谓多年块垒为之一消。五连桂冠，光耀神州，女排精神，遂为民族魂魄。

一九八四年洛杉矶奥运会，出战不利，九州哀鸿遍野。然而女排决战奋起，攻城拔寨，算无遗策。郎平一骑绝尘，为国效死。女排夺冠，京师人绕未名湖疾走，长歌直冲云霄，四海闻之感泣。

此后数年，水满则溢，月盈则亏。女排老矣，时有折戟。郎平时当壮年而骨若老妪，稚子投怀竟不敢迎，以筋骨不堪也。女排寂寂，云遮雾掩，新旧交替，黯然时多，得意日少。直至二〇〇三年，陈忠和率军冲锋，挥师南下北上，女排复振。有冯坤、周苏红、赵蕊蕊等人，攻城拔寨，大开大阖，气势若虹。

二〇〇三年，正余高考。放学归来见家中电视正转女排，蕊蕊轻舒猿臂，流星赶月，大力扣杀，隐有当年郎平风范。我观战许久，突有所悟。旋即回房，挑灯奋笔疾书，欲学女排，求学报国。

此后一年，雅典摘桂，我在京师学堂中观看直播。回想去岁，呜咽流涕，不能自已。雅典里约，时光荏苒，转瞬已是一纪。伦敦出四强，秋月泪洒，云丽伤怀，败军之将，弃甲曳兵，不敢言勇。神州流涕，唯黯然销魂而已。

国危思良将，海内忆将军。神州招旧部，将军缓辔归。二〇一三，王者归来。

郎平重新执掌教鞭,女排振,王气苏,然天下轻之。见女排伶仃瘦弱,莫说郎平不可复见,蕊蕊、云丽之姿,亦不可复见。稚子羸弱,不堪重任。又见冯坤场上解说,蕊蕊场外著述,更增今昔之叹。众口悠悠,疑声四起,无牙之猛虎,如何可做万人敌。

劲旅接连折戟,女排方显锋芒。决赛之始,中华娇女对阵东欧劲旅,看得人手心汗出,意不能平。赛场瞬息万变,场外风云迭起,忽万籁无声,云端俱寂。中华胜矣,距上次雅典夺冠,已历一纪。

呜呼!自古美人如名将,不教世人见白头。多少体坛白头将军,功名似水,霸业如烟。而为何郎平独领风骚,终能王者归来哉?

诚如人言"今日乃天下忘我,我不忘天下;天下不容我,我能容天下。故能王者归来,天下景仰。念念能以天下为度者,天下必归之;念念皆以一身为度者,天下必弃之。郎平不老,吾岂敢老,郎平不衰,吾岂敢衰,虽位卑,亦勉之"。

巾帼女排,国之重器;卿艳独绝,世无其二。

玉　儿

杨春丽

玉儿是我的外甥女，今年十三岁了。大大的眼睛，长长的睫毛，聪明又乖巧。

玉儿是个懂事的孩子。自幼儿园，被送入某私立寄宿学校，寄宿学校规定学生两周回家一次，三岁多点的孩子离开爹妈，一定很想妈妈。刚入园时，还记得有一次我利用周末去看她，当她看到我的一瞬间，哇哇大哭，边哭边说："我想我妈妈，我想我家……"我抱起她，满是心酸、怜爱，有一种撕心裂肺的疼痛，埋怨着她爸妈自以为是让孩子接受更好教育的良苦用心，抑或是"狠心"。

玉儿在三年级的时候，转校了，不再寄宿。因为她妈妈腿部摔伤，多处骨折，爸爸在外打工，玉儿暂时由我照看，约有半年的时间。她每天自己按时起床，从不用大人叫醒，然后自己洗漱、梳头、扎小辫、吃饭，背着小书包高兴地上学校，像个快乐的小天使。有时我工作忙，需要加班，每次带她去超市购物，让她挑选自己爱吃的零食，她总会从货架上取几包方便面。她说，在你忙的时候，就不用担心我了，我自己可以煮面。懂事的孩子总是令人格外地怜爱。

无忧无虑的时光总是那么短暂，尤其是对于玉儿。在玉儿六年级的时候，她的爸爸和妈妈离婚了，看着爸爸的淡漠、妈妈的伤心，孩子无辜的眼神多了一丝惊恐和茫然。此后，玉儿和妈妈一起生活，母女相依为命，放学回到家，懂得心疼妈妈，会劝辛苦忙碌的妈妈多吃一点，小小年纪的她对妈妈说："妈，我永远不会抛弃你！"

又是一年开学季。今年，玉儿已读初中了。玉儿给爸爸打了电话，爸爸电话里说来给她送生活费，又和爸爸见面了，玉儿的表情是欢快的。但商定的在每年底将每月生活费一次性给付，结果被分为两次给，另一部分在暑假给。或许大人们会为曾经的过往心怀怨怼、心生芥蒂，但孩子的心境是清澈纯真的。玉儿见到我时，悄悄地告诉我说：我是这么想的，爸爸没有把生活费一次全给我，而是分为两次，他是想能够多见我一面吧。在艰苦世事中，令人心生感动。

玉儿，稚嫩如芽，却心向美好，如水清澈明净，如风温暖和煦。

玉儿，是三月的鹅黄绿，是春天，是希望。

爱的鼾声

许永春

大学时,爱人同寝室的室友开玩笑说:“阿春,跟你透露一个秘密,你的他鼾声如雷,和他谈婚论嫁你要有思想准备,你必须是睡眠状态极佳才能保证你的婚后幸福。”说这话时,他就在身边,他的表情很无助,仿佛要失去他最爱的女人了。我很心疼,傻傻地说:“爱的鼾声就该如雷贯耳。”

那话仿佛还在嘴边,那鼾声已实实在在地响在耳畔。每晚听着他的鼾声入眠很踏实。早晨,他总是先起床,打好豆浆,做好饭,然后给我一个香甜的蝶吻,接着就温情地看着半睡半醒的我说:“我喜欢你在我的鼾声里甜甜睡去的娇态。”我的幸福涂满了每一个这样的清晨。那时我相信阳台上小鸟的歌声是因我而清脆甜润的,客厅里的盆花是因我而娇艳欲滴的,后窗外的田野是因我而春意盎然、吐绿芬芳的。我幸福得仿佛一缕碧野清风,自由自在,醉美得酣畅淋漓;又如夜幕下静谧的湖子,蛙鼓蝉鸣之中秀美成一块温润的白玉。爱的鼾声从远处漫过来,从近处荡开去,浓得化不开的夜便更具神秘风韵了。也许,鼾声是夜晚最和谐的一个音符,那鼾声该是美梦开始时的前奏,是梦想的序曲。

儿子大一些了,说:“爸爸的鼾声真大。”我说:“我怎么没听见。”儿子就很形象地把那鼾声的节奏哼出来,呼哧呼哧的样子很可爱。他的同事也问过我:“你每天都是怎么睡着觉的?我们出差五个人一个房间,就他一个人在床上睡,我们都跑阳台上赏月去了,一赏就是一晚呀!弟妹,你不知道他那鼾声,一晚没停过,我都睡着了,还给我打醒了。”我说:“我怎么不知道他打呼噜。”是啊,我把他的鼾声当成了乐曲,我怎么会听到鼾声。他的同事开玩笑说:“能躺在他身边睡一辈子的女人,绝对是不一般的女人。睡仙,肯定是女睡仙。”我笑道:“你们还说呢,他和你们在一起共寝的几个晚上,我反倒没睡着。那几天,我就站在阳台上,听夜的声音,我知道肯定有个音节是他的鼾声,我才安静地睡去。”他的那些同事半开玩笑地说:“听见没有,这就是爱的鼾声。嘿嘿!”

也曾在失眠的夜里听着他的鼾声想心事;也曾在月圆的晚上,听着他的鼾声望月怀乡;也曾在有灵感的夜晚,听着他的鼾声写一些心情文字,如此时,他的鼾声正浓的时候,我已为他填好了这首鼾词。今晚,月光竖着,楼群竖着,松柏竖着,他的鼾声也竖着。我在这个竖着的夜里,为他横填了一首爱的鼾词。回头看一眼他,我也横在了这个甜蜜的夜里,甜蜜蜜地横在那儿,睡了。

草原之行

许永春

在亳州，也许我是唯一的蒙古族人。每一次，谈到内蒙，谈到蒙古族，我身边的一些朋友和同事，都用很神往的表情和我说："那你肯定看够了大漠，踏遍了草原，喝够了牛奶，吃够了羊肉。"我总是很诡秘地一笑："好，有机会去内蒙古，我当导游。"其实，真正的草原我也没看过。天之蓝，地之阔，只有真正的牧民和骑手，才会领略到。

每年暑假回家，都想去大草原看看，但一到家，爸爸妈妈就再也不放手了，短短的假期，他们怎么舍得我离开他们一分一秒呢？我能体谅父母的心情。可是今年暑假回家不一样，我还没有真正到家，妹妹和表妹就把我接走了，他们说要开私家车到草原上自驾游。我一听很兴奋，因为我对草原也神驰很久了，更何况作为草原民族的儿女，没有仔细看过草原上的一片蓝天，没有仔细嗅过草原上的一株绿草，没有温柔地抚摸过草原上的任何生灵，总觉得很惭愧。

我们要去的是科尔沁草原的珠日河牧场。车开出城市，空气就变了，我们眼里只有两种颜色：天的蓝和草的绿。偶尔，会有一排排的风力发电机从眼前飞过，那螺旋桨形的叶轮，在风中旋转着，仿佛整个草原也在晃动，如一块碧玉擎起一条哈达，漂浮在蔚蓝的天宇，那么洁净无瑕，那么清纯温婉。

那一片片的绿啊，让我们这些在城市里呆久了的人，卸去了心头灰色的名利，装上了疏离尘世的阔达和幽远。山坡上，那星星点点的一片羊群，尽情地享受着这金色的阳光和绿色的美味。孩子们迫不及待地伸手去抓，摊开手看时，什么都没有，但我却仿佛看到了他们摊开的是云游在山间的白云，轻柔地在孩子们细嫩的手掌中萦绕，然后悬浮在天上，任你想象。

草原旁侧，出现了高峻的山峦。在最高耸的一座山脚下，是一排排的蒙古包。不远处，一群牧民看到我们开车而来，立即上马，向我们飞驰过来，我仿佛看到了当年的成吉思汗和他的将士们。从众多骑手中,我选了一位最像成吉思汗的,上了他的马,随他驰骋在广阔的天地间,寻找成吉思汗和孛儿帖的影子,希望他们能从历史的荒野中打马归来。

在一处高大的山坡处,我们勒住了缰绳,我毕竟不是孛儿帖,我怯于山坡的高耸,我更敬重成吉思汗。他尊敬上天,光明磊落。那个山头,与天接壤,我不敢轻易触碰,怕惊扰了上天,责怒于成吉思汗。在山坡下,我一个人骑在马背上,任由缰绳在草地上滑行,马儿此刻很乖巧,就那样慢悠悠地带我在草原上摇晃,我们似乎很熟悉。有时我会下马,走到蒙古包里看看里面的结构和装饰,好像每一个蒙古包里,都少不了成吉思汗的挂像,有的是纸质的,有的是皮质的。在草原人民的心里,成吉思汗就是神的象征。

玩累了,都饿了,我们吃了一顿蒙餐。奶茶奶酒,手抓羊肉,牛肉馅饼,很多味道和中原都不一样。特别是好客而朴实的牧民,他们骨子里没有虚伪,没有拘谨,没有名利,他们把最好的东西拿出来给你,还给你最好的心情。他们喜欢在吃到兴致起时,给客人们唱歌。一位小学校长还专门为我唱了一首内蒙古奈曼旗民间流传的一首科尔沁民歌《诺恩吉雅》(又名《远嫁的姑娘》),歌中描述了美丽善良的蒙古族姑娘诺恩吉雅因氏族内不成婚而远嫁他乡的凄婉故事。“老哈河水,长又长,岸边的骏马,拖着缰,美丽的姑娘,诺恩吉雅,出嫁到遥远的地方。”那位校长用蒙汉两种语言深情地唱着,偶尔还解析一番,他说:“诺恩吉雅是草原民族圣洁朴实美丽的化身,我把这个名字送给你。”想想自己也曾是远嫁到千里之外的姑娘,我沉浸在思念优美抒情的曲调之中,泪水不知不觉地流了下来。“海青河水,起波浪,思念父母情谊长。一匹马儿做彩礼,女儿远嫁到他乡”,如今,女儿回来了,却在另一个遥远的地方。

优美抒情的曲调在一家小小的餐厅里传出来,随着草原风传到远方。我们已经在回家的路上了,我知道父母已经在门前等好久了。虽然这里还有很多辽代的古城、金代的界壕,我们还没有看到,但留一些东西,给下一次旅程,让我们的梦想一直延伸下去。

身后的草原一点一点地离我远去,我哼着《诺恩吉雅》,又有一种被远嫁的感觉。残阳如远去的红妆,草原独剩下惆怅和期待的目光。

行走在秋风的寂寞里

许永春

花开的季节,万物流露出的是一种张扬的感动。那诱人的新绿,那清新的泥土气息,还有那些次第开放的花朵,让人不得不陶醉在这夸张的渲染之中,人也就成了画中的一个角色,被推搡着成为这个季节里的一景。而人在秋天里,永远只是一个看客,擦亮一双深邃的眼睛去看自然交替的神秘,仿佛刚从画中走出一样,看得那么深刻、那么透彻。

刚刚还是桃红柳绿,一扭身,身后已是一地的凄凉。看那曾经枝繁叶茂的松柏,如今已在一瞬间脱去了柔韧的绿装,静静地等着有情的人为它披上飞舞的银装。秋风在这些枝干间寂寞地行走,没有谁能与它共舞,那些多情的叶片已经疲惫地躺在大地上,慢慢地化成泥土,成为大地的一部分。

行走在这空旷的季节里,人总会跟着秋风一起寂寞。也只有在这个时候,人才会冷眼观望世界。人世有太多无奈,所以人不能像风一样自由行走。当你跟着风自由时,你会发现,走着走着,自己便被丢在了季节之外,脱离了世俗的惯性,就像错乱了季节的变换,总有无情随着寂寞走。

在秋天的乡村里,只有那秋水在日月的辉映下,格外静美。四周桃林的虬枝尽情地伸展,仿佛在比拼着彼此健美的身躯,只为在这潭秋水的清波里看见自己起飞的姿态,因为只有这样,它们才相信明年这里一定会春暖花开。秋水是有灵性的东西,是乡村的眼睛。只要你从它的岸边走过,它的世界里就满满的都是你了。索性给它起一个很好的名字“桃花潭”,让秋风从这走过,告诉它:我们来了,这里便有了传说。

乡间的田埂满满的都是季节的疼。那散落在其间的米穗,那被农人遗弃的瓜果,还有那偶尔从树上滑落下来的还没有学会飞翔的小鸟,它们都在疼着。我们在秋风里穿行,疼着它们的疼。也许,给小鸟搭一个草窝是我们唯一能缓解疼痛的方式。

远处的小沙丘上，一对恋人手牵着手在秋风里奔跑，他们在我的视野里有着光一样的速度，很快便闪进了霞光里。我相信那就是爱情的地老天荒。

在潭水边，那对恋人放了两个小泥人。也许很多年后，这片桃林会告诉你，他们来过；这潭秋水会告诉你，他们来过；这里的一草一木都会告诉你，他们来过。在秋风的寂寞里，谁在翻动着多情的往事？那两个小泥人在会心一笑。

古城的历史写在老街上

唐贵芳

人们之所以喜欢古城，大抵是因为她的安宁与质朴吧，那种悠远的静、古典的美，总能让你在短时间内忘掉现代尘世的繁芜，醉心于古人的智慧与审美之中，品味着经年的文化沉淀与历史累积，时光便也在你顾盼流眄之间悄悄地溜走了……

漫步亳州古城，抬头仰视，低头俯瞰，皆是凝固的诗行，那排山倒海的节奏亦如铿锵的非洲鼓点，惊艳开场，记忆深处的闸门也随你的唏嘘慨叹缓缓开启。

古城的历史写在老街上。

在我看来，老街就是古城的清眸，她是我们领略一座城市文化的窗口。透过这扇窗，老人能看到鲜活的青春过往和那早已回不去的故乡愿景；年轻人能看到一条脉络，这条脉络一头牵着过去，一头系着现在。也许老街就是一种情怀，每代人都有属于自己的老街印象。但老街的美，是我们共同的记忆。正如叔本华所说："无论乞丐还是国王，看到的夕阳都是美的。"

徜徉于老街，仿佛穿越了时光，恍惚中又回到了亳州的古时代。打铜巷里叮叮当当的敲击声，纸坊街上过往商队急促的马蹄声和卷起的阵阵烟尘，里仁街袅袅的药香以及白布大街码放齐整的布匹绸缎，甚至孩童的糖人儿还在昔日的阳光下闪耀着金色的光芒，那幽微的香甜气息也能轻易直抵你的鼻腔……这鲜活的画面犹如中国卷轴画般徐徐展开在你的心间。若不是古屋门楣上斑驳的字号和疾驰车辆的提醒，你怎会懵然感知历史的脚步已然跨越千古，行至现代。

的确，亳州是一座生活在历史和现代之间的城市，过去和现在的影像在这里清晰重叠。古城是现今亳州城市形成的基质和胚胎，老街是亳州城市发展历史射线的原点，是构成国家级历史文化名城内涵的重要章节。那曾经的辉煌与繁华已被风吹散、雨打去，留给我们的更多是沧桑与启迪。行走在这座自然风雨和人类烟云的城池里，凝望着、遥想着、观赏着的时候，你是否会陡然生出一种想法：这就是历史中的亳州古城吗?

时间在前行,古城也在时光洗礼中改变了风貌。

自二十世纪九十年代以来,随着城市建设的飞速发展,古城也遭到一定程度的破坏性开发。冰冷的钢筋代替了质朴的古木椽子,坚硬的玻璃替代了华美的透雕窗棂,连同那灵动华丽的飞檐也被方正僵硬的楼角取代,老街的华彩荡涤殆尽。更有甚者为着一己私利,在风烛残年的古院落中抢地造屋,一个个违建屋棚占据了古院的大部分空间,它们大多没有实际用途,反而更像是千年古树上变异突兀的树瘤,让人不忍直视。这样的老街,是呆板的,没有灵气的。正如智能机器人一样,它是现代的、高科技的,但同时它也是程式的、疏离的。我们在为老街的残垣断壁哀叹的时候,是不是应该意识到,我们不仅欠下历史的篇章,更欠下后人传承的书目。

古城是现代城市发展的底稿,老街是最生动的物质记忆,是古老文明凝成的琥珀,贮存着优秀的文化基因,是我们溯源求本的直接线索,她能指引我们回溯历史,瞻望未来。保护古城,留住文明;保护老街,留住乡愁。我们不该忘却远古的记忆,我们不能忘记来时的道路。

如何保护老街?如何留住古城的根脉?迫在眉睫!我们为先人留存的文化精髓而自豪,可我们拿什么让我们的后人为我们的现在而骄傲呢?

女人如玉

唐贵芳

不知为什么喜欢玉，总觉得她是自然的精灵之物，能真实地拥有她，是件幸运而幸福的事。

仔细想来，女人喜欢玉也好像是天性所至，并不需要什么理由。就像喜欢一个人一样，并不是因为他有什么特别之处，也许只是四目相对时那会心一笑，抑或是他的一个眼神、一个声音、一个背影，如此简单，但早已深入骨髓。

玉乃自然之石，深眠于地，历经万般磨砺，千年孕育，汲取日月之精华，经了地气之浸润，生出许多灵性，最终华丽蜕变为晶莹的玉石。古人常说，美人如玉，我觉得形容女人如玉也很贴切，玉的含蓄、温润、剔透、灵性，不正如蕙质兰心的女人吗？矜持，水润，阴柔，宁静，宽容，善良，仁爱。

一块上等的好玉，犹如一个灵性的女人般，会润泽你的心田、安抚你的心境、升华你的情操。即使是在冷冷的冬日，一块晶莹剔透的玉品，把玩于手中时，那起初的淡淡凉意也会随你温柔的目光渐渐升腾起融融暖意，化作一潭碧波荡漾在你清澈的心底。也许每一个女子之心亦如那玉洁冰清的玉石吧，在冰冷的外表之后藏着一颗怎样的心灵，在幽静的书卷后，藏着的是怎样一个精灵的女子，在纷繁的尘世后，又隐匿着怎样一双清澈的眸子……

因喜欢玉，也常告诉自己，要尽力做一个如玉般的女子，温润，恬静，善良，仁爱。我是一个平凡的女子，拥有一颗玉般晶莹剔透的心，希望在这漫漫人生道路上，学会用宽容的目光看待世事的变迁，用纯净的耳朵去聆听大自然的天籁之音，用淡定的心灵去感悟生活给予的阳光与骤雨，宽容失去的一切，也珍惜着现在拥有的一切。我想，这样的人生是美丽的，也是弥足珍贵的。亦如那块恬静的玉石，不骄不躁，优雅绵绵。

据说玉是有灵性的，你喜欢一块玉，并能最终得到她，说明她与你有缘，这就是所谓的玉缘。“黄金有价玉无价”,玉一生等待的是缘分是知己。女人如玉,如若此生有缘遇到那双慧眼,必定享受极致的呵护。如若无缘,或将忍受最寂寞的心灵煎熬,一生落寞。即使是这样,女人也会坚定不移地恪守着“宁为玉碎,不为瓦全”的坚定信念,宁可再等一生一世,也绝不苟活一生。哪怕自己将如那顽石般,被藏于闹市,或被埋于深山,亦无怨无悔。

祝福世间的女子,都能拥有如玉的心境和美丽的人生。

感谢月光

陈安源

昨夜的月光特别明亮，银色的光芒唤醒了我黑色的梦。我习惯性地起床，徘徊在夜空下，遥想着阴阳两个世界，时间和空间的隔绝，已无暇顾及旧日的蹉跎。面对这个宁静的世界，我的心中充满深深的怀念。

感谢月光，让我的思绪也变成了银白，许多个夜晚，凭空望你们，星斗是指途的火。一个普通的夜晚，对我来说很不普通。七月十五，没有任何人在我的面前说起，鬼节！鬼的节日，我的心里默默地想象着另外一个世界的至亲怎样过你们自己的节日。我什么也不能给你们，只能在心里给你们我的深深的怀念和刻骨铭心的牵挂。亲爱的爸爸和弟弟，你们那个世界也许永远都是黑色的。

感谢月光，给你们一个短暂的明亮世界。一整天我都在默默祈祷，那个世界的亲人，我和你们的心是相通的，我能感受到你们的孤独和寂寞。我愿意和你们一起体味寂寞和孤寂，这也许是我对你们最好的祭奠。纷扰的世界，我的心会留下一片空间，为你们敞开，让我们在无声中交流。我知道你们现在想给我说什么，在告诉我一定好好地活着，好好地工作，照顾好老人和孩子。我知道这些，我一定会做到，我们在一起的时候，你们不会再埋怨我！

原谅我没有去给你们送钱，我知道你们肯定想我，想所有的至亲至爱，我没有勇气面对冰凉的你们，我不能接受瞬间我们阴阳两隔。残酷的两个世界，让我们不能顺畅地用语言交流。我的自私你们会原谅吗？我知道你们对我总是很宽容，容纳我的正义，甚至也能容纳我的错误。一切都晚了，面对你们乞求的目光，我躲避了，我逃跑了，但是，我知道，生与死都是偶然的，我终究有一天要面对你们，要与你们处于同一个世界。

感谢月光，让我不再在黑暗的夜空里把你们搜寻。你们能化作天上的星星吗？你们是哪一颗呢？灵魂能跟我对话吗？横飞的泪水把我的怀念湿透，心雨还在下个不停。我想多看你们一眼,用我的心,用我的泪。你们的眼睛怎么老是写满迷惑?永远的亲人,我们的灵魂不是早就融为一体了吗?我知道你们永远也不会回来了,我怎么爱你们,怎么疼你们?可我陷入得那么深!那么强烈和认真。我不想留下多少遗憾见你们,用我的回忆、用我的心灵祭奠你们吧!

感谢月光,给我们一个阴阳相聚的时刻,给我们一个灵魂对话的机会!

感谢月光!

遥寄父亲

陈安源

三年前的那个中秋之夜，月光如蝉翼般轻盈，柔柔地洒下一层薄金。

迷信的父亲摆弄出一桌敬神的“贡品”，“不都是廉价买来的水果吗，敬啥敬?”我颇不以为然。

当我看见他把两个石榴端上来时，心中生出内疚。中午，我看见桌上有三个石榴，便问:“咋就买这几个，很贵吧?”他说一个六七角。我说那三个就两元钱。午饭后，我要吃一个，爹说你要吃就吃吧。本来他买石榴是晚上祭祀用的，我吃了一个，就只剩下两个。

天渐渐黑透了，小弟出去鬼混了三天，还没回来，父亲久久不愿说开饭，抱着最后一线希望，期望小弟能奇迹般地出现在门口。然而，小弟最终没有回来。最后，父亲抽一把筷子下决心似地说:“吃吧。”我知道父亲刚刚给神灵跪拜过，我站在院里解手，听见他许愿，“愿上苍保我一家老少平安……。”我们一家六口，却兵分三路，母亲带着大弟在北国做药材生意，小妹在北京上大学，家里只有尚未联系好工作的我、初中的小弟和下岗的父亲。

父亲祈求神灵保佑平安，对此，我已笑不出，如果真有神灵，我相信，也会被父亲的诚挚感动。小弟虽然还没回来，父亲还是多抽了一双筷子。此时，我对小弟恨极了，也许他一生都体会不了做父亲的失望啊！我先拿馍吃了，爹说:“八月十五晚上，喝点酒吧。”于是，他把那瓶中午刚打开的“古井”倒了半杯，也给我倒了一小杯。品着那点酒的辣味，吃着不太可口的鸡肉，我的眼泪快流下了，父亲心里想的还是不知跑到谁家的小弟，他最大的愿望就是能够全家团聚。不知道他的这个愿望还要多久才能实现。

半年之后，父亲也去了四千里之外的北国小县城和母亲一道做药材生意，由于各种不顺心之事太多，再加上不适应那里的严寒，去有半年，不到六十岁的父亲就撒手人寰了。当我与妹妹风尘仆仆地赶到冰冻三丈的北国小县城时,见到的只是父亲慈祥的遗容,妹妹多次哭昏了过去。

父亲离开我已经两年了,每次翻看那时的日记或想起他最后慈祥的遗容时,我都禁不住泪流满面。今夜月色冷清,月亮不知何时挂上了中天,透过树叶投下斑驳的苍白。我多想把它剪成无数碎片,写上深深的祝福,遥寄我的思念,天堂中的父亲能收到吗?

关于妖的随想

蒋建峰

小时候看书，总觉得凡世间能见到的草木藤树、鸡犬猴熊之类，抑或能想象之物如风雨雷电、江河湖海等处，皆有所谓元阳或阴虚的存在，仿佛只要凝神聚气，皆能百炼成妖，而妖皆有幻化之妙，上天入地，穿墙破壁，无所不能，此种超能力，甚为幼稚无知的我等憧憬，甚至会与小伙伴们学着书里的模样，嘴里插根儿秫秸便是獠牙、手上托个酒瓶便是宝塔，耍弄一番，甚是快活；也有学崂山道士穿墙，把头给撞个大包，当真是不破南墙不回头的事情也是有的。妖，给小时候的我留下了无尽的快乐。

总想遇到妖的真身，就整天拿块小圆镜，美其名曰“照妖镜”，晃来晃去的，却也没曾有一个妖被照到；看到人家杀鸡，也会想着拿破碗碴子接上一碗公鸡颈血，以备遇到妖的时候泼洒过去让其现出原形。直到如今，尚存打小养成的习惯，到园子里、田野里，凡是有个洞洞的地方，都会吸引我驻足去戳一戳、探一探的，看是否是妖们的宅邸；独自发呆时，拜托千万别打扰啊，说不定那是正在与妖们神交嬉戏啊。想起小妖，兴起时像模像样地高唱两声“急急如律令”的道号，郁闷时嘟囔上几句“俺来把你哄”的咒语，那妖，却总不与我来见上一面的，或许是不屑，或许是怕吓着我的缘故吧。妖都哪里去了？反正，没真正遇到过妖，童年的我总是有些遗憾的。

相对于妖，有头有脸的神仙们却没能给我带来多少快乐的记忆。一向不怎么喜欢神仙，或许因为他们都是有编制、有组织、有背景的缘故，不像妖族群里绝大多数都是无名之辈，或者树精或者藤怪，不是老妖就是小妖，山野田野、河流湖泊，随处可以栖身，自由自在、无拘无束；而每一个神仙长冠崔巍、衣袂飘飘，都是有名片、有名号的，都可以仰着头旁若无人地来无影去无踪的、都是需要凡人陪侍敬仰的。小时候的印象中，神仙们来或去的时候，总是有祥云伺候、香火供奉着，王侯级别的玉皇大帝、元始天尊们的高姓大名，大人千叮咛万嘱咐是万万不可轻易从小孩子嘴里说出来的，他们要么隐身在云端里藐视着我，要么端坐在八仙桌上首的几案上，享受着烟火和贡品的逢迎，美味的食材一碟子一碗的，摆设了很多，却从来都没有分一点与我共享的意思。即使是正一品的托塔天王，从二品的四大金刚，都是一本正经的正统，他们站在山门两侧神情威武庄严，也是需要在供奉的庙里仰视着不可亵渎的。大一点的神仙出巡的时候还需要俗人们熏香沐浴才可接见的，严肃之极；我们小孩子家泥猴般的模样，百衲衣的生活，实在是恭候亲近不得。小时候，我很贪吃，但供桌上的瓜果梨桃却始终没有勾起过我的食欲，所以我对神仙们一向敬而远之，大人们烧香磕头的时候，我总是选择溜之大吉了。

徜徉在妖的氛围里，渐渐认识了越来越多的妖，为了记忆方便，依据妖的面目，用相貌协会的办法，我便把妖进行了分类：大家伙都是妖，有的丑如旱魃、辟邪，他们各有各的遭遇，身处不同的境地，或面目恐陋突兀诡异、或惊世骇俗张扬个性、或已遭神仙规劝降服镇压，渐次把自己与环境相隔绝，直至自妖成怪，执着叛逆，不为正统所容，是为妖怪。有的俊俏如小倩、婴宁，性情精灵古怪，心思缜密精巧，或存于蒲松龄的聊斋，或出没禅院书房，虽身为妖，偏可为情所困，为才所动，为些许微薄的关爱便奋不顾身、流离失所在所不惜，历经磨难无怨无悔，虽为妖身，却坚持和谐融入到俗世，不突兀、不怪异，是为妖精。无论是妖怪，还是妖精，他们都让我觉得真实。他们亦正亦邪的存在形式中，才真的蕴藉着自我的坚韧。

做人，如同做妖，既可选择拧眉挫目做一个怒目金刚式的妖怪，也可低首顺耳做一个标致兼有小可爱的妖精。但我还是不喜欢傲然决绝、超然脱尘，享尽人间香火，却喊着不食人间烟火的神仙。

做妖，也可以做出真实的自我。

我对童年记忆中的那些老妖和小妖们，一向是念念不忘的……

怀念一只猫

蒋建峰

我不常做梦，但在为数不多的梦境里，它常常地出现。

它三十多年前第一次出现的时候，我还尚且年幼，它是一个船民大娘用很粗的绳子拽着到我家的，就拴在了堂屋的门栓上。那天，它就跟这根绳子较上了劲，爪子抓、牙齿咬、头猛甩……从那天起，它就留在了我家，成了我家最忠实的一员，甚至比所有的人都忠诚于这个家。

在见到它之前，乃至之后的三十年里，我从来没有再见到过如此的猫了，头大如“斗”，淡黄色的毛发中夹杂着些许的白色；尾巴比一般的猫要粗重下垂，像狼与狼狗一般，尾巴中天然的有一种野性基因；眼神直直地瞪着你，叫声能透过门窗院墙，直达街巷，乃至常常有路过的行人或者邻居询问我家有没有幼儿很不乖巧，哭得让人心痛。船民大娘告诉我和弟弟，这是一只野猫，是在河边滩地上套住的。

于是，我家小孩子添了个玩伴，我们可以带着它耀武扬威地去“战斗”，可以把不小心打碎的碗罐说是它干的，可以把从鸡窝里偷摸出来的鸡蛋用勺子放在火上煎熟吃掉，大人们问起来说是它偷吃的……到了冬天，我和弟弟每天晚上都会让它先钻到冰冷的被窝里，把被窝暖和了，我和弟弟再进去，它就蜷缩在被窝的某一头，要么是我的枕头旁，要么是弟弟的枕头旁，守着我们的脸蛋安眠。这些天我梦到的它，就是这副样子，我还能感觉到它鼻孔中喘出来的气儿，喷在我脸上，一样地是暖暖的和痒痒的。

我们都喊它“咪咪”，“咪咪”就成了这只野猫的名字，虽然这个名字常常用来命名那些只会撒娇发嗲的宠物。

一九八五年，父亲单位分了房，我们全家要搬到这个城市的另一头去了。搬家之后，大人们也曾把它抱到了新家，买了小鱼、羊肝之类上好的猫食来“招安”它，这是它原来很少能享受到的。那次，它却没有了食欲，即使按着头，掰着猫嘴塞一点进去,它也是一副不甘心的样子,它常常做的是在屋子里、床上、柜顶不停地跑动,一刻也不愿意停下来,夜晚的叫声,凄厉得几乎让整个机关家属院都无法安眠。现在站在中年门槛的我,刚刚懂得那个状态叫什么?“纠结”!而三十年前的那一夜,我家的咪咪在走还是留之间纠结了!

第二天,它还是跑出去了,一连消失了几天,再也不见了它的踪影,听不到它独有的叫声。大概一周后,我从学校回到家,蓦然看到我家的咪咪在一个碗里吃着母亲给它的吃食,咪咪自己回来了!我和弟弟很激动,而它却很默然,把头埋在碗里,慢慢地咀嚼着,没有激动,也没有饥饿中吃美食的那种香甜,它只是在咀嚼,然后咽下去,往日里那透着寒意、常常直视的眼睛,此时半眯着,仿佛这几天的经历让它不仅身体消瘦了整整一圈,更重要的是魂儿丢了,任由我和弟弟轻轻地抚摸着它近乎凋零的毛发,它只是站在饭碗前,咀嚼着……晚上,我起夜的时候,听到爸爸妈妈还在悄声地议论着要不要把咪咪送回老家去……

咪咪还是被送回了老家。

咪咪开始做了一只留守的猫,在后来好几年的时光里,它独守在老屋,再也没有离开过。

没有人敢去招惹这只独守的老猫,其实邻居日常里都对它敬而远之的,自从我家搬离这条老街后,每次回去,邻居都会跟我父母说到我家的咪咪:它不会去吃别人家的任何东西,无论是鱼还是肉,甚至是别人吃剩的饭菜特意放在一个破碗里端过来喂它,它也是不吃的;它没有躲在任何人家里灶间去借光取暖,哪怕是寒风凛冽;它没有躲在别人的床底柜旁的角落里窥视他们的隐私,哪怕他们家也有只青春靓丽的猫……自从我家老屋的院门锁起来之后,守在院里的它甚至叫声也少了,它开始沉默了,沉默得邻居们几乎在白天很少能看得到它了。如果说它还和邻居们有点关联的话,也就是它在静夜里到邻居家去捉老鼠吃的事情了——我家搬走后,原来父亲垒的两层的鸡窝,没有了母鸡,闲置了,便成了它的寓所,风里雨里、昼里夜里、春里秋里,它就像原来卧在我枕头上一般,蜷缩在上层鸡窝里,任由外面的风凄厉、雨弥蒙、雪纷飞……曾有一次,我在底层的鸡窝里,发现了一堆鼠头和鼠尾,这就是它的餐饮后的剩余了。看来,即使是捉住了老鼠,它也是要拖回到老屋,它的寓所里享受,享受在这个它实在舍不得离开的地方的每一刻时光。

我家的咪咪,又回归到了野猫的定位……

但对它野猫的定位只是别人家的判断,我家不是!我家里的每一个成员,每次回去看看空空荡荡的老屋,站在寂寥的院子里,唤上一声“咪咪、咪咪”,它会时而从瓦房的房顶、时而从院子里泡桐树上、时而从院外的墙上飞奔着扑过来,那是真正的扑啊,稍不留神,就会被扑个趔趄——所以我能梦到的它,一向都是很强悍的。那个硕大的头,在我身上不停地擦,舌头把裸露在衣服外的肌肤给舔了个遍:脸上、手上、脚上,只要它能感觉到人体热量的地方,它都不停地触及;爪子不停地抓我的衣服,甚至能听到"嗒嗒"的节奏来;有时候是用咬的方式来亲近,它尖利的牙齿,咬在我胳膊或者腿上,却是痒痒的,很舒服。而最多出现在我梦境中的一幕,却是每次我离开的时候,它都肃然站立在院墙上,圆睁着那双透着寒意的猫眼,目送着我走远,而它,久久地站在秋风里,瘦骨嶙峋……像极了一个目送亲人远去的苍苍老者。

不知从哪天算起,我没有再见到它了,我想,它终是不会死的,一个有骨气且仗义的猫是不会死的,三十年来,我坚信!

我家只养过这一只猫。它之后,世上无猫……

亳社观梅

——那一般疏疏淡淡的情别

蒋建峰

大宋绍圣二年(1095 年)的一个雪晴的午后,亳州通判晁补之寂寂地坐在寓所里,郁郁寡欢。到亳州城赴任已经两个月了,对亳州的天气仍然不是太适应,几天来一直是阴阴沉沉的,寒风肆意地扫荡着街巷,断断续续地飘着雪,没有一点晴的征兆,人便一直闷在寓所里。

直到除夕,空中不再飘雪的时候,晁补之才有了走动走动的念头。便披起棉袍,独自一人出了州衙,沿着点缀着残雪的城墙边青砖铺就的小道,信步向城门走去。午后突兀的光线有些刺眼,照在白雪上的那份冰冷中透出些许的温暖,然而,那丝温暖倏忽而过,并没有刻意地停留下来。寒意,从周围空气中包抄过来,用只有肌肤能感知到的方式,悄悄溜进棉袍缝隙中去。晁补之下意识地紧了紧棉袍,拂了拂袍子蹭上的雪痕。

绵绵数日的雪,是久违了的。记得很小的时候,父亲就带着自己离开了山东老家,对雪的记忆,已经只能留存在童年的角落里了。一阵风过,云朵散了去,一时间雪地上泛着的光芒,俨然藏着父亲的微笑,眨着督导自己读书时的慈祥目光。那片段不时地跳跃在眼前:记得治平元年(1064 年)那年秋天,出身仕宦之家、书香门第的父亲带着年方十二的自己,从寓居的洛阳南下,一路历览山水、访贤学经,来到会稽(浙江绍兴),渐渐养成聪敏强记、日诵千言的习惯,每得佳句,父亲便是这样眯着眼,轻轻地在自己的头顶拍打两下,会心一笑。只可惜好时光总是容易流逝,自己二十三岁那年,父亲早逝,没有多少积蓄的自己居然不能让父亲安然体面地收殓下葬,以致抱憾终生,只能黯然带着忧伤的母亲回到老家,耕读度日。念起那段生活的困窘,晁通判对着光影里的父亲眉头皱了皱,歉然地苦笑了一下。

回忆真是一叶泛在岁月长河里的扁舟啊,起伏荡漾着。

虽然老家巨鹿也是北方，虽然在北京也曾供职，但自从十七岁那年随着父亲到杭州，直到来亳州之前就任的扬州，南方的那种温情，较之于北方的清冷来得更为适应；听惯了吴侬软语，看惯了西湖夕照，已经让自己从里到外都沉浸在江南的那份温润里了。

父亲身后飘动的光影，是东坡居士吗？东坡先生身上就蕴积着江南的那份温润，那次与亦师亦友的东坡先生结交，是从父亲领着自己去东坡先生府第拜谒开始的。那个十七岁的翩翩少年郎，仰慕先生才思，听说先生要写杭州赋以张扬杭州美景，便将自己观览钱塘风物之盛丽、山川之秀异所作的《七述》一文，贸然地带到先生府上讨教，身居杭州通判与文坛领袖的先生不仅不怪罪，读后还当众称赞其文博辩隽伟、绝人甚远，居然感慨先生自己可以搁笔了，给一个后进小字辈的青年带来的是终生暖阳般的温暖。直到自己身列“苏门四学士”之中，于先生门下时时讨教，在那段亦师亦友的日子里，诗酒酬唱之间，人生何等惬意与荣耀啊！

漫步间，脚下冰冻的青砖好生厚重，硬得透过刷了桐油底子的制式朝靴，硌得脚掌隐隐地痛。黄九（黄庭坚）的脾气也还是这么的硬朗吗？没有人能让你屈服的，哪怕是奸相章惇也不行。当年这奸相藉我们在一起共同撰述的记载先皇言行的《神宗实录》来诋毁忠义耿直之士。想当年，我们共同对先帝言行举止的千余条记载逐项地考证，整理出《神宗实录》，黄九你对剔除的三十二条无凭无据事件，都认真负责地写了评语，其中那条“用铸铁打造成龙爪模样，来治理黄河洪水”的记载，你愤然写下了“有同儿戏”的批注，被这奸相想当然地拿来攻讦，甚至要挟我来写你的揭发材料，被我严辞呵斥……

雪线，一直延伸到护城河边，被河里飘渺升腾的水汽截断了，水汽里隐约的是秦七（秦观）那张俊俏的脸庞：很久没有他的消息了，他被贬到黔州，那里的瘴毒没沾染他的肌肤吧，他还是常常地念叨“两情若是久长时，又岂在朝朝暮暮”的词句吗？好朋友，一生都会在心中装着的，哪怕是天南地北，哪怕是天涯海角！……

踱着步埋首出了森然的城门，春日祭社的原野一下子地涌到了眼前。

梅！一枝枝白梅悄然而突兀地绽放在春意料峭的原野，远远看去，恍惚间，有些分不清雪与梅的界限。雪，是天空的梅；梅，是原野的雪；那雪，白得虚虚幻幻；那梅，冷得清清醒醒；不屑与百花争春光，不屑与山桃炫颜色。

尽可让愿鲜艳的去鲜艳，尽可让愿喧闹的去喧闹，尽可让熙攘满园的去熙攘，尽可让愿缤纷一时的去缤纷。白梅，一点点地悄然绽放在原野里，绚烂在冰雪中，驱散绕枝的雪寒，撑破缠蕾的冰封，远离了城市喧嚣做一个孤独的漂泊者，独自地芬芳着。于苦寒中尘世无惊、云淡风清，独自悠然地芬芳着的意境，温润的江南，却是寻找不到的。

寂静的春社,荒凉的野渡,这里才是心仪之所在;梦般的浮生,迷似的世事,想来则是意乱的根源。就这样,来的依然来着,去的已经去了,在来来去去之间,那段苏堤上啸傲风月,寄兴诗酒,渔舟唱和的记忆,就让它不停地在心头起伏着吧!

一切都是淡淡的,淡淡地来着,又淡淡地离开,在淡淡中,总是一番别样的情怀……晁补之双手合拢,肃然而立,将全身摊开,如一片未染尘烟的雪,浸润在梅的芬芳中,一时间,分不清梅在人中,抑或人在梅中了。

梅开了,春天想是就要到了吧?

别样的氛围里,一股情思从晁补之心底猛地升腾而起,直至喉头,不可压抑,只求一吐为快,一阕绝妙好词便喷薄而出:

盐角儿——亳社观梅

开时似雪,谢时似雪,花中奇绝。香非在蕊,香非在萼,骨中香彻。占溪风,留溪月,堪羞损、山桃如雪;直饶更、疏疏淡淡,终有一般情别!

吟毕,傲然归。

野草:从清明到中秋

蒋建峰

清明时节,我喜欢随便找个容器,从院子里面移栽几株野草,在桌子上。无论是修长的茅草,还是一团团的蓬草,或者纤弱的嫩草,都行。

无论是快乐还是抑郁的时候,我都喜欢看着它,什么也不想,什么也不说。草,就静静地在我眼前生长着,展示着生存的快乐。野草,无论是原野里的,还是被移栽到书桌杯子中的,都一样地静默在生命的快意中。

清明时节,无论是春风送暖,还是乍暖还寒,野草不需要人提醒,就已经开始抑制不住地兴奋起来。野草的生命力,最具自然的张力,我看到,清明时节,父亲墓上的草葳蕤着,就如微笑般的温馨柔和,于是我知道,父亲想起了我,就不会有寂寞,此刻肯定徜徉在快乐里。

我常常静静地坐在农家小屋的廊下,凝视着院落内外的野草。野草是最平民、最传统、最本分的,不需要像娇嫩的兰草那样养在温室中。清明的草,中秋的草,只要是原生态的,我都喜欢。就像父亲喜欢静静地微笑着,看童年的我或笑或闹或喊或叫般的在他面前撒欢。

我还喜欢做个旅者,不做游客,游客眼中有的只是喧嚣的景点。而我不是,我喜欢一个人独自在没有终点的羊肠小道上,不停地走。永远在路上不停地走着,没有目的地,不需要人喝彩。

就这样默默地走着,无论春夏,无论秋冬,无论湖海,无论山川,我只在朝着它们去的路上。在路上,我独自一人静静地走着。路边,有明月,有清风,有夜的深沉;而最不可或缺的,总是会有一蓬蓬、一簇簇、一团团、一丛丛的野草默默地陪着我,像极了父亲墓上的野草。

这野草,从清明伴着我一路走向中秋。案头上清明时节青绿的草,在岁月的延展中,自然而然地枯萎着,由绿变黄了,由挺拔变得矮小了,由旺盛变得萎缩了,瘦成了黄土色,融入了黄土中……大自然色彩的更迭、形态的变幻,在渐次地告诉我秋天来了,秋天,它真的要来了……

这时候,我知道秋天真正来了,我沉浸在秋的寂寥里,却没有感觉到中秋是个天然的凋零符号。中秋的草,是睿智的,它夹杂在柔风里,用摇曳的语言告诉我:"生命,终究是要轮回的……"于是,父亲就在中秋时节静静地躺到了黄土下面,那黄土上面丛生的野草,也渐次地染上了黄土地的黄。

中秋时节,父亲墓上的草也是这么悄悄然地凋零着……

从清明一路走来,奔着中秋而去,很多时候,我站在外面看着他,他躺在里面看着我,我们爷儿俩离得很近,却又很遥远。

我与他之间,隔着那丛野草。清明的野草,中秋的野草,都在风中摇摆着,示意着……

在野草一枯一荣的轮回中,在清明与中秋的更迭中,二十年过去了,父亲便轮回成了记忆。

我站着记忆外面,他躺在记忆里面。

(父逝于1990年中秋,思之于二十年后清明之际)

黄鹂来鸣桑葚美

李运明

入夏,浓荫乍起,黄鹂来鸣,桑葚渐渐熟了。

在乡村里,桑树无疑是树木中的少数民族。也许这树本来就不是谁家刻意种植的,而是飞鸟遗落的种子落地萌发而成,所以大都是一株两株地偏居于农家的房前屋后,或者村外的沟沿河畔,掩映在绿荫之中,丝毫不引人注意。

春日里,桑树贪婪地吮吸着春天的甘露,努力地伸展着细长的枝条,在繁枝茂叶之间拓展着自己的生存空间。桑树没有杨柳的招摇,没有槐树的芬芳,也没有桐树的高调,它默默地在枝桠间结出了一粒粒桑葚。

桑葚,小小巧巧的,仿佛是缀在绿叶间的一粒粒巧夺天工的纽扣,惹人喜爱。桑葚起初是青色的,入了夏,有的就一天天变白、变黄、变红,那红并不是整齐划一、地道的红,有的是微红,有的是鲜红,有的是深红,熟透了的则红得发了紫。

黄鹂啄紫葚,五月鸣桑枝。桑葚成熟了,捷足先登的自然是那些鸟雀,鸟雀们忍不住在枝头欢蹦跳跃。它们专挑成熟的桑葚啄食,一边吃还一边卖弄着清脆的歌喉,奏出婉转的曲子,招朋引伴来共享这天赐的美味。

听着鸟雀们叫得响、闹得欢,乡村的孩子也早禁不住过来了。仰头观瞧,发现枝叶间挂满了一簇簇、一串串的桑葚,似含苞的花朵,又像满天的星星,玲珑晶亮,令人馋涎欲滴。我们小的时候,水果是稀少的,所以既不需花钱又没有人收获的桑葚就是孩子们日思夜想、不可多得的垂涎之果了。

大家争先恐后地要爬上树去采摘桑葚。一番锤子剪刀布,上树的人选就产生了。采摘桑葚的人猴子一样敏捷地爬上树去,他先尝为快,想吃哪串,摘哪串,小嘴一张就迫不及待地撂进了嘴里。他故意夸张地吧嗒着嘴,急得树下的伙伴不停地催促着他把桑葚投下来。看到树下的伙伴急得直咽口水,他这才把桑葚连枝带叶采了抛下来。小伙伴接了桑葚,立刻开始大快朵颐起来。

桑葚富含汁水,新鲜红嫩的桑葚轻轻一咄,汁水就已经流溢满口,鲜红的酸中带甜,深红的甜中带酸,紫红的则完全没有了酸味,能甜透人的心窝。酸酸甜甜的桑葚,让人越吃越爱吃。不一会儿,就见手指染红了,嘴唇染红了,嘴唇红得比抹了口红还要浓重。如果一不小心,衣衫上也会染上红的、紫的色彩。

这样的童年总是令人难以忘怀,不消说是我,就连鲁迅先生在《从百草园到三味书屋》里也写道:“不必说那碧绿的菜畦,光滑的石井栏,高大的皂荚树,紫红的桑葚……”同样是对桑葚念念不忘。

回味桑葚,我常常想起一个词——桑梓。维桑维梓,必恭敬止。桑葚甜透了童年,铭记一生的却永远是故乡。

母亲的本草

李运明

广阔的田野,百草为药。记忆中,当我有微恙或疾患时,母亲用她有限的医药知识,像一位乡间郎中一样,挖根为药,掐草为剂,为我疗疾祛病。

记得小时候,有一天中午,我正吃着饭,忽然感到肚子有点疼,起初还能忍着,可是不一会儿就腹胀如鼓、痛如刀绞了。我丢了碗,大哭着去找母亲。母亲把我揽在怀里,掀起衣服,像一位老中医一样轻轻地摸按几下,又询问了情况,然后安慰我:“别怕,没事的。我去给你熬碗糖水喝。”把我安顿好,母亲从屋檐下摘了一只干丝瓜,又加了一块曲头,放了一勺红糖,很快熬出了一碗琥珀色的糖水。她快速地用嘴在碗边吹得水不烫了,赶忙让我喝下去。喝下糖水,过了不大会儿,我就觉得肚子渐渐消胀了,疼痛在一点一点地减轻,睡了一觉,就什么不适也没有了。

出麻疹的时候,我一连发了三天烧,麻疹还是出不来,最后甚至烧得说起了胡话。在母亲的声声呼唤里,我清醒过来,惊恐地看着她。母亲没有丝毫的慌乱,她对我说:“你在家好好躺着,我去河湾里给你挖些苇根,熬水喝两天就好了。”她去河湾,挖了白生生的苇根,每天早晚熬一碗糖水。喝了两天,麻疹就出来了,我很快就痊愈了。

大概是热性体质,上初中时,我好上火,经常流鼻血。看了几次医生,吃了一些药,也不见效果。母亲说:“不看医生了,我给你治。”我们村子没有竹子,她特意到邻村的竹林里采了些竹叶,给我泡茶喝。我坚持喝了一段时间,上火的症状大大减轻了。不光采竹叶泡茶,母亲还到野地里的田头沟畔去采掐些野薄荷腌制起来,给我就馍下饭。母亲说,野薄荷也是祛火的。

参加工作多年,我落下了慢性咽炎的毛病。母亲得知后,还时常会掐些野薄荷,腌制给我吃。有一次假期里,我到田里帮着干活,干活之余,我到小时候长满野薄荷的河边想掐些来,可是那儿早被开垦成耕地了。我问母亲都是在哪儿掐的,她笑了,说现在这东西少了,得找好远的地方,说不定才能找到。我真的不知道,母亲为我掐野薄荷,该佝偻着身子找了多少地方啊!

近年来,我一直肾结石缠身,每年吃一些排石冲剂、排石胶囊也不见疗效。有一次,我回家,看到屋檐下有一包干草,就问母亲是什么,她说是马莲花。原来那是她去帮人麦田里拔草,听人说马莲花能利尿排石,就拔了一些,带回来晒干给我备着,让我泡茶喝的。听她这么说,想想她都已年过七旬,我的鼻翼不由得有些发酸。前几天,我回家,看到母亲又特意给我挑选了一包玉米须,还是让我泡茶排石的。

母亲用这些普通的植物不仅在一定程度上疗治了我的疾患,更滋养着我的心灵。寸草不言,但我心中却春晖永驻!

窗

王　慧

我的窗外就是一个世界，我看到熙熙攘攘的行人像蚂蚁一样渺小并忙碌着，穿梭在高楼大厦里面，寻找那一方属于自己的蚁穴。汽车像甲壳虫一样，在直线前进的公路上艰难地缓慢爬行，却总是望不到要去的地方。他们很着急，于是喇叭声成了他们抗议的呼声，一会儿连成一片，却无济于事。

我的窗外，也充满了四季交替的美好风景。我看到了红色和金色的枣子，像灯笼一样挂在高高的树枝上，欢喜的鸟儿结伴在树上传递喜悦，它们昂首挺胸，充满自信，状态良好，声音宛如歌剧院的花腔女高音，婉转明亮。看到满园的花儿、缠绕的树藤、娇羞欲滴的睡莲，整日熟睡不醒、深夜里静静发出叹息的夜荷——那成簇的凌霄攀在墙壁端，顺着任何一个可以依附的东西，拼命往上爬，仿佛真的要爬到云霄才停止。

我的窗外，充满了很多让人回味的气息。清晨打开窗户，那一股清新的味道，就像法国甜点上面的香草味，又好像一瓶上好的白兰地，轻轻摇一摇，从瓶口逸出的淡淡的自然果香，能够常常嗅到月季的馥郁芬芳、桂花的浓香、茉莉的雅香、百合的别样清纯。

我喜欢在白天欣赏这样的风景，晚上我会打开窗户看那一弯新月，像美人的眉毛一样，透着那一股妩媚和魅惑，月亮离我如此之近，近到我仿佛伸手就能把它摘下来。她斜挂在我的窗前，守候每一个黎明的到来。有时月亮又变成了一个玉盘，还是如美人的脸庞一样，圆润饱满，明丽而又恬静迷人。她把银辉倾泻在我的窗前，窗前花影摇曳，微风阵阵，使我的小窗显得格外宁静怡然。

我在窗前捧起一本书，华灯初上，万物从喧嚣渐渐进入了梦乡。休息时还能感觉夜色如水的幽静美丽，一阵微风吹来，呼吸花香感受那一份心旷神怡，看到外面万家灯火，天空星光灿烂，高高的楼顶上面点亮的灯火，和天上的繁星相互映衬,把夜晚的世界装扮得那样美轮美奂,比白天的景色多了一种神秘而又深沉的美感。

打开窗户吧! 不要畏惧那窗外的风雨和尘埃,因为你会错过那些世态万象,错过四季美景的更迭,错过大自然盛装或者素颜的真实模样,错过那夹杂着花香的纯美空气,打开窗,世界就在你眼前!

老街剪影

王　慧

我是在老街长大的孩子,我爱家乡的老街。小时候,最让小心脏怦怦跳,激动不已的,莫过于听到卖糖人的叫卖声了。卖糖人的敲锣声一声声仿佛都敲在小孩子们的心上,大家每天都早早守在路口,希望能遇到卖糖人的,当他推着自行车,带着满车的糖人走过来的时候,小孩子们立马围了上去,把手举得高高的,拿着钢镚,喊着我要个孙悟空,我要个老鼠偷油吃,我要个猪八戒背媳妇,卖糖人的不紧不慢,用一根筷子慢慢搅和着金色的糖稀,那种香甜还带点焦香的味道,令我们垂涎欲滴。他用他那粗大的手掌灵活地捏着糖人,在我们看来,都觉得好神奇,最后他还用嘴把糖人吹大,一个活灵活现的孙悟空就跃然而出,他还用一根麦秸秆作为孙猴子的金箍棒。这是老街每天都发生的故事,也是每天我们这些小孩子的饕餮盛宴。

老街是如此的热闹,每天都有新鲜感,整天都有卖菜的大娘以及磨刀的老头的叫卖声还有打香油的敲梆子声,一阵阵的、绵延不绝的感觉。有时,碰巧了还有耍猴戏的,那时男女老少把老街围得几乎是水泻不通,抱孩子的,拄拐棍的、胡乱蹦跳的,伸长脖子、用胳膊使劲拨着人群的,我那时才七八岁吧,使劲往前挤着,也只能在人群中窥见一丝缝隙,总算看到那猴子的"英姿"了,伴随着急促响亮的敲锣声,齐天大圣出场了,只见他头戴紫金冠,身披红色和金色交错的闪亮披风,一根金色的棍子,扛在他肩上,一只手做着手搭凉棚的动作,两只眼睛一眨一眨的,还发出"吱吱"的声音,活脱脱就是齐天大圣降临人间,看得我们这些小孩子热血沸腾,都激动得蹦跳起来。接着,那猴儿换身衣服,换成大红的马甲,戴上礼帽,帽檐上还插上了一朵小花,披红戴绿,盛装出行,骑上了一只小狗当坐骑,小狗身后还拉着一架小车,小车上面就是猴儿的新媳妇,一只可爱的布娃娃,她安静地睡在小车上,脸上没有喜悦的表情,呆萌萌地望着骑着小狗的猴儿。猴儿在锣鼓声和人们的欢呼声中绕着场地转了好几圈,这才把新娘娶回了家。

让我们小孩最没有抵抗力的莫过于货郎的拨浪鼓声,那时的货郎是拉着架子车四处叫卖的,车上用玻璃封着各种商品,车上还用铁丝搭了一个商品展示墙,上面挂了很多玩具,有毛绒玩具,有气球、有女孩子扎头的饰品,头绳和头箍什么的,还有拨浪鼓、塑料的各种玩具,对于虽然已经是改革开放时代,但是身处古老的街道的小城市的我们,见到这些感觉仿佛已经是特别新鲜的事情了。我们每天都要挑选自己喜欢的玩具,拉着母亲的衣角不放,要求买这买那的,母亲不给买,老街顷刻间只听到哭声一片。

老街很多年还保留着好几座当年大地主的宅院,有上百年的历史,屋顶两边还是飞翘的檐角,屋檐下的老砖上还雕刻着牡丹以及龙凤的图案,古旧的大门前蹲着两只仰首挺胸、神采奕奕的石狮子,还立有两根很粗的一个人勉强能抱过来的木头柱子,进屋还得先通过一个高高的实木做的门槛,进屋以后,屋里有很开阔的空间,而且非常凉爽,地面是石板铺的,光滑可鉴,随着岁月的流失,越是被更多人踩,越发光亮如新。

那时,老街只有一口井,供应着整个街道的吃水,但是水井是被封住的,我们几个小孩子几次去水井探险,都被赶了出去,始终看不到水井的真面目。那时喝水也得街道统一发水票,大家挑着水桶,排起队等待买水。

卖水的就是老张头,他退休了无事,就在街道弄了一间小房子卖水,有一个巴掌大的小窗口收水票,收了水票,才允许人到后院的那口水井打水。我放学以后,就喜欢到老张头的小房间里面,帮他收水票,卖水,老张头总是喜欢逗我玩,给我讲故事,还看着我做家庭作业,他那一双有点狡猾明亮的大眼睛,总是笑嘻嘻地看着我,有时还送我几张水票,轮到我家里人买水的时候,我在窗口使劲挥舞着双手,向家里人打招呼,一种激动的感觉油然而生。

老街的地势很洼,每到下大雨的时候,街道就变成了一条流淌的小河,有时连屋里也都是水,虽然我还年幼,也帮忙用脸盆一盆盆地,把屋里的积水舀出去,每次都累得满头大汗,人也都站在了水里。街道上也仿佛发大水一般,只能蹚水而过,可是我们这些小孩子最喜欢下雨了,大家淋着雨,在水中大战一番,只弄得像个水人似的,回家挨吵换衣服。那时没有游泳池,我们多希望这就是游泳池啊!

随着我渐渐长大,老街却没有变老,反而焕发了青春!后来家家都装上了一拧就能出水的叫作自来水的东西,那些破旧的房子,包括当年大地主留下的古宅也都变成了崭新的几层漂亮的小楼,我们不禁惊叹,原来让我们啧啧称赞的大宅院并不是最美的房屋,现代化的新住宅更加科学,而且设计合理,再不会一到下雨天,屋里就进那么多水,成了一座水城。

街道也都铺上了整齐干净的水泥地,地面垫高了很多,下雨的时候,因为做了下水管道的系统,不会再积水。老街的孩子再也看不到游泳池了,无法在暴雨中嬉戏。卖水的老张头也不在了,现在他也用不着卖水了,而我,还时常记起他那双大大的明亮的眼睛那么和蔼地看着我。

老街的对面变成了繁华的商业中心,不但建起了大商场,还有几个大型的超市,老街上那些老人每天早上都起得很早,去超市抢购早市的特价蔬菜,成了他们每天的必修课。超市还没有开门,老街的老人们早已在门口排起了长长的队伍。老街的一大特色,就是老人多,因为年轻人都慢慢搬出了老街,使得老街现在真的变成了老人街,但是这些老人活得越来越潇洒,涡河公园建好了以后,这些老人自发组成了腰鼓队、秧歌队还有小车旱船表演队,爱好哪种表演,就参加哪种队伍,聘请了老师,每天早晨和黄昏都能看到老街上的老人们汗流浃背在排练舞蹈的身影,老人们还化起了妆,穿起了漂亮的演出服,扭动起尚不算很灵活的身体来,但是大家开心的笑容就是最好的效应,老人们越活越年轻了!他们年轻时,没有走出老街,但是随着老街的焕然一新,他们终于走出了狭窄的老街,重新迸发了青春的活力!他们有时还去外面演出,在节日和开业庆典上经常见到他们的身影,他们把欢笑带给了观看表演的每个人。

老街上如今也停满了汽车,城市喧嚣的大喇叭也在老街回荡,货郎们再不用架子车拉货了,他们开上了小四轮卖东西,喇叭自动叫卖,曾经老街此起彼伏的的叫卖声也慢慢消失在人们耳畔。卖糖人的也不再沿街叫卖,猴戏也逐渐消失在人们的眼帘,大家都去剧院看真正的演出了,里面时常还有明星的演出。年轻人也喜欢去电影院观影。

虽然我也搬出了老街,但是老街的变化我还在关注,时代在变化,城市在扩大,一座座高楼拔地而起,谁还记得曾经破旧落后的老街?但是老街就像老照片一样,还是会唤起儿时的回忆,那看捏糖人时的欣喜,看猴戏时的激动,还有在雨中打水仗的欢乐情景,久久难忘。老街,虽然时过境迁,但不管是曾经破旧落后的你,还是现在焕发青春、日趋现代的你,我都一样爱你!因为你是根,是承载我童年欢乐的温床!

儿时影像(四章)

王东升

童年的紫秋树

紫秋树在我童年时就已消失,而那小小的淡紫色的紫秋花却在我的梦里开了几十年,那丝丝的清香在我梦醒之后,久久不散。

不记得紫秋树的样子,它长在我们的屋后,只记得春天里满树的花遮住了我们的屋顶,只记得满院的清香随风弥漫,只记得一个小姑娘怯怯地来我家拣拾花朵。她是邻居家的亲戚,离这儿很远很远。我也是因此才喜欢这精致的小巧的淡紫色的花朵。我们一起拣了好几天的花呀！后来,花没了,小姑娘也没了。她走的那天,我哭了。

奶奶说,小孩子玩熟了。

那是我第一次品尝离别之痛。直到现在我也不知道那小姑娘是谁,我有没有在哪儿见过她,但她小小的身影如那小小的紫秋花一样在我心里开了几十年。

奶奶的纺车

我家老屋的西墙上,奶奶的纺车还在那儿挂着,像奶奶的老照片,那是她老人家唯一的遗物了。

嗡嗡嘤嘤的声音穿过四十年的时空,在我的耳畔萦绕。昏暗的煤油灯光里,奶奶左手摇车,右手扯线,嘴里不停地讲着牛郎织女。而我双手托着下巴,坐在小草墩上,那真叫聚精会神啊!

纺车的影子在屋顶上飞转,我童年的梦啊,随着纺车的影子,飞上屋顶,飞出屋子,飞上了天空,去寻那“牛郎织女”的灯笼。

纺车还在那儿挂着,像奶奶的肖像,温柔而又慈祥。

童年的小花猫

我的宝贝——白底黑花的小猫，在那个黎明，在我梦醒的时候，死在了我怀里。

我以为它还在做着梦呢，没敢叫醒它。我起床后，还给它盖了盖被子，还骂了声:小懒猫。

奶奶叠被子时，说身子都硬成劈柴块子了呀！我的心骤然凉了……我哭了，直到把童年的泪都哭干了。

在东地里，我选了一块松软的墓地，用一个小纸箱把它装着，堆了一个小巧而精致的坟，坟前，摆上它还没吃完的半个鸡蛋，还有它啃了多遍的一丁点儿骨头。

自己的电影

每个傍晚，夕阳总是把我小小的影子映在东墙上。那是个半截的土墙——我的银幕。我是唯一的演员，观众也只有我一个。

在那儿，我跳着自编的舞，欣赏着银幕上的自己。我说着自个儿的话，听着自个儿唱的歌。我天生会用肢体的语言表达自己的欢乐和忧伤。那墙上的小小人儿，俨然成了另一个自己，同时又是我最忠实的伙伴。

夕阳慢慢收起昏黄的光，银幕慢慢变成土墙。我怅然若失，期盼着明天。

槐花飘香的季节

武清海

前不久，朋友聚会，上菜后，一道蒸槐花菜跃入眼帘，我馋口大开，细细品味。那淡淡的白花，幽幽的清香，勾起我无限遐想；吃着吃着，我的思绪不由自主地飞回童年的岁月——槐花飘香的季节。

阳春三月，春风飘荡，各种花次第开放，争妍斗艳。可最让我心动、让我衷情的却是季春里挂在家乡槐树上、洋洋洒洒的点点白花——洋槐花。当春花渐落、艳阳盈眼、蜂蝶翩舞时，她却捧出了这一树树的馨香！槐花默默无闻地向大地展示着春色，用花的清香吸引成群结队的蜜蜂到这里酿造新生活。

这个季节是我和小伙伴们最快乐、最惬意的时候，每当放学，回到家里，我便撂下书包，呼朋引伴，提着竹篮，冲在最前面，沿着村前村后的小路，爬上开满洋槐花的树，尽情地采摘，尽情地歌唱。这时的洋槐花是公共的，大人们谁也不会介意孩子们爬了自家的树，摘了花，折了枝。而是要让我们捋个够，吃个饱。

洋槐花可生吃，香甜可口、生津解渴。每次我们都是吃得肚子溜圆，装得竹篮尖满，才肯踩着落日的余晖蹦蹦跳跳地满载而归。

回家后，我和奶奶便细心地把采摘的洋槐花去掉叶梗，除去老花；然后奶奶用井水冲洗干净，控去水分，掺上面拌在一起，等锅里的水烧开后，薄薄地摊放在竹篦上蒸。旺火烧约十分钟的光景，便可蒸熟，掀开锅盖，真是香飘四溢，沁人心脾。出锅后，奶奶撒上精盐、加上佐料、倒入蒜汁、浇上香油，然后调拌均匀……看着奶奶这熟练的动作，我早已垂涎欲滴，迫不及待地夹上一大筷子放入嘴里，吃起来真是松软可口，那个味儿香呀，甭提有多美了。

接着，全家人围在一起，边吃着香喷喷的蒸槐花菜，边称赞奶奶的好厨艺。父亲说："如果在大城市里，这槐花蒸菜一定能卖个好价钱，管卖五块钱一盘呢。""等明天我把小伙伴们摘的都拿来，让奶奶蒸了，我去卖。卖了钱给奶奶买个大蛋糕。”我天真地抢着道。这时，奶奶就会抚摸着我的小脑袋瓜儿说：“还是孙子知道疼我，你有这份孝心奶奶就知足了，哈哈……”

也许是因为槐花的香味会飘很远很远的缘故吧，每年春天，家乡总要吸引不少放蜂人。他们循着花香，来到这片槐花盛开的地方；那一群群在槐花的海洋里舞动的小精灵，跟放蜂人一样默默地劳动着，把甜蜜奉献给人们。每年母亲总要从放蜂人那里买上一两斤甘纯的鲜蜜，让全家分享。

时至今日才真正令我感悟到：在人最美丽的时刻，也会被酿成蜜的，无论何时，不管离家多远，身在何地，只要品味，总会使你想起家乡槐花盛开的季节，醉人的花香，清香的花饭，甘甜的花蜜，如花的岁月。

贴锅饼　烙焦馍

武清海

桂花飘香的八月，伴着秋风的丝丝凉意，月儿也逐渐丰满起来，一年一度的中秋佳节飘然而至。

在中秋节到来之时，儿时那一幕幕永远不能释怀的浓浓亲情萦绕在心，挥之不去，而让我最不能忘记的是八月节期间母亲给我做的贴锅饼和烙焦馍。

去年中秋节，我和弟弟及爱人、孩子一同回家团圆。母亲听说我们回家一同过节，喜出望外，早早地便蒸上了一锅杂面馍，还特意靠锅边贴上了不少，说是我最爱吃馍焦。我们到家后刚好出锅，看着一块块贴馍焦，我顿生食欲，便赶快揭上一块，和孩子们抢着分而食之，那真是吃在嘴里香在心田，心儿早已飞回童年……

在二十世纪七八十年代，家乡的生活水平十分低下，平时能吃上白面馍，简直是一种奢望，那是只有过年才能享用的。那时一年到头只能以红芋面充饥，窝窝头是主打食品。母亲还戏言说："窝窝头蘸青椒，越吃越上膘"。现在此话说给孩子们听，他们还真信以为真，还渴望啥时候能吃上窝窝头呢。想来也难怪，因为他们根本没有经历过那段艰苦的岁月。而对在当时吃够了窝窝头的人来说，决不会有此念头的。当时母亲为了让我们兄弟姐妹能吃上较为可口的饱饭，想着法儿"巧为无米之炊"。而隔三差五为我们做的锅饼，就是我们的最爱。母亲做锅饼时，先把红芋面和成面团，然后再拍成一个个小饼，锅里兑些水，不用上篦子。等锅开了，直接贴在靠近水的锅边上，旺火烧约十分钟，就可出锅了。出锅时还有讲究呢，母亲说："锅饼没爹，烧熟就揭。若是晚会儿揭，就要软成面叶。"烧熟后立即抢出，果真个个黄澄澄、金灿灿，煞是诱人，吃起来要比窝窝头强上十倍百倍。如果能再撒上些芝麻贴成两面的沾些蒜汁吃，那更是高层次的享受了……

"哥，菜都做好了，你愣在那里干啥呢，还不赶快吃，饭都凉了。"弟弟催促的话语打断了我美好的回忆。我们全家老小吃着团圆饭，我和母亲说着小时候吃锅饼的经过，倍感今天的生活幸福……

我们风扫残云般吃尽了一桌子可口的饭菜，母亲边拾掇着碗筷边乐呵呵地说：“孩子们，别慌着走，后晌我给你们烙焦馍。”

说起烙焦馍，它在家乡可算代表了一种饮食文化。每逢中秋节来临时，家乡的母亲为庆祝丰收、祈求阖家团圆安康，就用烙焦馍的方式来表达美好的祝愿。跟贴锅饼相比，烙焦馍要用好面，红芋面是不好做的。所以，这在当时算是奢侈的。它的做法比贴锅饼要讲究些，先在盆里倒上面粉，添上芝麻，加些荤油，再兑入清水，和成面团，揪成小剂，擀成薄饼，放在鏊子上，下面大火烧，两面要不断地翻，然后再用铁火棍撑着放在文火上一燎。冷凉后，掰上一块，放在嘴里，吃起来焦酥可口，比起贴锅饼来要好吃得多了。由于烙焦馍多半是在中秋节赏月时吃，家乡的人们又给它取了一个好听的名字“月光饼”。每年中秋节母亲总是烙很多，分送给邻居家的孩子们吃。听着孩子们的赞美声，看着他们有滋有味地享用着自己的好手艺，母亲心里早已乐开了花！

烙焦馍还有一个妙处，那就是如果小孩子患了干肌，把“鸡内金”晒干碾碎掺在面团里，这样做成的焦馍吃起来跟平常的烙馍无异，可治疗小孩的消化不良，很是一绝。

随着生活水平不断提高，这两种食品渐渐远离了人们的餐桌，但我要说，贴锅饼是艰苦岁月里母亲赐予儿女们的珍馐佳肴，是一段难忘的回忆，是一曲深沉的歌；烙焦馍则代表了母亲对幸福的热切追求，希冀家家户户、年年岁岁和和睦睦、团团圆圆！

瓜　事

陈　真

下午三四点钟，太阳的威力已渐渐削弱许多。祖父便按照计划，唤我的名字，让我和他一同去摘西瓜。这时，父亲从堂屋里出来，也要前去。祖父认为，父亲早上去给别人挖药材，已累得够呛，心疼他的身体，本不打算让他去。可父亲依然坚持，要和我们一块儿。

我们三人来到瓜田，途中，父亲安排好每个人的任务，祖父负责挑选成熟的西瓜，父亲和我则主要把西瓜背到车上去。

年迈的祖父步履蹒跚，在刚经历一场雨水的瓜地里来回地寻觅，父亲提醒他步子要轻点，别踩坏了瓜秧，这茬西瓜才开始收获。

祖父拍拍西瓜，用耳朵仔细分辨发出的声音，确认十分熟才放心采摘。父亲与我在田垄里，将祖父摘好的西瓜装进袋子，再背出瓜田。我家西瓜个头较大，四个西瓜估计得二十公斤。父亲让我一次背三个，生怕压坏了我。我随便地把三个西瓜装进袋子里，用手攥紧袋口，将袋子放到背上，跟着父亲亦步亦趋地走出瓜田。

一趟趟，我和父亲在田垄里来来往往。祖父把所有成熟的西瓜摘好之后，也加入到我们背瓜的行列。父亲了解祖父的脾气，不让他背瓜是不可能的，但只让祖父背两个，因为祖父的身体不允许他再劳累。

趁着这个当口，祖父和父亲便开始向我诉说农民的辛酸，以此鞭策我用功读书。起先，父亲听说我考上师范类的院校，心中很是不悦。后来，经由祖父的说教，也接受了这个事实。

身上的衬衣被袋子和泥土沾染，变得灰白相间；脸上的汗水汇集到下巴，而后滴落到西瓜皮上，摔成好几瓣……农民就是这样，在田里，只有流着满头的汗水，衣服上布满泥土，才是真正的劳动者，才真的令人敬佩。

晚上洗澡时，发现肩头有些红肿，也没太放在心上，冲冲澡便上床了。本想早点休息，不料俗事困扰，一直到午夜，才合上双眼。

次日清晨，父亲叫我起床，要我和祖父去卖瓜。揉着惺忪的睡眼，简单地洗洗脸，我就开车上路了。半夜里下雨，早上的气温很低，祖母还特地为我添了一件厚衣服。

卖瓜场所很简易，就在国道两侧的空地上。瓜农们把车子停在国道的慢车道上，等待瓜贩子问价。那些瓜贩子其实大多也出身乡村，而他们此时的身份仿佛摇身一变，趾高气扬地指点西瓜的品质，以求把瓜价压得更低。

祖父站在路旁，期待着能有人看中自家的西瓜，他外面穿了一件单薄的中山装，似乎忘记了晨风的微冷。这时，远处走来一位瓜贩，脚步停在车前，一边拍打着西瓜，一边还看“面相”。

祖父在一旁细说我家瓜的好处，不时地挑出品质上乘的瓜让他看。

“两毛二，怎么样，能不能卖?”瓜贩子的语气中略带轻蔑。

“人家都三毛多呢?”

“今儿天气不好，买回家都不知道能不能卖掉，今天的瓜没有三毛的行情。”听完这话，祖父摆摆手，那瓜贩子随即离去。

不一会儿，天空中飘起细雨，“斜风细雨不须归”，祖父眉头紧锁，不时发出叹息的声音。

这时，又有一位长相和蔼的妇女前来问价，“你这瓜咋卖?”“三毛，少一分不卖!”“少点吧，两毛五可管?”祖父迟疑地看了看她说:“你如果真心想要，就两毛八，不能再少了。”妇女犹豫一下，点点头，让我把车开到西边的秤上称重，然后装到她家车上。

九点多钟，一车西瓜才卖完，拖着疲惫不堪的身体，我和祖父赶回家去，喝锅里那碗剩稀饭。

还说瓜

陈　真

清晨，田野里没有一丝微风，田间小路两侧的玉米像卫兵一样立着，一动不动，保卫着这片土地。冬瓜地里走来了三代人，爷爷，叔叔和我。

我们仨驾驶着两辆三轮车，把车停稳之后，便都沿着两块地之间的小沟进入瓜田里，跟随我们一起的，还有一辆家里新添置的独轮车，用它专门运输冬瓜。比起西瓜，冬瓜的体积更大，用袋子背费事，而且人也累得够呛。使用独轮车，一人就能够推五六个冬瓜，方便快捷而且省力气。

瓜田里的露珠随处可见，引人注目，但此刻怎容我欣赏田园美景？祖父走进瓜田里，随意地用手拨开一片瓜秧，接着又用手一拽，一个黑皮冬瓜就与母体分离了。祖父年纪大，腿脚不便利，为了省得来回蹲站，他直接双膝跪地，一点点移动膝盖，搜寻瓜秧下面成熟的冬瓜。这一幕，我看在眼里，心里却早已经五味杂陈。

冬瓜上长着无数的细毛，双手放在上面都有种被刺痛的感觉，但又不得不把它们依次装进独轮车里。叔叔用手推着独轮车，艰难地行驶着，一不小心，独轮车翻到瓜田里，他叹了一口气，又把独轮车扶起，重新把冬瓜装进车里。

不多时，住在邻村的姑姑也来瓜田帮忙，先说服爷爷赶紧回家休息。爷爷本不想这么早回去，但天气开始升温，加上人手足够，就先回家了。

摘完五车冬瓜已是正午，叔叔到集上买些饭菜，一家人干脆在一块儿吃饭。午饭之后，各自休息，养精蓄锐，准备下午那一场心与力的较量。

蝉抖动着羽翼，撕心裂肺地叫着，好像要震醒瞌睡的龙王，得来一场大雨。

我本想下午忙里偷闲，待在家里写篇文字，无奈父亲又打电话催促我到地里开车，把冬瓜直接拉到加工厂里卖掉。

前几趟卖瓜都较顺利，直接过磅，然后把瓜卸下来。而最后一车，途中竟下起大雨，不仅道路变得湿滑，就连整个人都浑身湿透。我冒着瓢泼似的大雨，硬是把最后一车冬瓜卖到厂里。

就在这时,姑姑又打来电话,说另一辆三轮车出了些故障,打不着火,停在半路上了。我拧紧油门,把车子开到水泥路上,老远就看见姑姑掌控方向盘,父亲在推着车缓慢地前进。农田间的小道上到处是涸辙,又经雨淋,小路变得越发泥泞。我与父亲一齐在车子的后面使劲,他的鞋子早已经不知丢到哪里去了,我的两只脚也在路旁的泥潭里挣扎。

推着车子行驶二三百米的样子,终于到达水泥路上。父亲让我返回寻找他的鞋子时,我才发现,原来我的鞋子也早已甩掉了一只。在泥潭边找到布满泥浆的鞋子,我把它放进车厢里,又将车子推到家中,准备等到天气放晴再去修理它。

傍晚,我草草地吃过饭,躺在床上,似乎觉得身体已经有些散架,骨骼都有点松动,许久之后才进入梦乡。据说,那天晚上雷声大作,但劳累一天的我却没有被雷声惊醒……

亳城无处不飞花

薛　冰

几场雨，将白的樱花红的桃花粉的海棠、黄的菜花统统一扫而光。艳阳临空，大地一片宁静的翠绿。春天走过高潮，已然趋于尾声。

当下最热闹的要数杨花柳絮了。亳城的柳树并不多，只沿着涡河夹岸成行。别处几乎都三三两两，是地地道道的散兵游勇。不过，这些零散的杨柳却爆发出惊人的力量。整个城市都笼罩在蒙蒙的飞絮中。她们欢欢喜喜，有风能起舞，无风亦飘荡。飞过亭台楼阁，穿过门窗缝隙。高高的屋顶塔尖，僻静的地沟暗渠，无处不栖息；空中水中、树下地上、草丛墙角，无处不翩跹。

瞥一眼窗外，“春城无处不飞花，寒食东风御柳斜。”儿时背诵的两句诗立即蹦到了嘴边。无忧无虑，她们在晴空中阳光下闪闪烁烁、轻轻柔柔、袅袅婷婷。她们不是在飘落，而是在起飞，借助阳光的动力，她们把平平常常的日子过得诗意荡漾。

遥想当年东晋的谢安，见雪花而出题，考考自家的少年才俊。侄女谢道韫一句“未若柳絮因风起”，以飘逸的意境，远胜乃兄谢胡儿“空中撒盐差可拟”。遂产生“咏絮”一词，历史遂多了一段佳话，文坛平添了一个典故。“堪怜咏絮才”，曹雪芹如此这般感叹林黛玉的敏捷才情和多舛命运。

“春风不解禁杨花，蒙蒙乱扑行人面。”诗歌里的飘飘柳絮，总是带上了丝丝愁情，点点别绪。

“枝上柳绵吹又少，天涯何处无芳草。”这句词脍炙人口，广为传唱。世人往往以此来评说苏轼的旷达洒脱。晚年命途多蹇的苏东坡，让自己的侍妾兼红颜知己朝云歌唱此曲《蝶恋花》。朝云每每唱至这句词时，便喉咙哽咽、涕泪泗下。最懂苏轼“一肚子不合时宜”的朝云，以她的纤细敏感，以她的兰心蕙质，捕捉到的是苏轼旷达超脱之下掩藏的伤感。

相较于绵绵愁情才思，还是更喜欢韩愈的《晚春》，“草木知春不久归，百般红紫斗芳菲。杨花榆荚无才思，惟解漫天作雪飞”。这里的杨花，少了几分亮丽诗画情，多了些许世俗烟火气。杨柳们竭尽全力，拥抱短暂的春光，释放出生命的张力。努力中夹杂着点点莽撞，乐观里透露出丝丝笨拙。恰似滚滚红尘里的平凡女子，没有动人颜色，缺乏显赫家世，没有过人才华，也乏命运垂青。但是，这又有什么关系呢？

无人怜惜，却绝不自怨自艾。阳光正好，春天还在。一片又一片，柳絮斜着掠过来、横着飞上去；刚刚要坠地，又摇摇晃晃地随风飘起。在空中，披上阳光的七彩光芒；在地上，为绿草黑泥缀满白洁的雪花；在水里，被小小鱼儿吹着顶着嬉戏着……

不自卑、不自怜，努力地飘、尽力地飞。一次又一次，只要瞳孔里盛满阳光，就能快乐起来、轻盈起来、飞舞起来。“好风凭借力，送我上青云”，有理想，就去做。去远方、去高空，去从来不曾到达的异域他乡。

“生活不只是眼前的苟且，还有诗和远方。”饱有才思的柳絮，正在乘风远航，只因她们一直惦记着远方。

“沾衣欲湿杏花雨，吹面不寒杨柳风。”春天来得有些暧昧，刚刚还是明媚的晴天，转眼即变，阴了雨、雨了晴的天空把料峭的湿气浸入大地。

春天，是一场邀约，如昙花之于眸，一夜相会刹那绽放，枯萎了谢了遂成纪念。“试衫著暖气，开镜觅春晖。”你看，相思是苦的，衣橱挂的那件新衫才知冷暖。青春易逝，等待太久，春衫还来不及试，就被热烈的日光从身边席卷而走。“燕入窥罗幕，蜂来上画衣。”定是那闺中深藏的衣裙扰乱了人心，使她到底飞向了远方，在桃红柳绿下，和她思念的人相聚。

人间四月芳菲尽，然柳菀菀然。她翠绿如诗、婉约成词，送春至深处。“风慢日迟迟，拖烟拂水时。”柳，袅娜沉静着、温柔思量着，像一个深闺淑女，明快而含着忧伤，心境一如那遮不住的青山隐隐，流不断的绿水悠悠。

春初至，柳先鹅黄，点下了春的第一抹画笔，触开了春的第一缕诗情。随着风渐暖、日渐长，柳也渐渐变得更加楚楚动人、婀娜多姿，摇曳间尽显淡远、纯净、柔媚的风情。《红楼梦》里描写林黛玉，“娴静时如姣花照水，行动处似弱柳扶风”。林黛玉最能代表柳的体态美了。

柳的形态曼妙，她的气质也是婉约缠绵，一如宋词。苏轼的“春色三分，二分尘土，一分流水。细看来，不是杨花，点点是离人泪”。在这里，柳是相思，词人写得忧伤，吾等读了落泪。以柳命名的柳永，一句“今宵酒醒何处？杨柳岸，晓风残月”。更成千古离别绝唱;吴文英“楼前绿暗分携路,一丝柳,一寸柔情”。诉的是道不尽的离别惆怅。

柳也不全是被赋予离愁别绪,她也有欢乐的情调。贺知章“碧玉妆成一树高,万条垂下绿丝绦。”清新、灵动,让人赏心悦目;杜甫“两个黄鹂鸣翠柳,一行白鹭上青天。”明快、洒脱,引人长啸;李元膺“杨柳于人便青眼。”俏皮、明媚,惹人心生欢喜;周邦彦“柳阴直,烟里丝丝弄碧。”温润、浪漫,牵出一腔柔情。

春深处,柳,就如一阕词,成为春的绝唱。

最浪漫的浪漫

王运涛

终于,忙里偷闲看完了苏菲·玛索担纲的法国电影《芳芳》。

也许是因为心境的问题,最近少看爱情片了。这次能够耐着性子看完《芳芳》,除了相信推荐此片的那位朋友的眼光之外,还因为苏菲·玛索的优雅。

电影的第一个镜头给了故事的男主角亚历和他的女友洛丽。洛丽在二人同居后的第五个情人节里,送给了亚历一双布拖鞋作为礼物。当然,这样的情人节礼物逃不脱被我们多情、浪漫的男主角嗤之以鼻的命运。而在我看来,这双布拖鞋正象征着亚力和洛丽两人的感情已消失了火花,渐趋平淡。

接下来的故事里,亚力应朋友狄·慕蒂夫妇之邀来到了他们居住的小岛上。因为朋友不在,亚力非但没有受到热情的款待,而且受到了一位不速之客的惊扰。这位不速之客从窗子中跳进来,倒立着来到屋子中央。当特写给出时,我几乎要晕了——这位不速之客居然是苏菲·玛索扮演的女主角!

"卿本佳人,奈何作贼?"若处在亚力的位置,我会惋惜地对这个如芙蓉般美丽脱俗的女子如是说。可我不是亚力,亚力什么都没说,因为他一直躲在角落里观察,直到女主角嗅出了他身上的味道,亚力才出来。两人分别自报家门,才知道不速之客就是慕蒂的孙女芳芳。

芳芳的第一次亮相很不俗,跳窗和倒立而行显示了她的调皮和活力,对亚力的一见钟情则表现了她的浪漫和热情。而亚力接近坐怀不乱的表现让芳芳很失望,也让我很佩服——毕竟这年头君子已经属于濒临灭绝的珍稀动物了。当然,直到此时,亚力除了坐怀不乱之外并没表现出一丁点儿的可取之处,只有芳芳听别人转述的一件事还能隐隐约约看到他一点人性上的光辉——亚力曾蒙着眼睛去看失明的朋友。

有着人文主义精神的人通常也都是浪漫的人,这一点在亚力的身上再一次得到了验证。当亚力决定把芳芳作为精神恋爱的对象时,他的浪漫发挥到了极致:趁主人外出的时候在一个素不相识的银行家的豪宅里为芳芳举办了烛光晚餐,请搞剧务的朋友设计了一个一八一三年维也纳舞厅的场景,在和芳芳共舞之后又煞有介事地扮演起了中世纪的骑士……总之,所有浪漫的元素都被他发挥得淋漓尽致,此兄真可谓是“五浪箴言”的嫡系传人,难怪美丽的芳芳会为他意乱情迷。可就在此时,亚力仍保持着一个法兰西青年不应有的理智,他告诉芳芳自己只想和她做普通朋友。此刻,芳芳黯然伤神,真让人心痛。

得知亚力不与自己热恋是因为有个同居五年的女友时,芳芳选择了与亚力继续交往。在此期间,亚力还暗地里给了房东一笔钱,让他以芳芳可以接受的价格出租了自己隔壁的房间给他。值得一提的是,亚力在洛丽父亲的家里也看到了一双洛丽所送情人节礼物一样的布拖鞋。这双不知是洛丽送给她父亲的还是她母亲送给她父亲的布拖鞋,再一次突出了平淡生活的象征。

终于,在第一次邂逅的那个小岛上,亚力给芳芳涂防晒油的时候可喜地展示了一下法兰西青年应有的激情——他有了亲吻芳芳的冲动。可是,像很多电影、电视一样,最美好的一刻被不速之客破坏了,这次的不速之客是洛丽。洛丽当着芳芳的面说,自己就要和亚力结婚了,而且自己有了身孕。此时,芳芳只好驾舟离去。

真的假不了,假的真不了。不久,亚力就发现洛丽并未怀孕,一气之下把自己和洛丽的婚礼请柬倒进了下水道,碰巧看到了这个情形的洛丽也离开了亚力。

此时的亚力再无牵绊,就去找芳芳。但芳芳此时已准备乘车外出,亚力虽然拿出了阿甘最擅长的狂奔姿势,却也未能追上芳芳。

以为芳芳从此会远遁他乡,亚力难免心灰意冷。但在与慕蒂的交谈中得知芳芳不久还会回来,亚力心中燃起了希望,而且大胆地发挥了自己的想象力,回到自己与芳芳毗邻的那个房间,把隔墙换成了一堵单向镜。单向镜虽好,可不要乱装哦!因为窥探邻人是既违反法律、又违背公德的事情,就算是在浪漫的法国也受到了慕蒂的非议。

接下来的情节很简单,芳芳回来后带着一个傻不啦叽的家伙骗亚力说是她的男友,匪夷所思的是这样一个老得连牙齿都已风化成渣的桥段居然骗过了亚力。亚力回到寓所,透过单向镜看到、听到芳芳和那个傻不啦叽的家伙对话,才彻底明白真相,同时也得知芳芳依然深爱着自己。

最后的结局是芳芳留下了一封信,说是亚力在十点之前找不到她就再也没有机会了,于是刚才还显得很弱智的男主角的智商突然提高了三千个百分点,打破了芳芳房间里一面墙上镶嵌的单向镜,看到了自己的爱人,接下来的是法国电影中最经典的幸福和无尽的热吻,直到影片结束、字幕出尽。

凭心而论,《芳芳》一片的故事情节并不复杂,但此片却能让我这样挑剔的人由衷地喜欢,大概是由于以下几个原因:

一是苏菲·玛索的美貌和高超的演技。想想,人家都几十岁的人了,还能演绎这么热情、浪漫、奔放的少女,而且丝毫看不出生涩之处,苏菲·玛索真不是盖的。当然了,作为一部经典的电影,那些主要的配角和群众演员的表演也很精彩,比如慕蒂、狄、洛丽、洛丽的父亲,还有亚力……什么?亚力不算配角?我咋觉着他就是个配角呢?算了算了,依你,就当他是个群众演员吧,呵呵。

二是喜剧元素的合理运用。从影片的序幕到男女主角忽悠那个银行家,再到亚力隔着单向镜学芳芳的手舞足蹈,无不透着法国喜剧的独特气息,也淡化了芳芳和亚力失意时的忧伤。

最重要的一条当然还是浪漫。芳芳很浪漫,亚力很浪漫,剧情很浪漫,场景也很浪漫……除了洛丽一家,每一个人都或多或少地有点浪漫,这些浪漫固然是深入到法兰西人骨子里的,可是像这样极致的浪漫,不得不说这部影片的导演和编剧才是真正大师级的浪……那个漫。他们让男女主角的邂逅不同寻常,他们让芳芳和亚力一见钟情,他们让洛丽知趣地走开,他们让单向镜显得顺理成章,所有的浪漫细节铸就了一个特别浪漫的结局——一对浪漫的有情人以长达数分钟的热吻宣告他们已经踏上一个浪漫的旅程。

中秋节的光鲜水果

海　强

晚上为应个中秋的景儿，在附近街市的水果摊买了两个卖相剧好的大石榴，摊主递给我之前还慎重地挨个儿裹上小塑料袋，外面再套一圈儿白色泡沫塑料膜，一副高大上的样子。回家剥开，失望：籽小色白味酸涩，不及老家院子里种的石榴远矣。之前曾被多人灌输过一个观念：香港的水果等食材是全世界最好，因为最好的才能进口到这个地方……但是经过我的观察，至少就水果而言，此言大谬，应该是最适合长途运输的水果卖到这个地方来了，未必是最好吃的。在这儿，樱桃不叫樱桃，叫樱桃太土，得叫车厘子（应该是 cherry 音译后粤语发音再写成普通话的），不管是美国澳洲还是欧洲来的车厘子，一律个大皮厚，甜则甜矣，但无论如何吃不出小时候老家樱桃的鲜味来；再比如，葡萄不叫葡萄，叫提子，红提绿提买买提，不管怎么提，其实就是皮厚些、质硬些、更耐长途运输储存的外国葡萄；印象中最好吃的葡萄是玫瑰香，正宗的玫瑰香皮脆多汁，估计运到香港得烂掉一半，而且个头小，卖相远不及提子；其他如甜榛杏马牙枣等等口感最好的水果这里都没得卖。回想小时候家乡的樱桃，五一节前后才有小贩儿走街串巷提篮叫卖，和同时上市的嫩豌豆和香椿尖儿并称“三鲜”。如今这“三鲜”在都市里只剩下大棚里养的香椿有卖了，其他的和许多事情一样，都成儿时记忆。

想想我们自己，如今是不是很像这些皮厚质硬耐长途运输的水果？早已不是最好的自己……远离家乡，远离父母亲人，被人叫作约翰大卫艾米珍妮，西装革履，人模狗样，貌似高大上，耐长途运输，满世界漂泊之后努力保持笑容貌似光鲜，其实躺在五星酒店大床上，满脑门子工作官司加上时差邮件和电话，远不如躺在小时候的竹板床上踏实惬意；满堂盛宴不如一碗热面；今天你被人叫这个总那个董,想没想过你骨子里还是当年的小静小明小芳和小强。

我们都走得太远,忘了当初为何而出发;走得太快,无暇看路上的风光;抬头望望,天上的月亮,还是当年的模样;回头望望,出发的地方,却已成远方。

后　记

掩卷沉思,一些遗憾情绪油然而生。

编一套《谯城文艺丛书》,虽蕴酿已久,但进入操作阶段的节奏,却骤然而至,匆匆而就,不容精雕细琢。

原因是多方面的。

技术层面的问题不说,时间的紧迫性是主因。真的来不及反复推敲文字,甚至来不及设想一些与文字匹配而生美感的图画。

当然,学识不足,是主要原因。

编一套文艺丛书,需要深厚的学养,需要从矿山里慢慢掘采,需要广征博引,需要披金捡沙,需要才华,需要大团队互相支撑——这一切,都受限制。

所以,只能含着深深的歉意,在书后表示愧赧之情,尤其欢迎批评指谬,或者在将来的类似工作中可以作为路标,少走一些弯路。

这,也许是有益的经验。

张超凡

於丙申年小寒节后